Ioanna Karystiani
Die Augen des Meeres

Roman

Aus dem Griechischen von
Michaela Prinzinger

Suhrkamp

Die Originalausgabe erschien unter dem Titel *Swell* bei
Kastaniotis, Athen 2006.

»Dieses Projekt wurde mit Unterstützung des Programms Kultur (2007–2013)
der Europäischen Kommission finanziert.
Die Verantwortung für den Inhalt dieser Veröffentlichung trägt allein der
Verfasser; die Kommission haftet nicht für die weitere Verwendung der darin
enthaltenen Angaben.«

GD Bildung und Kultur

Kultur

Programm »Kultur« (2007–2013)
Förderbereich 1.2.2. Literarische Übersetzungen

Erste Auflage 2009

Druck: Pustet, Regensburg
Printed in Germany
ISBN 978-3-518-42104-8

1 2 3 4 5 6 – 14 13 12 11 10 09

Die Augen des Meeres

Um fünf Uhr morgens tänzelte vor den vereinzelten, bereits drei Meilen entfernten Lichtern, die von Port Pirie über den Hügel fielen, der weiße Kater, wie stets in den vergangenen vier Jahren, akrobatisch die Reling entlang, auf rosafarbenen Tatzen einen Spitzentanz vollführend, den Schweif wie eine zitternde Balancestange hochgereckt. Er umrundete langsam das ganze Schiff, zweihundertsiebzig Meter lang, hielt achtern inne und verneigte sich vor den beiden Männern, die breitbeinig und die Hände im Rücken verschränkt dastanden.

— Maritsa, sagte Kapitänleutnant Kleanthis Birbilis.

Vor dieser Maritsa zeigte drei Jahre lang die Katzenmutter Maritsa dieselbe Choreografie, davor Maritsa, der Großvater, noch früher Maritsa, die Urgroßmutter, und davor noch der erste und unerreichte Lehrmeister, der feurige Kater von weiblicher Eleganz mit dem Cha-Cha-Schritt, auch er fraglos aus dem Hause Maritsa. Alles Katzen, die zur See fuhren.

— In Kuba haben die Spanier eine Katze der Eingeborenen vors Kriegsgericht gestellt, nachdem sie einen ihrer Papageien zerfetzt hatte, und sie hinrichten lassen, meinte der vierzigjährige Kapitänleutnant zu Maritsa. Die tägliche Vorstellung des Katers brachte regelmäßig historische Einzelheiten aus dem unerschöpflichen Fundus zum Thema Katzen zum Vorschein.

— Nur an den Gurken konnten wir uns satt essen, der Garten war spät dran.

Endlich, als es tagte, sprach auch Kapitän Mitsos Avgoustis, mittelgroß, in frisch gebügelter Kleidung, mit weißem, schulterlangem Haar und wallendem, bis zur Brust reichendem silbergrauen Vollbart, wobei beides von seinen fünfundsiebzig Lebensjahren und von seiner Leidenschaft für Haarpflege und Eau de Cologne kündete.

Gurken und Garten waren Worte, die er von seinem Vater geliehen hatte und die sich auf den kleinen Gemüsegarten in Adzanos bezogen, vor langer Zeit, Anfang September 1922.

Triantafyllos Avgoustis, ein dreißigjähriger Fischer damals, hatte seiner Frau, die den noch nicht vierzig Tage alten kleinen Dimitris im Arm hielt, die dreijährige Tochter Mersina mit einem Seil auf den Rücken gebunden und brachte die Familie auf die zehn Meter lange rotblaue GARYFALLOS seines Arbeitgebers, auf der auch Nachbarsfamilien noch irgendwie Platz fanden, und in mehrmaligen Fahrten wurde ganz Adzanos mithilfe der Besatzung dreier Fischkutter auf kleinen Passagierschiffen mit Mann und Maus ans gegenüberliegende Ufer geschafft.

Und dann standen sie am Strand und blickten auf die Rauchschwaden. Das Smyrna der Griechen gab es nicht mehr. Am nächsten Morgen waren Triantafyllos und die GARYFALLOS verschwunden. Und am übernächsten Morgen waren sie immer noch nicht wieder da.

Der kraushaarige Fischer mit den großen braunen Augen, deren Farbe an Mokkaschaum erinnerte, war todunglücklich, weil er seine Katze in Kleinasien vergessen hatte. Einen Monat vor der Flucht hatte sich Maritsa, schwanger und mit einer Kreuzotter zweimal um den Bauch geringelt, halb tot bis zur Mole geschleppt und stand, erschöpft miauend, vor der GARYFALLOS.

Zwei Mann, die gerade die groben Schleppnetze und die Sardellennetze flickten, zerhackten eine Fischkiste, teilten sich die Bretter und prügelten so lange auf die Schlange ein, bis ihr Kopf zu Brei geschlagen war.

Triantafyllos Avgoustis fuhr allein nach drüben, um Maritsa und ihre drei Jungen zu suchen.

Sieben Tage später, während die Frau dem Ehemann und der Chef dem Fischer und dem Kutter nachweinten, standen Dutzende Einwohner von Adzanos da, stumm im dunkelvioletten Abendlicht, das auf die Felsen von Lesbos fiel, und blickten stolz auf Triantafyllos, der mit der GARYFALLOS zurückkehrte, und sie vernahmen ein ohrenbetäubendes Miauen. Der Kutter drehte an der Küste bei und brachte die letzte Flüchtlingswelle, die siebenundzwanzig Katzen von Adzanos an Land, die der Fischer, nachdem er die Geisterstadt gründlich durchsucht hatte, noch auftreiben konnte.

Er teilte sie auf ihre Herrchen und Frauchen auf, die Jatzoglous nahmen Hanum, Jovanakis seine Kiki, die Chirimberis ihre Athina, Eleni nahm ihre Eleni und Sotiris seinen Sotiris, doch keiner von ihnen, weder an jenem Tag noch später, entlockte dem waghalsigen Triantafyllos auch nur einen Ton über das Zurückgelassene, das er erblickt hatte. Frag deine Katze, sie wird dir ihre Geschichte erzählen, entgegnete er stets und ging schnell weg.

Seit 1922 hob er seinen Blick nicht mehr zum Sternenhimmel. Er litt an Nervenschwäche und widmete sich ganz den Katzen, mästete sie mit zahllosen Stachel- und Fadenmakrelen, ließ die ursprüngliche und alle nachfolgenden Maritsas sogar auf den Fangnetzen für Seezungen und Barben ihr Lager aufschlagen, die sie, seine Nachsicht ausnutzend und wild umherspringend, mit ihren Krallen zerrissen.

Triantafyllos Avgoustis' Augen jedenfalls, größer denn je, erregten seine Eleftheria immer noch, gratis Mokkaschaum war die einzige Freude in der Mittellosigkeit jener Jahre, als die Menschen immer nur auf der Flucht waren, immer nur Verluste machten.

Doch zu einem weiteren Kind kam es nicht, die spinnwebenzarte Mersina verstarb mit sieben an Lungenentzündung. Und dem Ehepaar blieb der einzige Sohn, verzärtelt und einziger Blauäugiger der Flüchtlingssiedlung, ein Schaumfischchen, das durch die Wellen Tausender gelber Margueriten pflügte. In Griechenland hatte die Fluchtwelle die Welt in Hier und Dort geteilt, und das armselige Elefsina wurde ihr Schicksal.

Auf dem Achterdeck des Frachters ATHOS III erinnerte sich nun jener Sohn, der heutige Kapitän, während er Maritsa mit den halbzerfetzten Ohren streichelte, an die Geschichte, ohne sie nochmals zu erzählen, und der Kapitänleutnant erinnerte sich ebenso daran, ohne sie nochmals zu hören, denn sie war bekannt, der Satz von den Gurken genügte, führte eine Reihe andere Gedanken im Schlepptau hinter sich her, um die Tragödie abzurunden.

— Guten Morgen.

Stamatis Vekrelis, der dicke Steward, brachte das Tablett, servierte dem Kater sein Schälchen Milch und Avgoustis den gewohnten Löffel Tequila gegen das Rheuma und den doppelten Mokka ohne Milch und Zucker und dann Birbilis das Kaffee-Frappé und ließ sie bei den ersten Schlucken wieder allein, damit die beiden guter Stimmung und mit der abgeklärten Zuneigung eines zwar alten, doch aufs neue vereinten Ehepaars im Januar des Jahres 1997 und beim Film *Die Frau in Rot* ankommen konnten.

Das Paket der *Wallport Transit Xpress* enthielt irrtümlicherweise dieselben Filme, die sie in den vergangenen sechs Monaten schon gesehen hatten, alle älteren Datums, *Die Todeskralle schlägt wieder zu, Die Nackte Kanone 2 ½, Auf dem Highway ist die Hölle los*, ein panamerikanisches Festival der Fausthiebe und Fußtritte, des In-die-Luft-Sprengens und Durch-die-Luft-Wirbelns, und *Die Frau in Rot*, von dessen Nacktszenen die zwanzig Mann Besatzung bei den weihnachtlichen Zusammenkünften nie hatten genug bekommen können; ein paar würden den Film wahrscheinlich auch an den folgenden Tagen wieder gucken, während sie Seemeile für Seemeile hinter sich brachten, Meere ohne eine Spur von Festland an sich vorbeiziehen ließen, dann nacheinander Java, Sumatra, Singapur, um ein weiteres Mal an immer derselben Stelle auf Thailand zu treffen, in Bangkok die Ladung zu löschen und neue aufzunehmen.

Mittagshitze, 3. Januar. Die See dürstete. Ein zweiminütiger plötzlicher Regenguß zerbarst wie Fensterglas an Deck der ATHOS III, und unmittelbar danach wurden Avgoustis und Birbilis Augenzeugen eines mörderischen Sonnenaufgangs, der wie eine Bombe einschlug und alles in Brand setzte. In jenen Wassern kam der Tag üblicherweise so in Fahrt.

Schweigend, mit dem Geruch der See in den Nüstern, mit seinen meerblauen Augen, die das stählerne Licht reflektierten, und mit seinen Wimpern, die im Widerhall der Dünung nach dem Regen bebten, reichte Avgoustis dem Kapitänleutnant die leere Tasse, fuhr mit dem Aluminiumkamm durch seinen Bart, der an Agios Nikolaos erinnerte, den Schutzheiligen der Seeleute, und durch den dichten Haarschopf und wandte sich, gefolgt von Maritsa, zum Kartenraum, um den Kurs zu kontrollieren.

– Wie auf Bestellung. Miltos Lavdas, der Nautische Assistent, streckte ihm das Mobiltelefon entgegen. Die Reederei ist dran, meinte er.
Avgoustis zog eine Zigarette hervor und verlangte nach Feuer. Lavdas zündete sie ihm an, reichte ihm den Apparat in die andere Hand und ließ ihn allein.
– Chatzimanolis hier. Guten Tag. Wie spät ist es dort? Sechs Uhr morgens? Sieben?
Freitag, 3. Januar, sechs Uhr morgens, der Anfang eines neuen Jahres und neuer Pläne für die *Shipping Maritime Company.*
Die Nummer eins der Reederei, die Lachnummer Chatzimanolis, forderte Avgoustis auf, nach Griechenland zurückzukehren. Das geschah nicht zum ersten Mal, aber nun wurde auch ein Köder ausgeworfen. Die Vereinigung Griechischer Reeder plane Anfang Februar einen glanzvollen Empfang, um ihn mit einer Goldplakette und einem Geldpreis von drei Millionen Drachmen als dienstältesten Kapitän der Handelsflotte mit achtundfünfzig Jahren auf See zu ehren.
– 'n Dreck werd ich tun, war seine Antwort.
– Zu deinen Ehren werden Regierungsvertreter und Fernsehsender dasein.
– Für die werd ich erst recht 'n Dreck tun.
– Zwölf Jahre hat deine Familie dich nicht mehr gesehen.
– Sieh lieber zu, daß du deine eigene in den Griff kriegst.
Der entnervte Chatzimanolis, den Tonfall des Bosses annehmend, der durch Macht und Geld anerzogen war, erklärte kühl und knapp, diesmal sei Schluß mit lustig, man habe bereits einen Nachfolger bestellt und im nächsten Hafen werde er ihn vorfinden.

— Den ersäuf ich.
— Käpt'n Avgoustis, als ich meinem Vater versprochen habe, dich zu respektieren, hatte ich nicht damit gerechnet, daß sich dein Abschied so lange hinziehen würde. Die Seefahrt hat sich geändert, du dich aber nicht. Du bist mir zu langsam und fährst Verluste ein.
— Beschaff mir Fracht nach Japan.
— Es gibt keine.
— Dann wird's 'ne Leerfahrt.
— Das geht nicht. Du mußt endlich zurückkommen.
— Hör zu. Die Kanne vom guten Teeservice meiner Frau ist zerbrochen. Ich fahr nach Kobe, um 'ne neue zu holen.

ATHOS III, ein Handysize-Frachter mit einer Tragfähigkeit von 38 000 Tonnen, Wassermarke schwarz, Rumpf rot, Einwohner zwanzig, ein Männerdorf, das auf keiner Landkarte zu finden ist.
Mitsos Avgoustis also, der angefaulte Kapitän, Kleanthis Birbilis, Kapitänleutnant mit Vorfahren aus England und Mykonos, der sich beim Thema Frauen die Finger verbrannt hat, Nikos Jalouris mit Wurzeln auf Syros und Psara, ehemals Funker, nunmehr Kapitänleutnant, ein Beelzebub, der imstande ist, zu Weihnachten Eier zu färben und zu Ostern den Baum zu schmücken, Pantelis Sigalas, Bootsmann aus Tinos, genausogut ein Linker wie ein Rechter, Stamatis Vekrelis, Steward mit Familie auf Tinos und Lesbos, Neffe des Bootsmanns, der mit Zoi aus Petralona vereinbart hat, auf Englisch zu korrespondieren, *to my darling husband, your*

faithful wife Zoe, Miltos Lavdas, Nautischer Assistent aus Chalkida, von Geburt an Zärtlichkeit entwöhnt, der Elektrotechniker Valias Daniil, ein auf Grund einer gewissen Maraki trauriger Junge aus Andros, Makis Dachtylas, Erster Maschinist mit drei Kindern, zwei kleinen Schwarzen und einem kleinen Apachen, die er irgendwann einmal seiner Mutter, Kirchendienerin im Heimatdörfchen auf Paros, vorstellen wollte, Apostolos Michaloutsos aus Symi, Zweiter Maschinist mit rotem Gedankengut, Babis Dokos, träumerisch veranlagter Kochmaat mit albanischen Vorfahren, Wohltäter einer kinderreichen Philippinin, und Takis Koronios, Schiffsjunge, der zehn Tassen Kaffee konsumiert, Magengeschwür vorprogrammiert. Darüber hinaus ein bunter Strauß aus sechs Rumänen, zwei Nikolai, zwei Georgi, zwei Sorin, vier davon Seeleute mit Diplom, zwei ohne, plus die russischen Zwillingsbrüder, Sascha, Dritter Maschinist und Andrej, Elektrotechniker, blonde und zart gebaute Schönlinge, die auf den atomgetriebenen U-Booten der ehemaligen Sowjetunion gedient hatten und die in der vergangenen Nacht das Schiff zum Wahnsinn trieben, als sie in hochhackigen Pumps die Schiffsgänge auf und ab trippelten und die aus der Mannschaftsunterkunft stürzenden Männer in Aufruhr versetzten. Die einen konnten sich gerade noch die Unterhose anziehen, und die anderen schafften es kaum, sie auszuziehen.
Und *last, but not least*, der zwanzigste, der mit den großen Frühlingsaugen, die glänzten wie frische Weinblätter, Jerasimos Siakantaris, der fünfundfünzigjährige Schiffskoch, der die Nöte und die Marotten aller mustergültig kannte und sich aufrichtig für die Steuererklärung des Fremdspracheninstituts von Jalouris' Nichte interessierte, für die gynäkologischen Probleme von Michaloutsos' Tochter, für die psy-

chologischen Probleme der Frau des einen Sorin, für das Asthma des Sohns des einen Nikolai, für die fehlenden Fortschritte im Geigenspiel von Sigalas' dreizehnjähriger Tochter, für jeden unvermeidlichen Familienzwist der Seeleute.
— Ich hab gesehen, wie sich ihr Blick vor Kummer verdunkelt hat, und zwar bei allen, auch bei den Blauäugigen der Besatzung, und da habe ich dran gedacht, ihnen Würste aus meinem Dorf zu servieren, und beim zweiten Glas war alles wieder in Ordnung. Jetzt herrscht Hochstimmung, so lautete sein Bericht an den Kapitän in solchen Fällen. Auch die vereinzelten Mißmutigen, so ein bis drei Fälle pro Tag, wußte er auf seine Art zu besänftigen. Ein süßer Kringel oder ein Bratapfel, zusammen mit der anschaulichen Beschreibung einer schattigen Schlucht, unter Hervorhebung des Nachtigallengesangs, zauberten ein Lächeln auf die verbitterten Lippen, vielleicht auch ein spöttisches Grinsen, denn immer wieder machte man sich über ihn lustig, doch sein Ziel hatte er erreicht.
Sonntag abend, 5. Januar, Jerasimos Siakantaris zog gerade die beiden Bratenbleche aus dem Ofen. Avgoustis ließ seine Besatzung nicht darben und forderte von den Reedern bestes Essen für die Männer; wer mit ihm gereist war, erzählte Kollegen und Verwandten, das Essen sei hervorragend gewesen, und ein paar neckten sogar ihre Frauen, ihre Moussakas könne mit dem Essen auf dem Frachter nicht mithalten.
Zwölf Jahre waren es nun schon auf diesem Dampfer, seit Avgoustis ihn von den holländischen Docks übernommen hatte, und vorher sieben Jahre auf der PINELOPI, vier auf der ALFEIOS und zweieinhalb auf der KALYPSO, immer unter demselben Kapitän, der seinen Smutje mitnahm, sooft er den Laden wechselte.

Seit 1972 waren sie ein Paar, fünfundzwanzigeinhalb Jahre ohne Seitensprung, im Grunde könnten sie ihre Silberhochzeit feiern. Die Monotonie der Reise forderte ab und zu einen Scherz, um die Stimmung aufzuhellen.
Gerade war das Essen in der Mannschaftsmesse serviert worden, und der Steward kam, um das Tablett mit dem leichten Abendbrot des Kapitäns zu holen, zwei Scheiben Lammfleisch, zwei Gabeln Gemüse. Leg ihm noch ’ne Röstkartoffel dazu, schlug er dem Koch vor, doch Siakantaris schickte ihn zum Teufel, das Essen wollte er dem Kapitän in jedem Fall selbst bringen, er mochte es, unter anderem auch den Pflichten eines Butlers nachzukommen.
Er fand ihn in seinem kleinen Apartment vor, die offen stehende Tür festgehakt, Maritsa kauerte in den Pantoffeln, die Moscholiou war beim Refrain, *Denn die Arme sind wie Taue und die Leiber wie ein Schiff*, und der langhaarige Kapitän saß auf dem Doppelbett, festgemauert in seinem knitterfreien Anzug, mit einem ins Leere gehenden Blick, in die lichtvolle Leere dieser dreißig Quadratmeter, die dem Bewohner mit anderen zu eng wären, doch für ihn allein schienen sie die Ausmaße eines Dreschplatzes anzunehmen.
So war es jeden Abend an diesem Ort mit den grauen und den petrolfarbenen Möbeln. Avgoustis, der sich tagsüber an vierzig verschiedenen Ecken des Dampfers gleichzeitig befand, wurde zum abendlichen Avgoustis, ohne Unvorhersehbarkeiten, zum unnahbaren Mönch in seiner Zelle.
Der Koch beugte sich vor, nicht um vor seinem Gott auf die Knie zu fallen, sondern um dem Kapitän das Tablett auf die Knie zu stellen, ihn im ganzen Gesicht zu beschnuppern, sich seinem Mund zu nähern, sich kerzengerade aufzurichten und sich einzugestehen:

— Du hast keinen Ouzo getrunken.
Avgoustis trug das Tablett vorsichtig zum Bett, neigte sich vor zum Nachtkästchen, drehte die Musik leiser und ging langsam zur Waschschüssel, um seine Hände zu waschen, ohne auch diesen Abend hungrig zu wirken, selbst ohne Ungeduld vorzutäuschen, um den Aufwand des Kochs zu belohnen. Anstandshalber fragte er: Also, was gibt's heut abend?
— Das siehst du doch.
— Ist es dir gelungen?
— Spricht nicht der Duft für sich?
— Lamm.
— Im Weinbad. Probier und sag mir deine Meinung.
— Das Fleisch ist für Maritsa.
Der Koch führte den Befehl mißmutig aus, die beste Portion ging wieder an die Mieze, die sich von all den Filetstückchen und Medaillons ernährte, die er liebevoll für Avgoustis zubereitete.
Die Mißbilligung in seinem Gesicht durfte nicht deutlicher zum Ausdruck kommen als seine im Grunde zärtliche Meinung über die Beziehung des Kapitäns zu den Katzen. Ihre tägliche Verständigung fußte auch auf einer Art von Nörgelei, an die sie sich gewöhnt hatten, die sie brauchten, die nicht viel kostete, da sie wußten, daß Sorge wie Fürsorge in vielfältiger Weise zum Ausdruck kamen und der vertraute Rhythmus des unschuldigen Nörgelns bisweilen zum stärksten Beweis für die Langlebigkeit einer Beziehung wurde.
Jerasimos Siakantaris jedenfalls bereitete mit diesen altерprobten Finessen eine Atmosphäre der Vertrautheit auf Augenhöhe vor, um all das, was längst kein Geheimnis mehr war, stets aufs neue zu wiederholen.

Jedesmal griff er zu einem Trick, um ein wenig Zeit zu schinden, denn er wollte Avgoustis nicht so schnell allein lassen. Umso weniger an diesem Abend, da die Augen des Kapitäns dunkel und sorgenschwer waren. Sein Blick ging mehrmals zwischen Fußboden und Decke hin und her, auf der Suche nach einer Eingebung, um dem tausendmal aufgeführten abendlichen Stück ohne viele Worte eine neue Wendung zu geben und das Schweigen zu brechen, das die vier Wände durchdrang, die den Menschen einschlossen, der ihm am nächsten stand. Und da ihm bloß die Trübseligkeit der alles erdrückenden Schiffswände als Inspiration blieb, meldete er sich freiwillig zu einem kurzen Streifzug zu geschäftigen und offenen Orten, der dem Kapitän guttäte, mit Zwischenhalten und einer Endstation, die auch ihm selbst guttäte.

— In New York sind sechzig Zentimeter Schnee gefallen, in meinem Dorf siebzig, begann er, während er das Eßgeschirr auf den Tisch stellte. Detroit hat 60 % Arbeiter, mein Dorf 95 %. Paris ist die Heimat der teuersten Düfte, doch Kyriaki in Böotien riecht noch besser, dort stehen die Tannen des Helikon-Gebirges, fuhr er fort, während er darauf wartete, Maritsas Essensreste abzuservieren.

— Sag's geradeheraus, wenn du abmustern willst.

— Ist es nicht Zeit?

— Endgültig?

— Für drei, vier Monate.

— Und wer wartet auf dich?

— Keiner mehr, mittlerweile. Ich hab einfach Sehnsucht, mir jeden Tag den kleinen Bach zwischen dem Kopaida-See und dem Yliki-See anzusehen.

Kurz darauf bückte er sich und nahm den Teller des Katers, blickte auf Avgoustis, der erst spät nach seinem Abendessen langte, und sagte das, woran er im Innersten glaubte, nämlich daß man nur durch den Anblick von Weinbergen dem Leben schöne Seiten abgewinnen könne.

Ein paar Minuten fiel kein Wort zwischen ihnen.

— Du könntest im Mai gehen und bis zur Weinlese bleiben, wenn der Sommer ausklingt.

— Mal sehen, in welchem Mai du abmusterst. In welchem Mai du deine Kinder umarmst. In welchem Mai du von deinem Sohn vermöbelt wirst.

Der Koch erwartete keine Antwort, die letzten Jahre waren all seine Versuche, Avgoustis auszuhorchen, erfolglos geblieben, und schließlich gefiel es ihm sogar. So dachte er, daß auch er selbst dreimal Landurlaub nach Kyriaki erhalten hatte und nicht gefahren war, und ob er im kommenden Mai tatsächlich das Schiff verlassen würde, war ebenfalls nicht sicher. So füllte er das Glas des Kapitäns mit eisgekühltem Wasser. Es war Zeit, sich zurückzuziehen, für diesen Abend reichte das Loblied auf sein Heimatdorf.

— Die Wahrheit, Jerasimos. Hast du Angst, daß meine Jahre schwer auf dem Ruderhaus lasten?

— Ich war ein Angsthase, aus Not bin ich zur See gefahren, aber Mut habe ich erst bei dir gefaßt. Zehnmal hab ich gesehen, wie du den Tod an der Nase herumgeführt hast.

Sprach's und wandte sich zum Gehen. Doch Avgoustis wollte Gesellschaft.

— Geh nicht. Bleib und erzähl. Von deinen Dingen.

Siakantaris' Leben bestand aus Dutzenden Geschichten über die Geheimnisse seines Berufs, die der Koch mit Leidenschaft Revue passieren ließ, während er dastand, zwischen dem Bild von den Meteora-Klöstern und dem Bild vom heiligen Berg Athos.

— Die Mannschaft ließ die Köpfe hängen, begann er. Ich setzte alles daran, damit sie wieder gute Laune bekamen. Und eines Sonntag mittags war es dann soweit. Ich übergoß das Lamm mit Wein, wusch es vom Urin rein, und während es schmorte, streichelte ich seinen Körper mit einem Oreganozweiglein. Da blieben nur Lammknochen übrig, die hätten mich am liebsten gleich mit verschlungen. Einer nach dem anderen kam und küßte mich. Ich hatte wieder zu meiner alten Form gefunden. Nach vier Monaten auf der KALYPSO war die Pechsträhne zu Ende.
Jerasimos Siakantaris war ein talentierter Dieb, er plünderte die Kniffe der Barbiere, der Schneider, der Ingenieure, er flocht Makkaroni, er säumte Aufläufe, er türmte kunstvoll Lammhaxen auf Salz und genoß es, wenn die Männer danach in den höchsten Tönen schwärmten.
Avgoustis zeigte sich ungerührt vom Crescendo der kulinarischen Ergüsse. Seine Gedanken waren woanders, von Jerasimos erwartete er nicht die Abenteuer eines Meisterkochs, sondern einfach die Gesellschaft einer menschlichen Stimme, egal, wovon sie erzählte.
Siakantaris spürte es und wunderte sich, denn die Geschichte von der Reinigung des nach Urin riechenden Lamms war bislang immer gut angekommen, so probierte er eine andere Variante, mit drei Noten höherer und zehn Grad wärmerer Stimme.
— Die Mannschaft ließ die Köpfe hängen, fing er noch einmal von vorne an. Wie sollte ich ihr bloß wieder Mut einflößen? So fragte er sich, indem er den Blick des Kapitäns suchte. Ich zauberte spektakuläre Salate und ausgefallene Beilagen aus dem Hut, nichts half.
Die Besatzungen waren noch nicht so durchmischt wie in

den letzten zehn, fünfzehn Jahren, erinnerte er sich. Damals waren alle Griechen, ihre Mägen gehorchten denselben Gewohnheiten. Um die Männer für sich zu gewinnen, mußte er das schwere Geschütz der griechischen Küche auffahren. Lamm mit Kartoffeln, das sei seine letzte Hoffnung gewesen, hob er hervor und fuhr mit der bekannten Wendung fort, daß er eines Sonntag morgens dem heiligen Eufronios, dem Schutzheiligen der Köche, einen Hilferuf geschickt habe, und schließlich sei die göttliche Erleuchtung über ihn gekommen. Der Heilige, der seine schützende Hand über alle Köche hielt, habe ihm den Kunstgriff offenbart, wie man vermeiden konnte, daß das Tier böckelte.

– Kollege Jerasimos, übergieß es mit Wein.

Der Wiederholungstest bestätigte das Ergebnis, denn Siakantaris ertappte den zerstreuten Avgoustis, der kein Wort gehört hatte, zum zweiten Mal in flagranti. Käpt'n, du machst mich traurig, meinte er besorgt, hielt kurz inne und ging dann an Maritsa vorbei nach draußen.

Kurz darauf spießte Avgoustis eine gekochte Möhre auf seine Gabel und legte sie wieder auf den Teller zurück, ebenso wie die rote Bete, schließlich knabberte er zwei Scheiben Zucchini, zwei Scheiben sauren Apfel, griff nach dem orangefarbenen Glas und der Flasche Whisky aus seinem Schränkchen, schenkte zwei Fingerbreit ein und zündete sich rasch eine Zigarette an.

Da der Anblick von Weinbergen angeblich wohltuende Wirkung hatte, schloß er die Augen und sah sich selbst, wie er vor vielen Jahren, in der Abenddämmerung von Elefsina Chatzirodias' Muskatellertrauben, Violetis' Savatiano-Trauben, die Sultaninen der Lastenträgerin und Boukouvalas' Zibeben rasch hinter sich ließ, dem Weg zur Weinlaube mit den

Nychato-Beeren jener Frau mit der langgezogenen, heiseren Stimme und den übrigen bemerkenswerten Lauten, mit den aneinander reibenden festen Schenkeln, mit dem Flügelschlag auf den Brüsten, mit dem Schluckauf im Schoß folgte und ihm zwei Stunden später, als er auf kaum begangenen Pfaden zurückkehrte, ein Tüllgewebe ins Gesicht wehte, ein Spinnennetz, das von den Feigenbäumen auf der einen Seite bis zu den Kotsyfali-Reben auf der anderen reichte.
Doch was nützte ihm diese ganze alte Kulisse mit dem weiblichen kleinen Weinberg, der ihn früher einmal trunken gemacht hatte? Er drückte die Zigarette aus, erhob sich, zog den Haken aus der Öse und schloß seine Tür, denn er mußte den Kurs für den nächsten Tag berechnen. Und so, wie er in den letzten Jahren mit seiner Aufgabe kämpfte, würde die halbe Nacht am Schreibtisch darüber vergehen, unter blasphemischen Flüchen und mit schmerzenden Augen.

Mitsos, ich liebe Deinen Arm.
Doch warte kurz, damit ich schnell eine Papierserviette holen kann. Ich brauche zwar keine, aber mir ist grade danach. Ich will eine Papierserviette in der Hand halten, solange Du bei mir zu Besuch bist.
Ich weiß nicht, was Du von mir hören willst. Interessiert mich auch nicht. Ich hab Dich hereingelassen. Ich hätte Dich auch fortschicken können. Warum nur hat mich der Wunsch überkommen, pausenlos zu reden? Wer weiß, was mir dabei so alles einfällt.
Also, nochmals von vorn.
Mitsos, ich liebe Deinen Arm.
So habe ich alle Briefe begonnen, während ich spürte, wie

sein Arm schwer und warm um meine Schultern lag, bis ich mit der Kleckserei fertig war und die Worte ins reine schreiben konnte.
Ich wünschte, ich hätte sehen können, wie die Härchen auf seinem Arm langsam grau wurden. Wie sein Arm mit der Zeit zu einem dieser seltsamen Kakteen wurde, die er mir immer für meine kleine mexikanische Veranda mitgebracht hat, zu einer dieser grauen, flaumig behaarten Schlangen, zu einer dieser pelzigen Zuckermelonen und zu einem dieser zerschlissenen, zwanzigfach zusammengerollten Schiffstaue, auf denen dunkelrote trunkene Blüten wachsen.

Zu dieser Jahreszeit gehen die Sterne erst nach halb zehn auf.
Die ganze gestrige Nacht stand ich am Fenster, in diesen alten Morgenmantel gehüllt wie in ein Leichentuch, das Deckenlicht gelöscht und nur das elektrische Öllämpchen an, und dachte an seine sehnige Hand. Wie er mit der Streichholzschachtel spielte. Wie er ein wenig Salz auf sein Bier streute. Wie er mit den Zärtlichkeiten loslegte, so schön, und ganz zum Schluß mit dem kleinen Finger in einer Zickzacklinie meine Wirbelsäule entlangfuhr.
War die zärtliche Massage meiner geschwollenen Knöchel etwa zu verachten, nachdem ich zwei Tage lang im Frisiersalon gestanden hatte, da plötzlich vier Hochzeiten auf einen Schlag ins Haus standen? Ich mußte Bräute, Schwiegermütter, Trauzeuginnen und Schwägerinnen frisieren, mit ihren vollen und duftigen Löckchen, wie es damals Mode war.
Eines Nachts, die ganze Nacht lang, wer weiß, was ihn am Schlafen hinderte, hielt er zwei meiner Finger mit seiner Hand umschlossen und knetete sie bis zum Morgengrauen. Drau-

ßen stürmte es, und ab und zu prasselten kleine jähe Regengüsse an den Fensterladen der Nordseite.
Ein andermal saß er mir gegenüber auf dem Sofa, ich nähte ihm zwei Knöpfe ans Hemd und gestand ihm, ich hätte nicht den Mut, Kaninchen anders zuzubereiten, immer nur als Stifado im Tontopf, und er streichelte mich ununterbrochen mit seiner linken, hocherhobenen Hand, aus drei Metern Entfernung, und verspottete das Kaninchen, von dem ich sprach.
Menidiatis hat gesungen, und Mitsos spielte mit den Fingern auf meinen Brustwarzen den Takt, bis sie erregt waren. Bei Menidiatis geht es schnell, schon vor dem Refrain, meinte er neidisch. Auch bei Kokotas, aber erst später. In den letzten Jahren werden sie auch bei der Vitali und bei der Diamanti hart, und ich denke, vielleicht liegt es doch nur an den Liedern allein.
Menschen, die keine Lieder mögen, mag ich nicht.

Im April '71 hörten wir im Radio die Volkslieder am Jahrestag des Putsches. Er wollte gerade wieder anmustern. Da öffnete er die Schublade mit meiner Unterwäsche, leerte sie aufs Bett und durchfuhr alles mit seinen Fingern, hakte die Büstenhalter auf und wieder zu.
Das sollst du tragen, wenn ich wiederkomme, sagte er zu mir und hob einen blauen Slip mit Netzborte und einen schwarzen Büstenhalter mit Spitzenträgern hoch. Es störte ihn, wenn Ober- und Unterteil zusammenpaßten. Wehe, wenn ich dich mit einer Garnitur erwische, drohte er mir, und während die Volkstänze dröhnten, rieb er den Stoff zwischen den Fingern, liebkoste mit den Lippen die weiße kleine Schleife, die sich auf der Höhe des Bauchnabels befand, bis sie sich löste. Laß

sie so, ich binde sie dir, wenn ich wiederkomme, tröstete er mich.
Vielleicht war das seine Art, mich um Verzeihung zu bitten.
Schon in jungen Jahren war ich mollig, aber immer verrückt nach ausgefallenen Klamotten. Alles mußte schulterfrei, eng und kurz sein, lange bevor der Minirock in Mode kam. Damals trug ich Tag und Nacht einen kurzen goldfarbenen Rock, und er lag mir damit in den Ohren, ich sollte ihn nicht wieder anziehen. Ich verzog das Gesicht, wir zankten uns, er verschwand für zwei Jahre, und als er zurückkam, war er verheiratet. Ich schickte ihn zum Teufel. Beim ersten Mal. Zwei Jahre später kam er wieder. Und ich ließ ihn bleiben.
Mich hat er nicht geheiratet, weil ich den Minirock nicht ausziehen wollte.
Zwei Jahrzehnte später war ich schon gute vierzig, und eines Abends stand er da, frisch aus Jakarta. Er stöberte in meinen Kleiderschränken herum, grub das goldfarbene Röckchen aus und meinte: Willst du das nicht mal anziehen?
Gerne, meinte ich da. Der Reißverschluß ging nicht mehr zu, und meine Beine waren auch nicht mehr die schönsten. Links prangte auf der Innenseite des Oberschenkels ein grünlicher Besenreiser, und rechts hatte ich violette Krampfadern in der Kniekehle.
Es machte mir nichts aus, mich seinetwegen lächerlich zu machen. Immer wenn er eine Lachnummer sehen wollte, war ich gleich dabei, denn ich bin in Geschmacksfragen zwar völlig unbegabt, aber als Possenreißerin ein Naturtalent. Und das erwies sich als sehr nützlich. Was wir jedesmal gelacht haben, wenn ich mich aufgedonnert habe wie ein Pfingstochse! Unsere Liebe war immer von Lachen begleitet.
Tritsis, von dem hast Du bestimmt gehört, der den Athener

Volkslauf gegründet hat und an alle Teilnehmer Diplome verteilen ließ, brachte mich auf eine Idee. So ging ich zu Kokkonis in Kifissia, wo Fahnen, Pokale und Fanartikel verkauft werden. Dort kaufte ich drei vorgedruckte Urkunden, setzte den Namen ein und schrieb noch was Eigenes dazu und habe dann alles Mitsos feierlich in Begleitung von Makkaroni in Knoblauchsoße verliehen. So viele hatten mich ja schließlich auch nicht angefaßt.
Erster Preis im Rückenstreicheln. Zweiter Preis im Wangenstreicheln. Dritter Preis im Popostreicheln. Und wieder lachten wir, und wieder andere Verrücktheiten.
Seine Zärtlichkeiten sind auf meinem Körper immer noch lebendig. Sogar eine Streichelform, zu der es gar nicht gekommen ist, denn ich hatte sie mir für die Rentnernachmittage bloß vorgestellt. Die Stunde der Leckereien, so nannte ich sie. Um halb sechs, wenn er schlaftrunken in Unterhemd und Unterhose nach der Siesta auf die kleine Veranda käme, während ich im Unterkleid den Mokka servierte, mich auf den Schoß nähme und die Hände vor meinem Bauch verschränkte, würde er mich sanft in den Oberarm beißen und ein- oder zweimal mit der Zunge über meinen Nacken streichen. Unser Leben ist voll von Dingen, auf die wir warten, die jedoch nie eintreten. Die Gnade wird uns nicht zuteil. In meinem Fall sind viele närrische Sachen passiert, aber nur an den verlängerten Wochenenden, die er sich für mich freimachen konnte. Irre Leidenschaft im Bett, irre Gelage mit Vorspeisenhäppchen. Und danach der Alltagstrott, Dauerwellen, Strähnchenfärben und Haarspaltereien.
Nun pflege ich meine Erinnerungen, die wirklichen und die erfundenen, damit mir ja keine verdorrt und eingeht. Auf jede einzelne komme ich von Zeit zu Zeit zurück.

Wenn Du glaubst, ich hätte seine Zärtlichkeiten aufgezählt, um Dich zu strafen, liegst Du ganz falsch. Denn, paß auf, was ich noch sage. In Bezug auf Zärtlichkeit hat mir vielleicht noch besser gefallen, wie er die Dinge im Haus gestreichelt hat. Das leere Backblech auf dem Tisch. Den Olivenölkanister. Die Schleife an der Schlafzimmergardine, wenn er morgens nach dem Wetter Ausschau hielt.
Wenn er weg war, habe ich meine Sachen erst erkannt. Da habe ich ihnen Bedeutung gegeben. Die Armreifen lagen in der Schachtel. Die violetten Likörgläser standen im Regal. Die beiden modernen Spiegel standen einander gegenüber und blickten einander an.
Egal, was passiert, ich habe mich entschlossen, nicht mehr länger stumm zu bleiben.
Ein stilles Haus ist wie ein Flugzeug in einem Luftloch. Plötzlich sackt es nach unten, und du verlierst den Boden unter den Füßen. Ich gehe durch die Zimmer, ziehe meine Kreise im Hof, spreche mit allem, mit den Wänden, den Möbeln, den Zweigen, und ich rede über alles. Über die Nachrichten, die Lügen, die Dummheiten, die Verrücktheiten, den einen oder anderen Kummer, über dies und das. Manchmal hole ich Szenen aus meinem Leben hervor, über die ich besser rückhaltlos gesprochen hätte, die ich aber runtergeschluckt habe, und jetzt, zehn, zwanzig, dreißig, fast vierzig Jahre später, finde ich erst die passenden Worte und den Mut, mir nicht mehr selbst zu schaden. Denn es braucht großen Mut, sich nicht mehr selbst zu schaden.
Seine Augen sind die ganze Zeit in meinen Augen, und bisweilen glaube ich, daß die See erst nach Mitsos geschaffen wurde, und deshalb so blau und kühl ist, damit sie zu seinem Blick paßt. Ein Blick, der mich zu heftigen Übertreibungen

verleitet, zur maßlosen Treue, zur ungerechtfertigten Geduld. So weit treibt er mich, bis zur Selbstverachtung, die mich selbst erschreckt.
Dann bemühe ich mich sofort, solche Anwandlungen zu verjagen, und innerhalb von zehn Minuten zerfallen Einwände und Traurigkeiten zu Staub, denn ich weiß, daß er mich sehr geliebt hat, und selbst darunter gelitten hat, daß er nicht den Mut hatte, das Erforderliche zu tun.
Dein Besuch verwundert mich. Doch ich freue mich, Dich endlich persönlich kennenzulernen. Denn gerade Du hast eine große Rolle für die Entwicklung der Dinge gespielt.

In meinem Leben wollte ich nichts als lieben.
Ich habe mir nichts Großartiges erträumt. Ein mit Leben erfülltes Bett, das Geräusch, wie er mit einem kleinen Hammer den Bilderrahmen festnagelt, und die Geste, mit der er die zerknitterte Zeitung beiseite legt.
Dazu kommt es jedoch nicht.
Irgendwie müssen die Jahre auch für jene vergehen, die entscheidende Momente, Ehe und Kinder, verpaßt haben. Man kann nicht in einem Jahr stehenbleiben und darauf warten, daß vielleicht irgendein Geräusch die Totenstille zerreißt und der erstorbene Motor der großen und kleinen Ereignisse wieder anspringt.
Daher habe ich mich auf die Gartenarbeit gestürzt, um mit mir selbst ins reine zu kommen und um die Melancholie, die mich des öfteren überfällt, nach außen hin nicht zu sichtbar werden zu lassen. Mein ganzes Leben habe ich in meinem Garten verbracht.
Neben dem exotischen Beet habe ich dieses Jahr den kirschroten Dschungel mit den fünfzig Hahnenkämmen gepflanzt,

damit die Katze darin eintauchen und den Tiger spielen kann.
Mitten unter den Hahnenkämmen sitze ich als Huhn, wie auch jetzt, und gackere meine Geschichten.
Im Frühling probt die Natur den Aufstand.
Und der Sommer, der uns umgibt, erfüllt mich, wie immer, mit Dankbarkeit.

Wolkenkratzer, Pagoden, Tempel, Kokospalmen – Singapur, wie sie es kannten, nur kaum zu erkennen, verborgen hinter dem blauen Paravent, zehn Seemeilen an Backbord voraus.
Die ATHOS III passierte und nahm Kurs nach Norden, während Avgoustis im Nockenhaus ganz für sich allein rauchte, nachdem er den Bootsmann mitsamt seinen politischen Reden zum Teufel geschickt hatte.
Tag und Nacht, Tag und Nacht auf See, was ausgesprochen werden kann, war gesagt, und was nicht ausgesprochen werden kann, blieb ungesagt, in der tausendsten oberflächlichen Wiederholung genauso wie immer. Besser, das Leben wird in groben Zügen beschrieben, die nur weniges enthalten, und wer etwas darüber hinaus sucht, findet es in sich selbst und schafft allein Ordnung.
Den Bart meisterlich gekämmt und mit Gel besprüht, den Scheitel wie mit dem Lineal gezogen, mit tadelloser Bügelfalte, schritt Avgoustis, stets wie aus dem Ei gepellt, während Maritsa vorausspazierte oder zwischen seinen Füßen umherstrich, ganz langsam, als messe er erneut die Abstände und als müsse er die von ihm selbst eingeforderte perfekt organisierte Ordnung täglich bekräftigen, die hundertachtzig Schritte von den Lukensüllen bis zur Back, die hundert-

zwanzig Schritte vom Kartenraum bis zur Ankerwinde und die zwölf Treppenstufen des Niedergangs nach unten, zu Siakantaris' Kombüse.

Nicht nur die Füße, auch die Hände orteten Unebenheiten und Kratzer auf den weißen und roten Oberflächen, und er mußte keinen Rosthammer anfordern, nannte bloß den Matrosen beim Namen, der sich sofort an die Arbeit machte.

Doch am Freitag nachmittag, den 10. Januar, waren Avgoustis' Gedanken nicht beim Rostfraß.

Auf die zweite Zigarette folgte die dritte, die vierte.

Seit sieben Jahren verkehrte die ATHOS III im Rahmen der Linienkonferenz *Indian-Pacific Consortium Express* auf ihrer Stammroute, vorwiegend zwischen Freemantle, Geraldon, Port Pirie für Getreidelieferungen, Frachtvertrag *Austwheat*, zwischen Belekeri, Cuddalore, Bangalore, Mazoulipatan, Samar Island und Marinduque für Erzlieferungen, Frachtvertrag *Charter-Party C*, zwischen Lautoka, Suwa, Pulupandam und Bacolod für Raffinade- und Rohzuckerladungen, Frachtvertrag *Queensland*.

Das Telex aus Piräus, das vor zwei Stunden angekommen war, ließ an Deutlichkeit nichts zu wünschen übrig. Die *Shipping Maritime Company* nahm die ATHOS III aus der Linienkonferenz und setzte damit die hinlänglich bekannten Fakten und die schöne Regelmäßigkeit außer Kraft. Jetzt war Schluß mit den in der Akti-Tzelepi in Piräus abgeschlossenen Frachtverträgen, den Ladungen und den sonstigen festen bürokratischen Größen; es war Schluß mit der Sicherheit der wiederkehrenden Reisen, ein Akt purer Erpressung mit dem Ziel, Avgoustis und das Schiff hängenzulassen, damit der Kapitän zur Aufgabe gezwungen würde und wie ein begossener Pudel zurückkehren müßte.

Die fünfte Zigarette, jede Menge Nikotin, jede Menge Ärger, und alles hing allein von ihm ab.

Die anderen hielten sich an ihr Programm.

Vier Nachmittage später, am Dienstag, den 14. Januar, notierte Kapitänleutnant Birbilis in das Bordbuch, 16.20 Uhr Ankunft des Lotsen an Bord, Führung der ATHOS III in den Hafen von Bangkok, 17.40 Uhr Andocken der Bugsierschlepper, eine Stunde später Losbinden, eine weitere Stunde später Festzurren an Steuerbord, eine weitere halbe Stunde später Ende des Andockens und Anlegen der Gangway, so daß die örtlichen Behörden eine weitere halbe Stunde später, genauer gesagt um 20.40 Uhr, an Bord des Frachters kommen konnten.

Um 21.00 Uhr, gerade als der Steward im Salon die üblichen Erfrischungen anbot, läutete sein Handy, *faithful wife* Zoitsa wollte sich vergewissern, ob alles in Ordnung war und ihrem lieben Mann *I love you, Stamatis* sagen, und noch etwas schwer zu Übersetzendes, nämlich daß ihr Schwager mit einer Entzündung der Bauchspeicheldrüse im Theagenio-Krankenhaus lag, mittlerweile jedoch außer Gefahr, Gott sei Dank.

— Gott sei Dank, stimmte auch Stamatis zu, und nach einer kleinen Pause sagte er zu sich selbst: Sobald du auflegst, hast du das Gefühl, deine Frau wäre gerade um die Ecke gebogen. Das hörten auch vier Verheiratete oder Verlobte in seiner Nähe. Die ledigen Seeleute haben stets eine oder mehrere Verlobte, und alle stimmten dem nachdenklichen Steward zu. Man konnte es an ihrem Blick, an einem kurzen Erzittern der Wimpern ablesen, das sie in einem Sekundenbruchteil Ozeane und Wüsten überwinden und an dem Küchentischchen zu Hause landen ließ, der eigenen Frau gegenüber, kei-

ne Meeresphalanx trennte sie mehr, nur mehr zwei Mokkatassen und ein Teller mit Sirupkringeln.
21.10 Uhr, Ende von Zois Kontrollanruf.
Um 21.30 Uhr war alles unter Dach und Fach, das Löschen der Ladung würde am nächsten Morgen beginnen, und mit der Parole *Schiff klariert!* wollten sie, ausgehungert nach Zärtlichkeiten, in die Hafenkneipen stürmen, doch eine Ladung Frauen kam ihnen zuvor, die katzengleich den Frachter erklommen, und innerhalb von fünf Minuten hatte jede ihren Meister gefunden, den sie noch vom letzten oder vorletzten Jahr her kannte.
Die talentierteste Fischerin, mit einem Korb frischer Butterfische im Arm, angelte sich wieder den Smutje, der sie gerecht für alle Pikanterien zu Tisch und im Bett entlohnte, und am Schluß überreichte er ihr ein paar Schachteln Aspirin und eine Tüte Schokoladenbonbons für ihre Kinder.
Eine halbe Stunde später duftete die Kombüse nach frisch gebratenem Fisch und Ouzo, und eine weitere halbe Stunde später zogen sich die, die allein geblieben waren, zum Schlafen zurück, während die Pärchen den violett leuchtenden Mond und die rosafarbenen Sterne am Himmel zurückließen und in die Kajüten eilten.
Längst war auch Avgoustis, der sich an jenem Abend von Fisch und Frau enthielt, in seiner Kajüte, denn für ihn waren Duette seit langem erledigt.
Seine Gedanken waren zwiegespalten. Die eine Hälfte war bei seinem Nachfolger. Würde er kommen? Und wann? Morgen, übermorgen oder an der nächsten Pier? Die letzten sechs Jahre hatte ihn der junge Chatzimanolis, anfangs höflich, später grob, ein- oder zweimal im Jahr aufgefordert, das Ruder einem Jüngeren zu überlassen, gemeint war, einem,

der ihm zu Willen war, und da er den Mumm nicht aufbrachte, den mit allen Wassern gewaschenen Kapitän, der ganz Piräus in der Tasche hatte, zum Teufel zu schicken, schickte er seinen eigenen Alten zum Teufel, weil der darauf bestand, sich seinem Retter, fünfundfünfzig Jahre nach dem Krieg, immer noch verpflichtet zu fühlen, selbst wenn alle gewieften Burschen darin übereinstimmten, daß Dankbarkeit fürs Business schädlich war, und im Heft der Erinnerung nur den eigenen Vorteil aufbewahrten.

Sollte der junge Chatzimanolis einen anderen Kapitän schikken, war Avgoustis fest entschlossen, ihn kopfüber ins Meer zu werfen, und sollte der Knabe höchstpersönlich kommen, wäre er doppelt erfreut, den Nichtsnutz über die Reling zu befördern, der sich ins gemachte Nest gesetzt hatte und nicht begreifen wollte, daß jemand wie Avgoustis nicht als Landratte stirbt und niemals ein Alter erleben konnte, das langsam und stumm von der einen Station der Athener Hochbahn zur nächsten gleitet, vom linken zum rechten Gehsteig, von der einen Parkbank am Morgen zur anderen Parkbank am Abend.

Die andere Hälfte der Gedanken weilte bei verfälschten Gewürzen und imitierten Elektroherden. Keiner war je an abgelaufenem Pfeffer gestorben, keiner hatte je den Bissen ausgespuckt, weil das Essen nicht auf einem original deutschen Markengerät zubereitet war.

Avgoustis kannte die geeignete Person, um die Sache ins Lot zu bringen. Sie saß in Piräus, im Herzen der Reederei.

Ermis Flertakis, fünfundsechzig, ehemals Kapitän auf sentimentalen Kreuzfahrten, professioneller Becircer wohlgenährter älterer Amerikanerinnen, die sich in der Karibik herumtrieben.

Früher, als Gymnasiast, schämte er sich für den altmodischen Vornamen und den dämlichen Nachnamen, im fortgeschrittenen Alter ließ er keine Gelegenheit verstreichen, sich vor allem bei den Damen namentlich vorzustellen. Er nannte den Vornamen, indem er den Kopf mit dem gefärbten Haar wie ein Fotomodell hin und her wandte, und fuhr dann mit dem Nachnamen fort, indem er augenzwinkernd die Ähnlichkeit mit *Flirt* hervorhob und vor der Endsilbe -akis eine Kunstpause einschob, er war ein Pinscher mit Stammbaum. Dennoch bissen einige an. Nicht wegen seiner – nicht vorhandenen – Schönheit oder wegen seines – nicht vorhandenen – Humors, sondern in Ermangelung einer besseren Gelegenheit oder aus kurzfristiger Rache am Ehemann oder einfach aus Spaß, denn der Typ paßte wie die Faust aufs Auge zu ihrem leeren und langweiligen Ehealltag. Eine Erfahrung mehr, so sagten sie später.
Eine davon war auch die vierzigjährige gelangweilte Kassandra Chatzimanoli. Vor dreizehn Jahren suchte Mitsos Avgoustis die Wohnung des Oberkapitäns in Kastela auf, um dessen Frau dreißig Fingerhüte zu überbringen, ein Souvenir aus Lateinamerika. Die arme Tasoula, die Regale, Ablagen und Vitrinen ihres Wohnzimmers mit ihrer Fingerhutsammlung aus Porzellan, Ton, Holz, Silber und Blech füllte, um nicht an den Hohlkopf denken zu müssen, den sie geheiratet hatte, war gerade in London bei ihrem studierenden Sohn, in ihrer Wohnung hingegen saß die Frau des Chefs. Avgoustis traf sie, obschon mit nackten Beinen, bekleidet an, als sie gerade eilig ihren Ohrring anlegte, doch Flertakis, der an die Tür gegangen war, stand da mit schief zugeknöpftem Hemd und halboffenem Hosenlatz.
— Den Holländerinnen mit den rosafarbenen Hintern nach-

zustellen, die er selber bumst, gut und schön ... Aber auch seiner Frau? fragte er, kurz nachdem die Reedersgattin gegangen war.
Seit damals hatte er ihn in der Hand, theoretisch freilich nur, denn es war nicht seine Art, dem gehörnten Chatzimanolis alles zuzustecken, doch Flertakis war, schwarz auf weiß, zu seiner Geisel geworden, und, wenn nötig, vertuschte er etwas, manchmal mehr, manchmal weniger. Nun, da sich das Ehepaar der Chefetage nicht getrennt hatte, denn wie sollten sie auch ihre ganzen Besitztümer auseinanderdividieren, war es vielleicht Zeit, dem Ehemann die feurigen Schnappschüsse aus Kastela zuzuspielen, auf die er ein Anrecht hatte.
Ob die Drohung wirkte?
Sie wirkte, denn Avgoustis war in der Position des Stärkeren, was der Oberkapitän der Reederei wußte.
Während des zehnminütigen Telefonats regte sich anfangs, nach außen hin, eine Spur von Widerstand bei Ermis Flertakis, das Schiff nehme doch nicht mehr an der Linienkonferenz teil, der Chef werde ihn zum Teufel jagen.
— Bislang hast du immer noch irgendeine Zusatzladung für mich gefunden. Und das wirst du wieder, denn du kannst es dir nicht leisten, nein zu sagen.
— Ach Herrje, Mitsos!
— Du hast achtundvierzig Stunden, um die Sache zu regeln.
— Gib mir noch mal soviel Zeit!
— Von jetzt an hab ich es immer eilig. Den Anker trag ich immer griffbereit in meiner Hemdtasche.
Er sagte noch andere grobe Dinge, Schlag auf Schlag. Ermis Flertakis versprach schlußendlich, alles in seiner Macht Stehende zu tun. Schön, ich finde was für dich, irgendwie krieg ich es hin, aber das ist das allerletzte Mal, in unserem Alter

können wir uns soviel Streß nicht mehr erlauben, jammerte er Avgoustis vor. Aber, Himmel noch mal, du kennst kein Pardon und keinen Herrgott.
— Doch, und zwar seinen Vertreter auf Erden. Den alten Chatzimanolis. Der wieder auf meiner Seite sein wird.
Damit endete das Gespräch.
Mitsos Avgoustis würde die Ladung in zwei statt in vier Tagen löschen und dann befrachten, was ihm in die Finger kam, und ab die Post. Am nächsten Morgen würde er, wie in jedem Hafen, so als wäre nichts geschehen, Kapitänleutnant Birbilis fünf zusammengerollte und mit einem Gummiband versehene Zwanzigdollarnoten in die Hand drücken, mit der Bitte, er möge nach der Arbeit losgehen und für die Kapitänsfrau ein teures Geschenk kaufen und per Post abschicken. Birbilis mit dem erlesenen Geschmack, seit dreizehn Jahren in Avgoustis' Diensten, hatte für dessen Ehefrau seidene Wandteppiche, eine Pelzjacke und zwei Wagenladungen Armreifen gekauft, ohne sie jemals auch nur auf einer Fotografie gesehen zu haben.
Doch diesbezüglich war jede Frage tabu.
Avgoustis hatte sich früh zurückgezogen und den anderen, die rasch mit den Frauen ins Bett wollten, erzählt, seine Schläfen schmerzten und er wolle schlafen gehen. So erledigte er zunächst in aller Ruhe das entscheidende Telefonat und dann folgte das Altbekannte, Schritt für Schritt, wie jeden Abend. Damit kein Licht durch die Türritze fiel, legte er ein Handtuch auf den Boden, aus demselben Grund hängte er eine Socke vors Schlüsselloch, und danach setzte er sich an den Schreibtisch, öffnete die Schublade und legte zwei Ordner vor sich hin, den roten und den rotweißen, und die übrigen Utensilien.

Er traf alle Vorkehrungen, damit nichts schiefging, dieses ständige Auf-der-Hut-Sein ermüdete ihn mittlerweile, noch mehr hingegen erschreckte ihn seine eigene halsstarrige Verbissenheit.

Es gab weder Pfeffer noch Soja, der Bastard aus Bangkok hatte vier andere Schiffe zu beladen, die hatten ihn zuerst geschmiert, und Avgoustis blieb keine Zeit, sich in die Warteschlange einzureihen.

Flertakis, dem Prinzip Eile mit Weile folgend, brachte auch nicht viel zustande.

Statt Produkte der Markenpiraterie aufzutreiben, verlangte er von Avgoustis: Komm doch lieber mit den echten Piraten ins Geschäft, die dort unter den Kokospalmen liegen. Und er schickte ihm für die weitere Abwicklung einen heruntergekommenen Belgier mit Schlips und Anzug vorbei. Nachdem er die Ladung aus Futtermitteln und Weizen gelöscht und die Laderäume gesäubert hatte, nahm Avgoustis zwanzigtausend Tonnen Tapioka in Empfang, lieferbar nach Kobe, ein empfindliches und nur mit großem Aufwand zu transportierendes Gut, das gute Belüftung benötigte und die richtige Temperatur, um nicht zu verderben, doch das Frachtgeld war hoch, und als Chatzimanolis von dem hübschen Sümmchen hörte, erklärte er sich einverstanden, dort wo er gerade war, in der Bar eines Spielklubs, mit heruntergelassenen Hosen.

Während Birbilis dem Agenten die *Crew-List* für die örtlichen Behörden vorbereitete und die Versorgung mit Wasser und Nahrungsmitteln überwachte, wurde die Ware auf zwei der drei Laderäume verteilt, die zur Hälfte gefüllt waren, alles ging ratzfatz, ab die Post, und schon war die ATHOS III wieder auf hoher See.

Die schlechte Nachricht kam am nächsten Tag, am Samstag, den 18.
— Wann ist er gestorben?
— Gestern morgen. Hast du nichts davon gewußt?
— Im Krankenhaus?
— In seiner Wohnung in Kifissia. Zwei Ausländerinnen haben ihn betreut. Die Bulgarin hat für ihn gekocht, die Russin hat ihn gepflegt.
— Es war an der Zeit. Mit achtundachtzig.
Der alte Chatzimanolis war im klassischen Kaschmiranzug, frisch rasiert und nach Seife duftend, in den Himmel aufgefahren, sobald er sein Lebenswerk vollendet hatte. Zuvor hatte er noch den beiden Ausländerinnen, die bis zum Fallen des Vorhangs blieben, und den abwesenden Mitwirkenden der Vorstellung gedankt, seine Frau war schon seit Jahren unter der Erde, Sohn und Schwiegertochter erschienen nur zu Neujahr zum Besuch, Freunde und Verwandte in alle Winde zerstreut, der eine tot, der andere lebendig.
Die Kapitänsfrau hatte sich auf dem Begräbnis erkältet, am Telefon zählte sie ihm die Trauergäste auf, die ganze üble Bande von Piräus: Und weit und breit kein Kranz von dir und deinem Schiff, Mimis. Der Name Mitsos gefiel ihr nicht, und sie fing wieder mit den Bitten nach seiner Rückkehr an, denn die Erfahrung sagte, ihr Mann würde dann das Gespräch beenden, was schließlich, zur beiderseitigen Erleichterung, auch geschah.

Seit Jahren sprachen sie nur alle heiligen Zeiten miteinander, wenn es ein wichtiges Vorkommnis erforderte, und manchmal, wenn die Frau, vor allem in gewissen und besonderen Nächten, in denen die Lügen keinen Bestand mehr hatten, die Vergangenheit Revue passieren ließ und den Drang fühlte loszuschreien, sei es auch nur, um auch ihm die Laune zu verderben.

An diesem Abend wurde der fehlende Grabkranz zum Anlaß des Telefongesprächs, denn ein paar Halunken aus dem Kollegenkreis, die ihre Trauer und Sorge um ein perfektes Leichenbegängnis bloß vorschoben, hatten sich bei ihr beschwert, das hätte der allseits geachtete Verstorbene doch wohl mindestens verdient.

Die Nachricht ereilte Avgoustis in seiner Kajüte, lastete schwer auf ihm. Die Mönche vom heiligen Berg Athos werden seine Sünden hinwegnehmen und ihn in die himmlischen Klöster aufnehmen, sagte er zu Maritsa und zu sich selbst, und meinte es auch so.

Doch warum benachrichtigte nicht der Sohn selbst den Kapitän? Oder Flertakis? Die Hektik des Begräbnisses, die Aufregung in der Reederei und in der Familie, die dumpfe Fühllosigkeit, die der Tod, sei er auch längst erwartet, bei den Lebenden hinterläßt, boten keine ausreichende Erklärung, die anderen beiden Schiffe waren informiert worden, und die vierzigjährigen Kapitäne, die mit dem Alten gar nichts zu tun hatten, erfüllten mit einem läppischen Kranz ihre Pflicht.

Avgoustis drängte jeden Gedanken an die Folgen durch den Tod seines Freundes beiseite; vorläufig hatte die stille Ehrenbezeigung für den Verstorbenen Vorrang.

Sie hatten sich 1939 kennengelernt, Chatzimanolis, auch er

aus Kleinasien, aus Ayvali, damals dreißig und Erster Maschinist, und der sechzehn- oder siebzehnjährige Schiffsjunge Avgoustis, beide Besatzungsmitglieder der MYRTOON, die Panzer aus Halifax nach Dover transportieren sollte, es jedoch nicht tat, da deutsche Unterseeboote nach einem Angriff das Schiff versenkten, wobei zwölf britische Kanoniere und zwei griechische Heizer in die Tiefe gezogen wurden. Der Kleine rettete dem Älteren das Leben. Er gab ihm seine Schwimmweste, als er ihn zwischen zwei Wellen auftauchen sah, drauf und dran, für immer unterzugehen, nachdem er den halben Atlantik verschluckt hatte, wohl wissend, der Weg führte geradewegs in die Tiefe, die Hand wie zum letzten Hilfeschrei und zum letzten Gruß erhoben.

— Wäre ich älter als sechzehn gewesen, ich hätte dich nicht gerettet. Damals wußte ich noch nicht, was das Leben bedeutet, sagte er nach dem Krieg, als erwachsener Mann, einmal zu seinem Freund.

— Ich wußte das schon mit fünfzehn, als ich einen absaufen ließ. So die Antwort, ohne weitere Erläuterung.

Mal zusammen auf den Schiffen, mal getrennt, das Meer über Jahre hinweg mal an ihrer Seite und mal zwischen ihnen.

Das Leben ist Wiederkehr. Die Erinnerung legt den Rückwärtsgang ein und gräbt viele kleine, über die Jahre verstreute Geschichten aus, nach dem fünfundsechzigsten, dem siebzigsten Lebensjahr wird das Tempo der Wiederkehr schwindelerregend, und es reichen dir zehn Minuten, um dich auf den Rückweg zu machen, die Geschichten aufzusammeln und festzustellen, daß sie nichts als verbrauchte Flickenreste einer Vergangenheit sind, die mittlerweile weit von dir entfernt ist. Und je älter du wirst, desto größer wird der Abstand.

Mit vierzehn hatte er den Fußball und die Mannschaft *Iraklis* seinlassen, das Schlagzeug und das Philharmonische Orchester der Musikschule *Orfeas*, hatte sich eilig verabschiedet von Kiefernharzlieferanten, Faßbindern, Kutschern, Sesamkringelverkäufern, Gärtnern, Fischern und Hafenarbeitern, einen Karşılama getanzt und den Weg eingeschlagen, der in die Ferne und in die Tiefe führte. Daran dachte Avgoustis, kurz und bündig, da er nicht der Typ war, der sich in seine Jugend zurücksehnte, und da er sich weigerte, ein alter Knacker zu werden, der in seiner Erinnerung schwelgte, wenn er nicht gerade vor sich hindöste.
Nun machte er sich daran, dem Toten ein paar deftige Flüche als Grabspende hinterherzuschicken. Du hast einen Schweinehund zum Sohn, begann er seinen Monolog, gerade als Siakantaris das Abendessen für den Chef und den Kater brachte und durch die Schmährede, die den trauernden Nachruf ersetzte, die Neuigkeiten erfuhr. Der Kapitän war auch den geliebten Toten gegenüber gewalttätig, ein kleiner Vorgeschmack für die Lebenden auf das, was sie nach ihrem Tod zu erwarten hatten. Avgoustis' Zielscheibe war der verwöhnte einzige Sohn, doch die Schrotkugeln trafen ebenso den Vater, ein schöner Schurke auch der Tote, erste Sahne, ein Tattergreis, der einem unfähigen Nachfolger das Kommando der Reederei überließ.
Seine Augen waren voller Tränen, und der Koch wartete in einer Ecke auf das Eintreten des lang ersehnten Schweigens, das er zwar eine Weile respektieren, dann jedoch sanft und leise brechen wollte, um das Gelingen der Totenspeise zu Ehren des alten Chatzimanolis zu sichern.
— Hast du Granatäpfel?
Seit Jahren hatte die unbekannte Seele, die den Kapitän mit

zehn großen, saftigen Granatäpfeln jährlich für die Bedürfnisse der Totenmessen auf See versorgte, ihre edle Spende eingestellt. Als Siakantaris einmal nachfragte, ob die Person und ihr Granatapfelbaum noch existierten, bekam er keine Antwort, und als ihm andere, fremde Granatäpfel, die er am Hafen kaufte, trocken und sauer vorkamen, ließ er sie aus dem Rezept weg. Er beherrschte die Kunst, mit dem Vorhandenen auszukommen, hauptsächlich mit Weizenschrot, Rosinen, mal mit Mandeln vom väterlichen Grundbesitz des Kochmaats, mal mit Walnüssen von den Schwiegereltern des Bootsmanns.

Doch der Kapitän hatte sich bereits, ohne Abendessen, in die Pantry begeben, um vor der versammelten Mannschaft eine kurze Gedenkrede zu halten und danach, in aller Ruhe, dem Herumtreiber von Sohn ein Telegramm zu schicken, mit bewegten Beileidsbekundungen, wie es dem Verstorbenen gebührte.

Jene Nacht, die folgende, die übernächste und auch die sechs Nächte, die bis Japan folgten, verbrachte Avgoustis schlaflos in seinem kleinen Salon, vis-à-vis von der geschlossenen Tür des Reederapartments, das von Zeit zu Zeit als Katzengemach für Maritsa diente, nachdem nur ein einziges Mal, ganz am Anfang, der Körper eines Reeders auf den Bettlaken geruht hatte. Der alte Chatzimanolis hatte genug vom Ozean, und der Sohn hielt sich seit 1979, nachdem er seine erste und letzte Reise getan hatte, so fern wie möglich.

Wortlos saß Avgoustis da und litt unter dem Tod seines Freundes, aber da er mitten in der Schlangengrube saß, mußte er kampfbereit sein, und so stürzte er sich wieder in die Etüden der Erinnerung, und zwar nicht, was seine persönlichen Dinge betraf, sondern andere.

Im Geiste fuhr er immer wieder mit dem Finger über die mit Flecken übersäte Landkarte. Wie viele Lumpen kannte er und wo? Viele, und zwar auf jeder Pier. Doch die Sache mußte durch einen erledigt werden. Durch den fischblütigen Flertakis. Wenn man ihm denn trauen konnte.

Siebentausend Opfer hatte es 1994 beim Erdbeben in Kobe gegeben, doch drei Jahre später zog der Hafen mit den überdachten Märkten wiederum die Seeleute aus aller Welt an, die auf der Suche nach Schuhen und Videogeräten waren.

Es war Samstag abend, der 25. Januar, ein Drittel der Offiziere und ein Viertel der Matrosen der ATHOS III blieben pflichtgemäß auf dem Schiff, während sich die übrige Besatzung mit einem Vorschuß in der Tasche davonstahl, um zunächst einmal das berühmte *Kobe-Steak* zu probieren, köstlich-zartes Fleisch von Kälbern, die im Dunkeln mit Bier und Massagen aufgezogen wurden, so teuer, daß man die Portion dritteln mußte, gerade mal ein Appetithäppchen für jeden, und danach ein Spaziergang durch die wenigen Bars, die ihre Türen nicht vor den Fremden zuschlugen. Die Hoffnung auf weibliche Gesellschaft erfüllte sich nicht, denn es zirkulierte eine Grippe, welche die Huren ans Bett fesselte, ganz ohne Honorar.

Zuvor hatte Kapitänleutnant Birbilis nach den Anweisungen des Kapitäns, der seit Jahren das Schiff nicht mehr verließ, die dreistöckige Glaswarenhandlung gefunden, wo er unentschlossen vor vier vergoldeten Teekannen stand, Avgoustis anrief und schließlich die richtige kaufte. Diejenige mit dem geflochtenen Griff und den kleinen blauen Blütenblättern, diejenige, die seine Frau nie verwendete, wie sie sagte, aber als er sie einmal an seinem Namenstag, in Anwesenheit der Verwandtschaft und der Chefetage der Reederei, zu Hause bat, das ganze Porzellan hervorzuholen, erwies sich die Teekanne als schief zusammengeklebt und ohne Blütenblätter auf dem Deckel, und die Ehefrau wußte es, schuldbewußt stotternd, nicht zu erklären.

Solche Gewissensbisse wegen einer Teekanne, dachte ihr Mann damals, und dasselbe Mitgefühl stieg in ihm hoch, als er sich nun wieder daran erinnerte.

Lieber Mimis, verwechsle unsere Tochter nicht wieder, sie ist diejenige, die in Xenoulas Schürze schläft, während die kleine Dicke, die mit einem Eis am Stil zu meinen Füßen sitzt, meine Nichte ist, so hieß es auf der Rückseite einer Fotografie, die sie ihm auf die Kanarischen Inseln geschickt hatte, und diese treffende Erläuterung, mittlerweile fast dreißig Jahre alt, verkörperte all die Distanz des Vergessens, die mit der Zeit und mit den jährlichen Besuchen des Ehegatten, der in Elefsina den fremden Weinberg pflügte, in kalte Feindseligkeit umgeschlagen war.

Es war Sonntag morgen, bei trübem Wetter und einem doppelten Mokka.

Der Kater Maritsa vollführte sein makelloses künstlerisches Programm rund um die Reling, vor seinem Publikum, den schlaftrunkenen japanischen Hafenarbeitern und Herumtreibern, die so etwas noch nie gesehen hatten und die Luft mit ihren kurzen, ein- und zweisilbigen Ausrufen erfüllten.

Avgoustis war auf dem Posten, er atmete die Seeluft ein, die weder duftete noch erfrischte, sondern wie hart gewordener Zement wirkte, der Dutzende Schiffe hintereinander eingemauert hatte. Dreißig Ozeanriesen, abwechselnd ein weißer und ein schwarzer, zählte Siakantaris auf, als er ihm den zweiten Mokka mit einer kleinen Portion Feta und Zwieback brachte.

Avgoustis hatte die Nacht mit offenen Augen und zusammengepreßten Lippen verbracht, am Morgen beim Aufstehen war sein Mund innen wie außen mit einer gelben Kruste verklebt, er brauchte lange, um sie zu lösen, Zunge, Gaumen und Wangen davon zu befreien und seine Sprache mit dem Gutenmorgengruß an Maritsa wiederzufinden, der sich nun schon seit Tagen, die Versunkenheit seines Herrchens respektierend, in Geduld übte.

Das Kommen und Gehen der Besatzung verstärkte sich, die Männer grüßten ihn zuerst, und Avgoustis nickte, er war nicht in der Stimmung, sie mit ihren Spitznamen zu bedenken, *Callas* für den Falsett Lavdas, *Die Schwarzeneggers* für die albinoblonden Russen, und noch einige mehr. Heute, naturgemäß in seine Duftwasser gehüllt, naturgemäß in großer Toilette, stand er da und verschanzte sich hinter seinen Gedanken über die illegale Rechenkunst der Schiebereien, in zwei Stunden wollte er das Lösungsheft seiner langjährigen Erfahrung zur Anwendung bringen.

Der Sonntag in Kobe verstrich mit einem sanften Nieselregen, unter dem die Leute auf dem Kai dahinschlenderten, unter dem Kräne mit orangefarbenen Containern in den Fängen wie Kraniche durch die Luft glitten, unter dem Lastenträger auf Fahrrädern drei oder sogar fünf riesige Kartons auf einmal transportierten, unter dem sich fröhliche Hunderudel tummelten und kleine Jungs auf Fahrrädern, die je-

den der Überseefrachter, BALTIC SEA, ARGENTINA, SPANISH STAR, begafften und die Seeleute auf Englisch fragten, woher sie stammten, woher sie kämen und wohin sie führen.
Avgoustis saß an seinem Schreibtisch, ein Leben lang auf See hatte er mehr als zehnmal an jedem Ankerplatz angelegt, auch in Kobe, alles kannte er auswendig, die begehrten Häfen des Reichtums und die von der Armut der dritten Welt erdrückten, ein Kai, zwei Taue, Ladung aufnehmen und weg bist du.
Sie hatten die Ladung Tapioka gelöscht und lagen in der Warteschleife für neue Ware. Würde Flertakis eine Lösung finden? Hatte sich die Lage weiter verschärft, jetzt da der Verstorbene kein gutes Wort mehr für ihn einlegen konnte? Und gab sich das Herzblatt aus Piräus auch ernsthaft Mühe oder zögerte er die Erfüllung der Absprachen mit Absicht hinaus?
— Bis Mittag müssen dreißigtausend Tonnen her. Kühlschränke, Pantoffeln oder Bockmist, stellte er am Telefon klar.
— Sonst?
— Gibt's 'ne Leerfahrt.
— He Mitsos, aber wohin bloß?
— Zu alten Freunden.
Es war kurz vor elf, als die sonntäglichen Besucher auf der ATHOS III eintrafen. Als erster kam ein Japaner an Bord, ein philosophischer Vertreter der Handgelenks- und Fußknöchelmassage, der seine Kunst an den Leibern der russischen Freiwilligen demonstrierte.
Als zweiter nahm der Vertreter der Postagentur Platz und verteilte die Briefe, und nach der Lektüre hatten die Leute erst mal genug von fälligen Krediten und Steuerforderungen.

Am Dienstag, gegen zwölf, kam eine Dame in Graublau mit dem Taxi an. Sie zeigte einem der Georgis ihren Ausweis, der nicht weiter nachfragte, übergab ihm ihren Koffer und kam hocherhobenen Hauptes an Bord, doch ihre leeren Hände öffneten und schlossen sich krampfhaft.

Es heißt, eine gute Besatzung erkennt man daran, daß sie nicht nach den Beinen der Kapitänsfrau schielt.

Doch erstens war die Frau mittleren Alters, zweitens trug sie Hosen, und drittens war sie den Männern unbekannt, keiner hatte Flora Avgousti je gesehen, der Kapitän hatte kein Bild von ihr auf seinem Schreibtisch noch hatte er jemals von ihr erzählt.

Die hochgewachsene, grauäugige Frau stellte sich vor, schüttelte drei Seeleuten auf der Brücke die Hand, ließ ihnen Zeit, sie zu begutachten, betrachtete mit Wohlgefallen das Schiff, ließ ihre Handfläche über die Nietköpfe gleiten und ihren Blick schließlich auf dem Boden mit den Fußspuren des Flüchtlings ruhen, den sie aus seinem Bau locken und zur Vernunft bringen wollte.

Der Bootsmann vorneweg, der Leitende Ingenieur dahinter und die Kapitänsfrau als dritte kletterten über Deck, während sie ein paar harmlose Fragen und Antworten austauschten, über das Wetter in Griechenland, den Gesundheitszustand der Verwandten, lebendiger wurde das Gespräch bei den Nachrichten von der Nationalstraße Athen-Thessaloniki, von der Spaltung des Landes durch die Blockaden der Bauern, ein großes Hallo gab es bei den zehn CDs, welche die ein wenig verlegene Herrscherin aus der Handtasche zog und an ihre Untertanen verteilte, unter anderem einige Scheiben von Christodoulopoulos, einer anerkannten Größe, sowie von Paschalis Terzis, einem aufgehenden Stern am

griechischen Schlagerhimmel: Für euch alle, Jungs, die großen Stimmen der Heimat, damit ihr sie nicht vergeßt.
Als sie zu Avgoustis' Hauptquartier hinabstiegen, fühlten sie seine fiebrige Aufregung, erneut sprach er am Telefon mit dem Herzblatt, drückte Preise, handelte die übliche Fahrtdauer von hier nach da und von da nach dort herunter, gab sein Bestes. Der Kapitänleutnant an seiner Seite folgte seinen Andeutungen und Anweisungen, rechnete für alle Fälle nach und tippte wie der Teufel, um dem Kapitän hinterherzukommen.
— Jetzt nicht, ich hab zu tun, schickte er die Besucher fort, ohne den Kopf zu heben, ganz der Kunst des Schacherns hingegeben.
Flora Avgousti bedeutete ihren Begleitern, ihren Mann nicht zu unterbrechen, ging an ihnen vorbei und bezog hinter ihrem Mann Position, um das Ende des Feilschens abzuwarten.
Beim Betreten des Büros war ihr Blick, überrascht und streng, an seinem sehr langen, sehr weißen Haar und an einem frischen blauen Fleck neben dem linken Auge hängengeblieben, seit Jahren hatte er keine Fotografien mehr geschickt.
Er hatte sie nicht bemerkt und verabschiedete sich zufrieden von Flertakis.
— Du wirst absahnen. Wir haben dem Saukerl von Sohn so viel Erdöl geklaut, daß keiner von uns beiden einen Platz im Paradies finden wird.
Der Deal war geritzt, noch etwas fiel durch Stornierungen anderer Schiffe ab, fünfzehntausend Tonnen Industriegüter plus zwanzigtausend Stück Wasch- und WC-Becken, Zielort das kalte Xingan.
Er bekreuzigte sich, sog die Luft mit geschlossenen Augen ein. Frauenparfüm? fragte er. Frauenparfüm, wiederholte er,

diesmal ohne Fragezeichen, und wandte sich den drei Besuchern zu.

— Mimis?

Einige Minuten verstrichen wortlos, ohne Begrüßung oder Umarmung, bis der fünfundsiebzigjährige Kapitän kurz angebunden zu den Männern sagte: Geht, und schließt die Tür hinter euch.

Er erhob sich, ging zum Bullauge und atmete tief ein.

— Warum hast du nicht angerufen, daß du kommst?

— Du hättest es nicht gewollt.

— Du hättest mich trotzdem benachrichtigen können.

— Fünfmal wollte ich mich in den letzten zwölf Jahren auf den Weg zu dir machen, und jedesmal warst du dagegen.

— Ich hatte meine Gründe.

— Zwölf Jahre konntest du nicht nach Griechenland kommen? Nicht nach Hause kommen? Zu deinen Kindern? Hast du sie denn auch abgeschrieben?

— Ich habe es schon gesagt. Ich hatte meine Gründe.

— Ich auch, und zwar für mein Kommen.

— Fang nicht wieder davon an.

— Jetzt wo ich endlich freie Hand habe, schmeiße ich deinen Mann kopfüber ins Meer, denn er hat mich aufs Kreuz gelegt, und das vergesse ich ihm nicht. Das war auf dich gemünzt, Mimis.

Das hatte der junge Chatzimanolis zu ihr gesagt, sobald der Alte unter der Erde war, noch während man die Grabkränze auf das frisch geschaufelte Grab türmte. Doch Avgoustis wurmte vor allem ihre unangemeldete Ankunft.

— Gerade habe ich mit Flertakis gesprochen, und der Hurensohn hat mir nichts davon gesagt, daß du kommst, ja, daß du schon da bist.

— Ich habe ihn angefleht, ihm geschmeichelt, ihm gedroht, gab Flora zu. Sein Schweigen war ihre Strafe. Nach zehn Minuten entschloß sie sich zum Handeln, um die fast bedrohliche Stille zu durchbrechen. Sie blickte auf die Katze, die sich auf dem Teppichboden räkelte, und beugte sich hinunter, um sie zu streicheln. Wieder eine Maritsa, bemerkte sie ungerührt und trat auf ihren Mann zu. Sie würde sich nichts vergeben, wenn sie ihn bäte, sie zu berühren und zu küssen, doch sie mußte sich ihm nähern, jetzt da sie ihm, langsam und sanft – denn sanft sollte es sein, so hatte sie nach längerer Überlegung beschlossen – die dramatische Wendung verkünden wollte: Mimis, keiner hält mehr seine schützende Hand über dich.

Es folgten ein Brandy und die abendliche Berichterstattung über die Kinder. Der Reihe nach und in gedrängter Form. Zuerst etwas über die große Tochter, die es nicht fertigbringe, grüne Bohnen zu putzen, und einen ganzen Morgen damit verbracht habe, Familienvideos anzusehen, bis sie eines fand von den Ferien auf dem Dorf, wo ihre Schwiegermutter eine Schüssel Prinzeßbohnen putzte. Sie ahmte sie mechanisch nach, während sie über ihre Ehe nachsann, die auf dem absteigenden Ast war.
Dann über die lebhafte Lora, die sie ihm auf der Videokassette von der Weihnachtsfeier aus dem Kindergarten vorstellte, wo sie, als Engelchen verkleidet, einen bekannten griechischen Schlager mit abgewandeltem Text sang.
Dann über die zweitälteste Tochter, die alle sechs Monate

einen neuen Freund hatte, von Heiraten nichts hören wollte und in der letzten Zeit vor lauter Profiteroles und Romanelesen ordentlich zugelegt hatte.
— Sie schickt dir die Biographien von Einstein und Chaplin.
Ihre Worte über den Jüngsten waren sehr vorsichtig. Glücklicherweise habe er das Rowdytum abgelegt. Doch nach Boston schien Bukarest nicht recht zu passen, das zweite Studienjahr wiederholte er nun schon zum dritten Mal, es liege auf der Hand, daß er zum Biologen nicht geeignet war, daß ihm das Studieren nicht lag. Und in Athen verbrachte er Stunden zu Hause, über seine Drums gebeugt, fragte nichts, antwortete nichts, verschlossen, finster und hart und dennoch ihr bestes Kind.
— Hast du ihm wenigstens ein einziges Mal zu seinem Namenstag gratuliert, Mimis? – Nein, hatte er nicht.
Flora Avgousti zog ein Bündel Fotografien von Lora aus ihrer Handtasche, und aus ihrem Koffer holte sie drei Bilderrahmen aus Plexiglas.
— Im Doppelrahmen sind Porträts deiner Töchter vom letzten Jahr, im kleinen Einzelrahmen dein Sohn, im großen Einzelrahmen deine Enkelin, sagte sie und stellte die Bilder auf den Schreibtisch der Kajüte. Ihr Mann blickte flüchtig darauf, schloß die Schublade seines Schreibtisches auf, steckte die drei Rahmen hinein und verschloß sie wieder.
Es folgten Schweigen und das vergebliche Warten auf irgendeine Bemerkung, auf einen Satz, der eine verspätete väterliche Sehnsucht ausdrückte. Dann kamen die Nachrichten, die nicht die Familie betrafen, in noch gedrängterer Form und ohne Hoffnung, die Kälte des ersten Tête-à-tête des Ehepaares nach zwölf Jahren doch noch zu durchdringen.

Flora erzählte, sie habe von den weißen Wänden genug gehabt und die Wohnung gelb gestrichen, sie habe das Ungetüm von Sofa entsorgt, Vouloumbakis vom Bestattungsinstitut sei gestorben, das zweistöckige Eckhaus sei abgerissen und zu einem Einkaufszentrum mit Delikatessenläden, einem Ärztezentrum und einem Fitnesscenter umgebaut worden, Piräus sei übersät mit Hochhäusern und kaum wiederzuerkennen. Sie verkürzte ihren Monolog, indem sie ähnliche Neuigkeiten unterschlug, und endete mit den verschiedenen Bekannten, die ihre Feste immer noch mit Makkaroni begingen und ihre Kartenabende immer noch mit zehn verschiedenen Sorten Sirupsüßigkeiten.

Mitsos hörte zu. Als Flora alles gesagt hatte, was zu sagen war, schloß er die Schublade seines Schreibtisches wieder auf und holte die Zigarrenschachtel hervor. Es folgten ein zweiter Drink, eine Havanna und endlich ein paar Fragen, vielleicht auch nur der Form halber gestellt, wann der Bürgermeister den Müll abholen lasse und ob es die Reifenwerkstatt seines Bekannten aus Smyrna noch gebe.

— Die Müllabfuhr kommt Montag-, Mittwoch- und Freitagmorgen, und die Reifenwerkstatt gibt's nicht mehr, Ambatzidis ist gestorben, sein Sohn ist der PASOK beigetreten und jetzt Gärtner beim Fernsehen, entgegnete Flora, während sie überlegte, daß sie sich schließlich als Prophetin erwiesen hatte, denn immer wenn sie an den Kapitän dachte, was ab und zu vorkam, dann stellte sie sich einen Mann vor, allein vor einem sehr blauen Hintergrund und rauchend wie ein Schlot.

— Du rauchst ja wieder, bemerkte sie sanft.

— Mit siebenundsechzig habe ich wieder angefangen.

— Und Brille trägst du auch keine.

– Das habe ich mit achtundsechzig aufgegeben.
Jeder hing seinen eigenen Gedanken nach, die sie jedoch für sich behielten, kaum verwunderlich, denn sie waren es nicht gewohnt, einander lange zuzuhören.
Anfangs war das gegenseitige Schweigen bodenlos gewesen, dann folgte eine Phase sporadischer Spitzfindigkeiten, und noch später, als sich beide im Dauerzustand der Gleichgültigkeit eingerichtet hatten, konnte der eine freimütig die Existenz des anderen vergessen, mußte und konnte zur Verbesserung oder Verschlechterung der Lage nichts mehr beitragen. Ihr zuweilen gemeinsames Leben beschränkte sich auf diplomatisches Kaffeetrinken in der Küche, auf einen eisigen Kuß bei der Rückkehr und auf die Abschiedsumarmung, die vor Dritten erforderlich war.
Das einzige, was Avgoustis nun beim ersten Wiedersehen nach zwölf Jahren mit seiner Frau tat, war zu rauchen und an Szenen zu denken, die so weit weg lagen wie möglich, in Kanada, als er zusammen mit zwei französischen Kapitänen in einem Restaurant grüne Seeigel, weiße Krebse und Robbenpastete vom Sankt-Lorenz-Strom speiste, selbst wenn die Tiernärrin Brigitte Bardot, der hübscheste Hintern der französischen Geschichte, deswegen auf die Barrikaden ging.
Vor zwanzig Jahren lebten dort nur mehr viereinhalbtausend Robben, dank des Tierschutzes vermehrten sie sich bald auf fünfeinhalb Millionen, und eine davon hatte den Nordatlantik durchschwommen, war über den Nordpol gezogen, hatte das Japanische Meer durchquert und thronte nun ihm gegenüber, die traurigen und bitterbösen Augen zurück in die Tiefe der Zeit und in die Vergangenheit gerichtet.
Sie trennten sich weder nach der ersten noch nach der zweiten Tochter, noch brachten sie es nach der Geburt des Sohnes

über sich, damals, als Flora immer wieder davon träumte, mit einem anderen Mann ein besseres Leben zu führen.
Da gab es einen gewissen Marinos Limojannis, einen verwitweten Nachbarn, der beim Wäscheaufhängen herüberlugte. Er hatte eine Farben- und Eisenwarenhandlung zwei Quergassen weiter. Im Juni '73 ging sie ein Abflußsieb kaufen und begutachtete ihn aus der Nähe.
Zweiundvierzig? Dreiundvierzig? Nicht älter als fünfundvierzig jedenfalls, nicht größer als eins siebzig, nicht schwerer als fünfundsechzig Kilo, höchstens siebenundsechzig, braunes Haar, Brille gegen Kurzsichtigkeit, eine ganz gewöhnliche Erscheinung, einer von vielen, mit Ausnahme der Stimme, die war tief, süß und ruhig. Schönen guten Tag, Frau Avgousti, wie geht es ihren kleinen Mädchen? Und die Augen waren hinreißend, sie waren so unendlich, daß man in sie eintauchen und sich darin verlieren mochte.
Rückhaltlos stürzte sich Flora in ihr grenzenloses rötliches Braun, um darin zu versinken, und der Farbenhändler setzte die Brille ab, um der Nachbarin entgegenzukommen, die das delikate Terrain auslotete und die Frage des Ladenbesitzers unbeantwortet ließ:
— Für welchen Abfluß?
Sie erklärte für welchen, eine ganze Weile später.
— Für die Küchenspüle.
— Also, um Körner und Schalen aufzufangen.
— Ja.
— Plastik oder Metall?
— Egal.
— Hier ein Dreierpack. Geben Sie auch eins in den Badewannenabfluß, für Ihr Haar.
Floras Hand schnellte zu ihrem Haarknoten, doch sie mußte

ihn nicht lösen, Marinos hatte das dichte braune, den Rükken hinab fallende Haar schon gesehen, alle beide konnten sich erinnern wann, in einem Morgengrauen im Mai war sie auf die Veranda getreten, um ihren Kaffee zu trinken und das Eisengeländer mit einem feuchten Tuch sauberzuwischen.

Den Abend des 17. Juli, seinen Namenstag, verbrachte Marinos Limojannis allein, wohlfrisiert und in seinem neuen Sommeranzug, während er an den Rahmen der Balkontür gelehnt im Stehen langsam sein Bier trank.

Den Abflußsieben folgten weitere kleine Einkäufe. Mindestens einmal in der Woche trat Flora Avgousti über die Schwelle der Farbenhandlung, um eine Badewanneneinlage, vier Griffe für die Küchenkästen, neue Schlüssel und diversen Kleinkram zu kaufen, den sie originalverpackt und wahllos in den Waschbeckenschrank stopfte. Sobald er aus allen Nähten platzte, reichte sie dessen Inhalt an ihren überraschten Trauzeugen weiter, der so gar nicht zum Heimwerker taugte, indem sie ihm zu seinem Namenstag das klassische Getränkepräsent inklusive zwanzig Blatt Schmirgelpapier und zum Hochzeitstag den klassischen Blumenstrauß inklusive zwei Schachteln Stahlnägel überbrachte. Bevor das Schiff des Ehemanns Piräus ansteuerte, bestellte Flora Limojannis zweimal zu sich nach Hause. Zum einen, damit er ihr mit der Black & Decker die Garderobe im Flur befestigte, zum anderen, damit er auf dem kleinen Küchenbalkon eine Plastikpergola montierte, für den Weißbunten Efeu, den sie im kommenden Frühling, also erst sieben Monate später, pflanzen wollte.

Niemand sei flüssig, das Bauwesen stagniere, wie viele Löffel Zucker wolle er in den Kaffee, anderthalb, ah, nur anderthalb, viel sprachen sie nicht, alles Weitere spielte sich nur in ihren Blicken ab, in ihrer Hoffnungslosigkeit, weiter nichts.

Damals sammelte Flora all ihre klugen Ideen über Fragen der Wirtschaft, der Politik und der Lebenserfahrung, um ihre Perlen nicht ihrem Mann vorwerfen zu müssen, der sich taub stellte, denn um den Abwesenden bemühte sie sich schon lange nicht mehr, sondern um ihre schönen, wohlabgewogenen Reden jenem vorzutragen, der ihr, ganz Auge und ganz Ohr, Beachtung schenken würde, sowie die Hindernisse beseitigt wären.

Flora Avgousti unterbrach ihr Resümee, es reichte fürs erste, so dachte sie, während sie ihrem Mann nachsah, der sich aus dem Sessel erhob und ins Bad ging.

Sie nahm das Bündel mit Loras Fotografien und steckte es in ihre Handtasche zurück. Ihr Blick glitt über die für sie weniger interessanten Dinge, über die beiden Bronzeplaketten aus Häfen Australasiens für die ATHOS, anläßlich der Einweihung neuer Piers, und den Metallring an Maritsas Fuß, der verhindern sollte, daß die Magnetwellen den Kater zum Wahnsinn trieben.

Sie richtete sich auf und warf einen heimlichen Blick in die unverschlossene Schreibtischschublade, auch dort keine Familienfotos, bloß Streichholzschachteln und Spielkarten aus exotischen Ländern und Vergrößerungsgläser mit phosphoreszierenden Griffen. Sie streckte die Hand nach seinem über der Stuhllehne hängenden Sakko aus, und mit heimlicher Freude stellte sie fest, daß er, der keinen an seine Kleider ließ, einen Knopf mit braunem statt mit schwarzem Zwirn angenäht hatte, also war der alte Mimis keineswegs souverän und unfehlbar.

Fünfunddreißig Jahre war es her, daß sie geheiratet hatten, zu Ostern 1962. Zweimal war sie mit ihm auf See gewesen, im Herbst desselben und im Herbst des darauffolgenden Jahres, jeweils für zehn Tage. Obwohl sie Glück hatte mit dem Wetter, tat sie dennoch die ganze Zeit kein Auge zu, nur an Land fand sie Schlaf. Die geschäftsmäßigen Führungen durch Werften und Hafenanlagen langweilten sie, und die brackigen Hafenbecken mit den tobenden Mückenschwärmen verursachten ihr Ekel.

Wenig später, kurz nach Mitternacht, lag das Ehepaar Avgoustis im Doppelbett, das Licht gelöscht, für Flora war es die dritte Reise auf den Meeren der Schlaflosigkeit. Trotz ihrer Klugheit, so dachte sie, fehlte ihr der Mut zum letzten Schritt. Seit Jahren war ihr Leben zerstört, und dennoch hielt sie still.

Nach ganzen zwölf Jahren nicht ein Kuß, Mimis? Nicht eine zärtliche Geste? Selbst wenn Flora nicht damit rechnen konnte, hatte sie es doch verdient, schließlich hatte sie sich gleich nach dem Begräbnis des alten Chatzimanolis, beim Kaffeetrinken und bei den Beileidsbekundungen, in die Bresche geworfen, den dämlichen Sohn davon zu überzeugen, daß es, bevor er ihren Mann vom Schiff jagte, besser wäre, sie würde zu ihm fahren, um ihn zur Vernunft zu bringen, nicht nur, um seine Laufbahn vor einem unrühmlichen Ende zu bewahren, sondern weil sie plötzlich nach einem Anlaß suchte, ihr Leben mit ihm doch noch fortzusetzen, jetzt, da die Scheidung keinen Sinn mehr hatte, er fünfundsiebzig, und sie vierundsechzig.

Der halb in Vergessenheit geratene Limojannis sollte an diesem Abend nicht wieder zu Ehren kommen, Flora wollte nicht wach liegen und irgendeine Episode ihrer Leidenschaft für den Farbenhändler ans Licht der Erinnerung zerren, eine Leidenschaft, die über Jahre hinweg anschwoll und wieder abkühlte, bis es dem Mann zu bunt wurde und er sich aus dem Staub machte.

Zu Beginn des Abends hatte sie sich in diese Erinnerung geflüchtet, wütend über seinen kühlen Empfang, doch auch aus dem Gefühl heraus, einen Abschied zu vollziehen. Bei dieser Gelegenheit gab sie auch gleich einem Jorgos und einem Sotiris den endgültigen Laufpaß, in den Vierzigern hatte sie sich mit einem Fünfzigjährigen eingelassen und mit fünfzig mit einem Vierzigjährigen, für ein kurzes, einwöchiges Abenteuer. Flora Avgousti kam mit ihren Liebhabern nicht länger als eine Woche zurecht, weil ihr nichts daran lag, mit ihnen zurechtzukommen.

Ihr Mann war offensichtlich auf dem schnellsten Weg zu altern. Das war ein Grund zur Sorge. Nun lag er wieder neben ihr im Bett und hatte ihr den Rücken zugedreht, doch sein unregelmäßiger Atem verriet, daß auch er kein Auge zutat.

Beide wußten um ihre gegenseitige Enttäuschung, daran gab es nichts zu rütteln, und so konnte ihm Flora in jenem Augenblick einzig seine unbarmherzige Gleichgültigkeit zum Vorwurf machen.

— Mimis, sprach sie in die Dunkelheit, mit tiefer Stimme und mit dem Akzent der Piräoten. Mit vierzig bin ich grau geworden, damals habe ich dich immer wieder um Rat gefragt, ob ich mir die Haare färben soll. Bevor ich vorgestern ins Flugzeug stieg, habe ich mir wieder die ursprüngliche Farbe machen lassen, das alte leuchtende Braun. Warum hast du bloß keinen Ton dazu gesagt?

– Oregano?
– Die gelbe Dose.
– Gartenminze?
– Die andere gelbe Dose. Steht vorne drauf.
Am Montag morgen, um neun Uhr, während ihr Mann die Beladung des Schiffes überwachte, drang Flora Avgousti zur Kombüse des Frachters vor, zog sich den Ehering vom Finger, legte ihn auf einen leeren Teller, krempelte die Ärmel hoch, zog sich eine Schürze an und machte sich daran, drei Kilogramm Hackfleisch zu kneten, um der Mannschaft von weiblicher Hand geformte Hackfleischbällchen zu servieren.
– Männerhände sind also ungeeignet, ja? Ich fürchte, jetzt hat der weibliche Feldwebel das Kommando über meine Pfannen, murmelte der Schiffskoch dem Kochmaat zu.
Der schüchterne Dreißigjährige hörte ihm verständnisvoll zu, zog sich in eine Ecke zurück, wo er kaum zu sehen war, und dachte, es sei an der Zeit, einen Fünf-Kilo-Sack Sesam zu schälen, damit zukünftig ausreichend vorhanden war, für Brote und Brotkränze. Er hatte ein friedfertiges Gemüt, wollte nicht in Diskussionen verwickelt werden, die auf Sieg oder Niederlage hinausliefen, wozu auch.
Jerasimos Siakantaris wußte vom Unternehmen *Hackfleischbällchen aus Frauenhand* bereits seit dem Vorabend, als er die Anweisung erhielt, das Hackfleisch aufzutauen und den Rat, sich gegen den Eindringling zu wappnen, und während er nun das Haarnetz über seine Locken zog, da er leider nicht – wie jeder vom Glück begünstigte Küchenchef – glatzköpfig war, begann er sein Frühstück mit einem bewußten dreiminütigen Eintauchen in eine süße und angenehme Szene in Kyriaki, wo er vor Jahren Pappkartons voller Trödel durch-

stöberte, ein Öllämpchen und den lange verloren geglaubten Pfriem hervorzog und schließlich auf einen Teller mit kleinen gelben Lilien stieß, das einzige Überbleibsel vom Eßgeschirr, das seine Mutter mit in die Ehe gebracht hatte. Er spülte ihn, häufte Kekse darauf und verspürte ein Glücksgefühl, während er den Teller vor der Brust hielt und kauend aus dem Fenster auf die gelben Blätter im Hof und auf die vergilbten Weinberge am Horizont blickte.

Weinberge, so lautete auch die einsilbige Erklärung, mit der er die langen Blicke des Kochmaats erwiderte.

Die Ankunft der Kapitänsfrau hatte ihm die Stimmung gründlich verdorben. Ihm mißfiel die Art, wie sie sich allzu ungezwungen in seiner Kombüse bewegte. Sie sollte zurückhaltender sein, weniger selbstbewußt zwischen den Tresen mit seinen Töpfen und Pfannen herumwirbeln, weniger neugierig seine Küchenschränke durchforsten, seine Gewürze auf den Regalen in Ruhe lassen und ihm nicht den letzten Nerv rauben, sonst würde er sie mitsamt ihrem Mitbringsel, einer weibischen Krawatte mit rosa Krebsscheren, in den Ofen werfen, wo seine beiden Bleche mit den überbackenen Makkaroni warteten.

— Und, hat sich eine Marianthi gefunden?

Flora Avgousti mobilisierte alles, was ihr aus alten Aussagen ihres Mannes über den Koch einfiel, und der Fall Marianthi schien ihr geeignet, Siakantaris auf ihren Kurs zu bringen, denn mit dreißig war ihm die Idee gekommen, sich in eine Marianthi zu verlieben, deren Namen die Reinheit der heiligen Jungfrau mit der Schönheit eines blühenden Gartens verband, was ihm so sehr gefiel, daß ihn jede halbwegs hübsche Marianthi, die ihm zufällig über den Weg gelaufen wäre, binnen Monatsfrist um den Finger gewickelt hätte.

Doch mysteriöserweise verschwanden sämtliche Marianthis, und im Zuge dieser Pechsträhne wurde Siakantaris fünfunddreißig, vierzig und fünfundvierzig, und, so erklärte er der Kapitänsfrau, mit fünfzig, als er in der Heimat durch Raubvogelweibchen mit ganz anderen Namen Federn lassen mußte, habe er – ein gebranntes Kind scheut das Feuer – den Schlangen mit den lüsternen Augen, die sein gezaustes Vögelchen umlagerten, den Garaus gemacht.
Diese Einleitung und einige weitere Fragen von Flora Avgousti, wann die japanischen Vulkane zuletzt ausgebrochen und ob die Eier noch frisch seien, und wann der Regen wohl endlich aufhöre, damit man einen netten Spaziergang in die Stadt machen könne, waren bloße Aufwärmübungen, um den Koch in ihr Fahrwasser zu lotsen, der sie beobachtete, während sie mit fahrigen Bewegungen die Zwiebeln rieb, und ihr zuhörte, während sie ohne Umstände zum Duzen überging, notwendige Voraussetzung für die Schaffung eines Klimas gegenseitiger Vertraulichkeit. So ergab er sich nach und nach ihrer verdeckten Verhörstrategie, während er ihr bewundernd zusah, wie sie mit der Faust das Hackfleisch knetete, und machte sich zum Verbündeten in ihrem gar nicht mehr verdeckten Vorhaben, allem auf die Spur zu kommen, denn wenn sie beharrlich weiterfragte, hatte auch er endlich die Gelegenheit, etwas zu erfahren.
— Was? Er ißt gekochte Zucchini? Krankenhausfraß hat er das früher genannt.
— Er achtet eben auf seine Gesundheit.
— Ach, so schlecht war das Ergebnis der letzten Untersuchung?
— Seit fünf, sechs, vielleicht auch sieben Jahren ist er nicht mehr beim Arzt gewesen.

— Rechtfertigt er sich dir gegenüber, in welchen Abständen er sich untersuchen läßt?
— Nein, nur wenn er den Arzttermin schwänzt.
— Und die Reederei läßt das mit sich machen? Verlangt man dort keine Atteste?
— Nur von den Neuen. Einen Alkohol- und Drogentest.
Der Koch – ein alter Hase, der es genoß, sie anzustacheln – fuhr mit seinen eigenen Geschichten fort, Käpt'n Mitsos habe zwei Magendurchbrüche geheilt, drei Nervenzusammenbrüche kuriert, einen vereiterten Ellenbogen erfolgreich operiert und, fünfzehn Jahre sei das her, da habe er der halben Mannschaft die Wunden genäht, als sie wegen eines Streits um den Sänger Kazantzidis betrunken zu den Messern gegriffen hatte. Er könne eben das zeitraubende Hin und Her mit den Ärzten nicht ausstehen, Geld habe er auch keins zu verschenken, daher nehme er zu diesem Manöver Zuflucht und führe die Reederei hinters Licht.
— Heute morgen hat er mich auch hinters Licht geführt. Er hat mir erzählt, er habe sich bei einem Griechen untersuchen lassen und alles sei in Ordnung gewesen.
— Ja, 1989.
— Was, so lange ist das her?
— Danach sind wir der Linienkonferenz beigetreten und in den Stillen Ozean übergesiedelt. Buenos Aires war dann gegessen.
— Dort praktiziert sein Arzt?
— Praktizierte. Er ist im Jahr '90 gestorben.
Flora erfuhr eine unglaubliche und verrückte Einzelheit nach der anderen. Jede andere, dachte sie, hätte schon längst das Handtuch geworfen.
— In seinem Alter, meinte sie gelassen, braucht Mimis in

jedem Fall einen guten Arzt, und zwar einen, der nach Möglichkeit noch am Leben ist.
— Der Verstorbene war, nun ja, Gynäkologe.
Flora Avgousti hielt inne, die Hände in die Schüssel mit dem Hackfleisch getaucht, sah, wie Siakantaris langsam die Bechamelsoße im Kochtopf anrührte, hörte, wie er erzählte, daß der Kapitän früher bei jedem Aufenthalt in Argentinien die Praxis seines Gynäkologen aufgesucht habe, doch beim letzten Mal, im Jahr 1990, sei der Arzt aufs Schiff gekommen, im Morgengrauen, um den Seiltanz der damaligen Schiffskatze namens Maritsa rund um die Reling zu sehen, fasziniert habe er das wohlgenährte Tier mit dem rötlichen Fell betrachtet, während er selbst auf den Zehenspitzen mittänzelte und leise von der Wunderwelt der Tiere fantasierte.
Bei ihren seltenen Treffen im Verlauf der Jahre tranken die beiden Männer miteinander, tauschten ihre Geschichten aus. Keiner wußte, was sie verband, doch das war auch nicht nötig, sie rauchten einfach nur ihre Havannas zusammen, denn Sifakakis war ein Zigarrenraucher vor dem Herrn.
— Sein Arzt hat ihn also dazu gebracht, wieder mit dem Rauchen anzufangen?
— Aber sicher.
— Na bravo.
— Du brauchst dir um deinen Mann keine Sorgen zu machen, er hat noch jede Menge Seemeilen vor sich.
Flora Avgousti ließ das Hackfleisch kurz im Kühlschrank ruhen, warf Zwiebel- und Eierschalen in den Müll, und trank neben der Knetmaschine für den Brotteig den zweiten Mokka des Tages. Beim ersten, den sie mit Mimis um sechs Uhr morgens getrunken hatte, hatte sie die beiden Flugscheine mit dem offenen Rückflugdatum aus ihrer Handta-

sche gezogen. Sie verlangte keinen Rechenschaftsbericht für die vergangenen zwölf Jahre, sie bat ihn nur, seine Koffer packen zu dürfen.
Er hingegen schälte vor ihren Augen die blaugoldene Teekanne aus der Verpackung, verschloß den Schrank und die Schreibtischschublade, steckte die Schlüssel in die Jackentasche, und auf dem Weg zum Ruderhaus meinte er noch: Unternimm alleine etwas.
Gegen elf hobelte der Kochmaat einen Krautkopf, der Koch verteilte die Sahnesoße auf den dicken Makkaroni, und Floras erste Fuhre Hackfleischbällchen zischte auf dem Feuer.
— Hier drin sind wir gar nicht in Japan, hier sind wir mitten in einer Garküche in Böotien, meinte Siakantaris mit einem Lächeln.
Nach dem nervenaufreibenden Pingpong mit der Piräotin war etwas Sentimentalität in Bezug auf Kyriaki angesagt, und so meinte er, während er geschickt die beiden Bleche in den Ofen schob, die Tränen in seinen Augen stammten aus weiter Ferne.
Flora blickte auf Siakantaris' feuchte Wimpern, als er neben ihr stehenblieb, um die bemehlten Hackfleischbällchen zu zählen, und dachte, endlich einer, der auch ohne zurückgelassene Kinder und Enkelkinder Heimweh hat.
— Gibt's denn meinen Opa überhaupt? So fragt mich die Kleine.
— Macht er denn nicht am Handy ein bißchen Eiapopeia mit ihr? Dieses neue Spielzeug hat doch unser Leben verändert. Die ideale Erfindung für Seeleute.
— Zweimal hat er mit ihr gesprochen. Und woher weiß ich, ob das wirklich der Opa war? Mißtrauisch und reizbar ist sie. Sie kommt ganz nach ihm.

Siakantaris fragte, ob sie ein verspieltes Kind sei, worauf die Fotografie aus Floras Handtasche zum Vorschein kam.
— Ganz schön temperamentvoll und kokett für ihre fünf Jahre.
Der Koch seufzte leise: Und was für ein hübscher Name, Lora, auch ohne das F am Anfang klingt er wie eine Blume oder wie ein Vogelruf, denn sie wird ja nach dir benannt sein – Flora, von Florentia.
Nein, weder habe ihm der Kapitän je Fotografien der Enkelin gezeigt, es habe sich nicht ergeben, noch schmücke er seine Kajüte mit Familienfotos, wahrscheinlich habe er für solche Aufnahmen nichts übrig, weil sie ihn an das häusliche Leben an Land erinnerten, nach dem sich alle Seeleute sehnten.
— Er ist eben nicht so wie wir. In allem ist er anders. Und in den letzten Jahren nichts als verbohrt und schweigsam. Weder zündet er in der Kirche eine Kerze an, noch kommt er mit bei den Ausflügen zu den Sehenswürdigkeiten. Wo er doch früher immer bis zum Ende der Pier gelaufen ist, um sein Schiff aus fünfzig Metern Entfernung zu betrachten. Seit über zehn Jahren ist er nicht mehr von Bord gegangen.
Der Koch hob seine unzähligen guten Eigenschaften hervor, lobte seine Fähigkeiten mit Nachdruck, vor Avgoustis habe er nämlich auf zwei erbärmlichen Schonern Lehrgeld bezahlt, verfaulte Pötte, die das Kuba-Embargo durchbrochen hatten.
Bei Käpt'n Mitsos fühle er sich anerkannt und sicher, dort stehe es ihm frei, den Beruf des Kochs in aller Ernsthaftigkeit auszuüben, durch einen Teller guten Essens eine heimelige, gemütliche Stimmung zu zaubern. Weder scheute er sich, vor Männern über Kochrezepte zu salbadern, noch, seine ganz

persönlichen kulinarischen Wortschöpfungen wie Höllenstifado oder Himmelspilaw zu mobilisieren, um auf dem Pfannensektor eine Frau zu übertrumpfen, die ihm kaum mehr zuhörte, ihm kaum mehr zusah, als er kurze Zeit später den Herd abstellte, ihm kaum mehr Beachtung schenkte, als er seine bereits geordneten Gewürze erneut schlichtete und danach den Kochmaat, der sich an der Spüle zu schaffen machte, in die Seite stieß und ihm bedeutete, mit ihm ein wenig frische Luft zu schnappen.

Daß ihr Mann nicht nur sie selbst, sondern auch die Kinder aus seinem Leben getilgt hatte, schmerzte weit mehr, als Flora Avgousti in Griechenland gedacht hatte, und während sie mechanisch weitere Hackfleischbällchen ins heiße Fett kippte, kehrten ihre Gedanken, unfähig, in der Gegenwart oder in der Zukunft zu verweilen, unausweichlich zum entscheidenden Herbst des Jahres '73 zurück. Nicht zu ihrer Geschichte mit dem Farbenhändler, sondern zu den anderen Dingen, die sich zur selben Zeit zugetragen hatten.

Ende November hatte er für drei Monate abgemustert, um die Sache zwischen ihnen zu Ende zu bringen, doch aufgrund der Ausgangssperre kam er abends früh nach Hause, ging nervös in den Zimmern auf und ab, brachte seine kleinen Töchter zu Bett und dann, während der bitteren Erörterungen weit nach Mitternacht, begleitet von einer halben Flasche Whisky, schliefen sie zweimal zum Abschied miteinander, und im nächsten Frühling war Flora mit ihrem dritten Kind schwanger, während Avgoustis, immer noch verheiratet, im Baltischen Meer gegen die See ankämpfte. Die Nachricht brachte ihm einen Herzinfarkt ein, wobei sein Glück war, daß das Schiff vor Anker lag. Er kam knapp mit dem Leben davon und gab das Rauchen auf.

Der einzige Sohn wurde am 31. August 1974 geboren. Der Kapitän erfuhr die Neuigkeit in Bremen, schickte Geld, nahm jedoch kein Flugzeug, um sein drittes Kind und die Wöchnerin zu besuchen.
Den Männern der Besatzung, damals durch die Nachricht von Papadopoulos' Sturz völlig aus dem Häuschen, war das auch nicht verborgen geblieben. Flora merkte es am Herumdrucksen der beiden Seeleute, die sie mit Segenswünschen besuchten. Der erste, ein gewisser Balodimos, im darauffolgenden Jahr unter der Erde, war kurz entschlossen nach Griechenland zurückgekehrt, um seine aus der Haft entlassene Nichte in die Arme zu schließen. Kurz darauf kam der zweite, ein gewisser Papalexakis, zwei Meter lang und spindeldürr, der in Chania an der Seelenmesse für seinen Patensohn teilnehmen wollte, der drei Monate zuvor als Angehöriger der Luftwaffe während der Kriegsereignisse auf Zypern ums Leben gekommen war.
Todesfälle und Geburten dienen der Familienzusammenführung, doch obwohl ein prächtiger Sohn zur Welt gekommen war, dreitausendsiebenhundert Gramm mit beachtlich großen Pimmelchen und Nüßchen, wie die Säuglingsschwester bewundernd anmerkte, war der Vater abwesend und blieb es auch in den folgenden anderthalb Jahren.
Im Frühling '76 sah er den Kleinen zum ersten Mal, samtweich wie ein weißes Veilchen im blau gekachelten Badezimmer. Sein Schniedelchen schnellte stolz in die Höhe, als seine Mutter ihn wusch, und in alle Richtungen Seifenschaum verspritzte.
Sein Name war Antonios, und nicht Triantafyllos nach dem verstorbenen Schwiegervater. Flora hatte das Kind bereits innerhalb eines Jahres taufen lassen und natürlich ihrem Va-

ter die Ehre erwiesen, Racheakt und Trost zugleich in ihrer freudlosen und mittlerweile endgültigen Gefangenschaft.
Als Tochter eines Gemischtwarenhändlers, der die große Lebensmittel- und Kolonialwarenhandlung *Der Nil* besaß, half sie zu den Feiertagen im Geschäft aus, stellte neue Konserven in die Regale, klebte die Schilder mit den gesalzenen Preisen auf, wog in der Fastenzeit Halva und in Essig eingelegtes Gemüse ab und ließ gepökelten sowie weißen Fischrogen durch ihre aristokratische Erscheinung noch köstlicher erscheinen.
Genau dort begegnete ihr in der Fastenzeit vor Weihnachten '61 der damals vierzigjährige Avgoustis, auf der Suche nach ausgesuchten Spezialitäten für Genießer, nach vierhundertfünfzig Gramm Luxus für Junggesellenabende.
Die schöne Flora Zagoreou, mit einer Schwäche für das funkelnde Weiß des Schnees und der Perlen, war nicht nur hochnäsig und größer als er, sondern auch Alleinerbin eines Unternehmens in guter Lage, das in Wohlstand und Überfluß schwelgte. Ihr grauäugiger Blick spießte den Kunden, dessen vom Atlantischen und Indischen Ozean gerötete Augen über seinem blendend weißen, gestärkten Hemd leuchteten, auf wie ein Dreizack, doch dann ließ sie ihn vierzehn Tage lang zappeln, bis ihr kaufmännischer Papa seine Absichten geprüft hatte, Diamantringe aufgeboten, Seidenanzüge anprobiert und nach mittäglichen Gelagen in der Zagoreos-Sippe zwischen Ano und Kato Patisia die Anzahlung für die Vierzimmerwohnung in Piräus geleistet war und zwei exklusive Abende im *Mocambo* und im *Coronet* folgten, mit Jazzmusik, schwarzen Abendkleidern und den sonstigen Unabdingbarkeiten einer Traumverlobung.
Mitsos Avgoustis heiratete, besiegt durch die ausschweifen-

de Vergnügungssucht seines Schwiegervaters und hypnotisiert durch die schlüpfrigen Finger der hell entflammten Flora Avgousti. Die Neunundzwanzigjährige konnte auf drei Beziehungen zurückblicken, die erste mit einem Studenten, die zweite mit einem Hochschüler, und die dritte mit einem, der knapp vor dem Diplom gescheitert war, sie war seit anderthalb Jahren mit keinem Mann mehr zusammengewesen, und der Kapitän war, das stand fest, im Bett den Herren Studiosi überlegen.

Doch knapp zwei Monate nach der Hochzeitsreise, die zur Osterzeit nach Kastoria ins *Hotel du Lac* geführt hatte, stand Zagoreos vor dem finanziellen Ruin, und ein halbes, höchstens ein Jahr später tauchten die ersten Risse in der Leidenschaft des frisch vermählten Paares auf.

Als Flora Avgousti zum ersten Mal an Trennung dachte, war sie gerade Mutter geworden, und während sie ihr Töchterchen stillte, ging sie auf der Suche nach Arbeit alle Stellenanzeigen in der Zeitung durch, doch gefragt waren vorwiegend Pianistinnen für Zypern und Tänzerinnen für Beirut.

Die Kapitänsfrau holte das zweihundertste und letzte Hackfleischbällchen aus der Pfanne, hängte die Schürze an den Haken zurück, rollte die Ärmel wieder herunter und steckte den auf dem Teller abgelegten Ehering an ihren Finger zurück – Beweisstück einer Ehe, die nur mehr zum Schein bestand.

Haß stellt einen Kraftakt dar. Man muß gut ausgeruht sein, um diese Willensanstrengung aufzubringen und sich zu absoluter Unerbittlichkeit aufzuschwingen.
Flora Avgousti hatte am Vorabend ihrer Abreise nach Japan, zwischen elf Uhr abends und vier Uhr früh, fünf Stunden lang in ihrem oben am Kastela-Hügel abgestellten Fiat Punto gesessen, auf dem Fahrersitz und wenig gesprächig, auf dem Beifahrersitz ihr Sohn, der keinen Ton von sich gab und irgendwann aus dem Wagen stieg, dreißig Meter auf den Händen lief, schließlich zurückkam und endlich seine verdammten Lippen auseinanderbrachte, um ihr zu sagen: Du hast 'nen Mann geheiratet, der um jeden Preis im Stillen Ozean bleiben will.
In jüngeren Jahren hatte sie die Willenskraft aufgebracht, Mimis zu hassen. Sie konnte es kaum abwarten, ihm an den Kopf zu werfen, sie hätten beide versagt, und mit dem Finger auf ihre ruinierte Beziehung hinzuweisen, sie ihm gleichzeitig zur Last zu legen und ihn ultimativ aufzufordern, das Meer seinzulassen, um doch noch irgendwie zusammenzufinden. In den letzten Jahren hatte sie sich angewöhnt, nichts mehr zu fordern, hatte keine Lust mehr, weder auf Krieg noch auf Frieden, die Wut war der Müdigkeit gewichen, und die Müdigkeit hatte den Boden für die Resignation bereitet. Er führte in der Ferne sein eigenes Leben, und sie war, nachdem sie drei Jahre lang Stammgast in Kinos, Theatern und Restaurants gewesen war, dazu übergegangen, die Zeit langsam wie eine Brotkrume zu zerkauen, indem sie mit diversen Geschiedenen oder Witwen, die Lust auf Ouzo, Spaß und Schmähreden auf das männliche Geschlecht hatten, in endlosen Autofahrten Attika, Böotien und Euböa abgraste.
Manchmal, wenn sie mehr als eine kleine Karaffe Schnaps

trank oder wenn das Wetter grau und drückend war, suchte sie nach irgendeinem Anlaß, um in den alten Zeiten zu stöbern, nach irgendeinem Anhaltspunkt, um die Türen zu halb vergessenen Erlebnissen wieder aufzustoßen, die eine Erinnerung wert waren, zu irgendeinem Streit mit dem abwesenden Ehemann oder zur Sehnsucht nach der kurzen ersten und guten Zeit, zu einer andächtigen Erinnerung an eine Sommernacht am Sandstrand, wo die Wellen neben ihnen und auch sie selbst dahinschmolzen, wo sie stöhnten, kicherten, seufzten und wie wild vögelten, oder zu einem Sonntag, als sie in der Küche Möhren schabte und Mimis aus seinem im Wohnzimmer abgestellten Koffer Duftseifen holte, ihr eine nach der anderen unter die Nase hielt, zum Koffer zurückkehrte und die nächste holte, insgesamt acht verschiedenfarbige und unterschiedlich parfümierte Seifen, sechzehnmal ging es hin und her zwischen Wohnzimmer und Küche.

Ein guter Anzug braucht einen guten Kleiderbügel. Gute Kleidung braucht einen guten Schrank. Die Garderobe des Kapitäns war reichhaltig, Unterwäsche, Rasierzeug, Körperpflege, alles ringsum in Mimis' Kajüte, in die Flora nach dem Abendessen allein zurückgekehrt war, hatte seinen angestammten Platz.

Die mittäglichen Hackfleischbällchen waren im Verlauf eines schnellen Mahls unter allgemeiner, von Tisch zu Tisch überspringender Verlegenheit verzehrt worden. Mimis kam als letzter zu Tisch und ging als erster. Siakantaris spürte die Stimmung und versuchte Flora abzulenken. Er erzählte von delikaten, in Ziegenbutter gebratenen kleinen Rotbarben und von der fünf Meter langen Rolle Traubenmostgelee, die er vorletztes Jahr zum Namenstag des Kapitäns zubereitet hatte. Zwei oder drei unbedarfte Seeleute schätzten sie als eine derjenigen Frauen ein, die sich an Naturwundern begeistern, und boten ihr die Beschreibung eines weißen Felsenriffs, irgendwo im offenen Meer vor Afrika, auf dessen Ausläufern tausend kleine rote Vögel saßen, und berichteten von philippinischen Fledermäusen, die Blumen und Früchte aßen. Besonders Birbilis, dieser schmarotzerische Schreiberling, der vor unterwürfigem Arbeitseifer schäumte, legte es darauf an, ihr mit rührenden Geschichten von einem Elefantenweibchen, einer Ziege und einer Saatkrähe die Tränen in die Augen zu treiben.

Flora aß ein Hackfleischbällchen, das gut schmeckte, und zwei Gabeln von den Makkaroni, die wesentlich besser schmeckten, und hielt sich bis zum Schluß vor den Männern damenhaft zurück, die, wären sie unter sich gewesen, dumme Witze über ihre Seitensprünge gerissen und ihre Schwänze mit Quecksilbersäulen verglichen hätten, in den tropischen Klimaregionen am Anschlag, in den Polarregionen unter Null.

Den Nachmittag verbrachte sie allein in der Kajüte, Maritsa hatte in Abwesenheit des Herrchens keine Lust, dort unter Floras Augen zu dösen. Vor dem Einfall der Dunkelheit ließ Flora beharrlich wiederkehrende Fragen und eigensinnige Gedanken beiseite, machte sich frisch, zog den engen, schwarzen Rock an und die schöne beigefarbene Bluse, drehte eine Runde über das Schiff, wobei sie sich wie ein begossener Pudel fühlte, und fand sich schließlich in der Offiziersmesse am Tisch des Kapitäns wieder, der sich erhob und, ganz Gentleman, dem Steward anordnete: Wir köpfen einen Champagner für die Dame.

Das Hors d'œuvre des Menüs bildete eine Anekdote über die roten Hummer mit den schwarzen Scheren aus dem schönen Tasmanien, den ersten Gang eine Geschichte aus Patagonien, wo es von Königskrebsen wimmelte, und das Hauptgericht ein Requiem auf eine sieben Kilogramm schwere Riesenlanguste, gefangen vor zehn Jahren in Alaska, deren Panzer man zu Tisch nur mit einem Vorschlaghammer öffnen konnte.
Vielleicht fand sie diese Histörchen und alle anderen Geschichten, die sie bei den mittäglichen Hackfleischbällchen, beim morgendlichen Kaffee und beim Schmorfleisch mit Tomaten am Vortag gehört hatte, tatsächlich köstlich; vielleicht klang ihr das kleine Gedicht, das ihr die russischen Zwillinge unter Hervorhebung der Tatsache vortrugen, die Liebe zu Puschkin sei ihnen in die Wiege gelegt, tatsächlich wie angenehmes Blätterrauschen in den Ohren; und vielleicht bildete die Bitte des Rumänen Soundso, doch während der Reise noch einmal Hackfleischbällchen für sie zu kochen, einen aufrichtigen Ausdruck von Sympathie seitens der Mannschaft, und sie täte gut daran, statt sich an Bord fehl am Platz zu fühlen, einmal tief durchzuatmen, strahlend nach links und rechts zu lächeln und auch zwei Witze zum besten zu geben, zunächst einen zurückhaltenden und dann einen zweiten, halb vulgären.
Gesagt, getan. Sie gab sich jovial, griff zu Siakantaris' eigenen Waffen und neckte ihn mit kulinarischen Anspielungen auf Weicheier im Ministersessel und Milchbubis auf der Abgeordnetenbank, machte Birbilis Komplimente über seinen erlesenen Geschmack bei der Auswahl ihres Korallenschmucks, und schlüpfte, um Mimis mit ihren Scherzen nicht übermäßig zu provozieren, demütig in die Rolle der heiligen Jungfrau, Schutzherrin des heiligen Berges Athos, in deren

Namen sie sich beschwerte, der Kapitän habe seit Jahren keine Wallfahrt mehr zum Kloster Megisti Lavra unternommen.

All dies stand im Dienste ihres Unterfangens, ihren Mann im guten zu überreden, in wenigen Tagen zusammen nach Griechenland zurückzukehren, statt ins chinesische Xingan aufzubrechen, wo man auf Flertakis' Intervention hin Rohphosphat laden sollte. Doch Mimis, zwar Herr der Lage, aber mit den Gedanken woanders, fast ein Fremder inmitten der Champagnerlaune, knabberte nachdenklich an einem Stückchen Graviera-Käse, in seinen Augen kein Fünkchen Sehnsucht nach Piräus und seiner Familie, aus dem Gedächtnis gelöschte Orte.

— Ich will nicht, daß die Leute reden, sagte er, und sein Mund berührte dabei fast ihr Ohr. Ich gebe dir vierzehn Tage.

Nach diesem Kommentar murmelte er, er müsse die Lohnabrechnung und die Aufstellung für die Beiträge an die Seekasse fertig machen, erhob sich und ging hinaus, und als Flora kurze Zeit spater in die Kajute ging, fand sie ihn uber die Papiere gebeugt vor, wortkarg.

Sie zog eine Frauenzeitschrift aus der Handtasche, die sie schon auf dem stundenlangen Flug gelesen hatte, und während sie gleichgültig darin blätterte, fuhr sie mit ihrer eigensinnigen Fragerei fort, die sie nachmittags nicht zu Ende geführt hatte.

Warum versperrte ihr Mann in seiner eigenen Kajüte die Schubladen? Was hatten die fünf versteckten Lupen mit den phosphoreszierenden Griffen zu bedeuten? Wie kam es, daß er seine Knöpfe mit braunem statt mit schwarzem Zwirn annähte? Wieso hatte er sich die Videokassette mit seiner

Enkelin nicht angesehen, die nur für ihn tanzte und sang? Warum hatte er nichts zu ihrem gefärbten Haar gesagt? Weshalb hatte er ihr beim Mittagessen nicht selbst Wein nachgeschenkt, als sie ihn darum bat, sondern es dem Steward überlassen? Warum, so war es Flora aufgefallen, sprach er nie als erster einen der Männer an, sondern immer erst, nachdem sie sich an ihn gewendet hatten? Weshalb mied er Ärzte, wieso ging er nie von Bord, und warum diktiert er in den letzten Jahren die halbseitigen Briefe, die seine Geschenke begleiteten, dem Kapitänleutnant? Wieso war er zur unnahbaren Sphinx geworden, und weshalb brachte er die Bordbücher durcheinander, ohne etwas darin zu vermerken, und machte sich nur auf losen Zetteln Notizen, bevor er alles zusammen in seine Schublade sperrte?

Er wirkte auf seine eigenen Angelegenheiten konzentriert, unzugänglich.

Woran er wohl dachte? Nur an Geschäftliches?

Beim Abendessen hatte er kurz von seiner ersten Reise nach Japan erzählt, vor fünfundvierzig Jahren, damals transportierte er Bomben aus dem Zweiten Weltkrieg von England zur Verschrottung, und von seiner zweiten Tour vor vierzig Jahren, als er aus den USA alte Eisenbahngleise verschiffte, worauf weitere dreißig Fahrten zu diversen japanischen Häfen folgten, und diese hier, so sagte Flora zu sich selbst, mußte – koste es, was es wolle – die letzte sein.

Maritsa schnarchte in den Pantoffeln des Liebsten, gleich neben den Schreibtischbeinen. Flora beugte sich hinunter, um den Kater zu streicheln, verfehlte ihn jedoch, erhob sich, strich ihren schwarzen Rock und die beigefarbene Bluse glatt, nahm eine Jacke zur Hand und schlug Mimis vor: Machen wir einen kleinen Hafenrundgang, damit ich auch mal von

Bord komme. Und du deinen Abschiedsrundgang machst, fügte sie in Gedanken hinzu. Geh allein, so seine Antwort.
— Es ist Mitternacht, wie soll ich da alleine weggehen, außerdem würde ich gerne zusammen mit dir einen Spaziergang machen, beharrte sie. Ohne mich, beschied er knapp, mit einer solchen Starrköpfigkeit, die kaum seine Erregung und Ungeduld verhehlte, mit der er eine schnelle Rückkehr in die sichere Welt des Schweigens herbeisehnte.
— Mimis, bat Flora, versuchen wir doch, uns nicht zu zanken, solange ich hier bin, laß uns wenigstens für eine Zigarettenlänge an Deck gehen, damit uns deine Männer auch mal ganz entspannt zusammen sehen.
Avgoustis zögerte kurz, dann sperrte er die Schublade wieder auf und entnahm ihr eine Zigarre. Maritsa, komm, rief er nach dem Kater, und Flora, die gerade ihre hochhackigen Schuhe anzog, fügte der Liste mit all ihren bohrenden Fragen nach dem Warum und dem Wieso noch eine weitere hinzu: Weshalb tastete Mimis vergeblich in seinen Pantoffeln nach Maritsa, wo doch das Tier vorhin aufs Bett gesprungen war, um ihrem Streicheln zu entgehen, und sein weißes Fell sich deutlich von dem graublauen Überwurf abhob?
Mit einer blitzschnellen Bewegung zog sie ihre beigefarbene Bluse und den beigefarbenen Büstenhalter aus und ging voran, Maritsa miaute hinter ihr her, und als letzter zog Mimis die Tür hinter sich ins Schloß.
Sie waren sieben bis acht Meter den Gang entlanggegangen, als sie vor ihm stehenblieb, seine Hand ergriff und zu ihrer nackten Brust führte. Verbrecher, sagte sie streng und gleichzeitig voller Angst. Er erbleichte, schubste sie zurück, zog sie wieder in die Kajüte und schloß die Tür, und während Ma-

ritsa draußen am Holz kratzte und Einlaß begehrte, packte Avgoustis seine Frau mit beiden Händen an den Oberarmen, schüttelte sie, versuchte sie zu ohrfeigen, verfehlte sie jedoch und nannte sie eine heimtückische Intrigantin.
Die Stunden bis zur Morgendämmerung vergingen mit Flora Avgoustis Fragen und seinen Antworten, wann er erblindet sei, vor zehn Jahren; ob auf beiden Augen, ja, auf beiden Augen, schlimmer auf dem rechten; ob er irgend etwas sehe, nur Schatten, Silhouetten und grelles Licht; ob jemand aus der Mannschaft Bescheid wisse, nein, keiner; wie es denn möglich sei, daß niemand Verdacht geschöpft habe, er kenne das Schiff eben wie seine Westentasche; wie er das alles schaffen wolle, mit Köpfchen plus Birbilis, seiner untadeligen rechten Hand. Sie warf ihm an den Kopf, er spiele mit dem Leben der Männer, nein, andere würden sie im Meer ersäufen, nicht er, worauf sie ihn als unverantwortlich und verrückt schalt und er entgegnete, er habe alles noch gut im Griff. Darauf drohte sie, gleich bei Tagesanbruch werde sie Chatzimanolis die ganze Wahrheit telegrafieren, die Mannschaft informieren, die Kinder anrufen und den Japanern Bescheid sagen – dieses Schiff werde mit einem Blinden am Ruder keinesfalls mehr in See stechen.
Am nächsten Morgen trug Siakantaris die Schachtel mit der Teekanne aus chinesischem Porzellan voran, und hinter ihm zog Birbilis den Koffer der Kapitänsfrau, die als dritte folgte und sich vor jedem Seemann, der dem Zug begegnete, lang und breit rechtfertigte, die kleine Enkeltochter liege mit akuter Angina im Kinderkrankenhaus und bestehe auf der Rückkehr ihrer Oma.
Zum Flughafen werde sie der Schiffskoch bringen, der Kapitän habe dringende Verpflichtungen, meinte sie, ohne sich

darum zu kümmern, ob sie damit irgend jemanden überzeugte.
Sie verabschiedeten sich an der Gangway. Er umarmte sie kraftlos. Sie küßte ihn mit Tränen in den Augen. Zwei Stunden zuvor hatten auch ihm Tränen in den Augen gestanden. Im Morgengrauen hatten die beiden, nach der schlaflosen Nacht hundemüde, einen Rundgang über das Schiff gemacht, um Maritsas unglaubliche Kunststücke zu sehen, von denen die Kapitänsfrau der kleinen Lora, die kerngesund und keinesfalls an Angina erkrankt war, in Form eines Märchens berichten wollte.
Flora Avgousti betrachtete verstohlen alles, was er nicht sehen konnte, und es war ihr, als lernte sie plötzlich den Mond wieder schätzen, dessen Silberschuppen auf dem Wasser zitterten. Sie atmete tief ein und aus, während sie ihre Augen überall hatte, um die Katze aufzufangen, falls sie herunterfiel, um ihren Mann zu stützen, falls er stolperte, auch wenn sie wußte, daß er so viele Jahre lang die undurchdringliche Wolke, die auf seinen Augen lastete, gut beherrschte und es ihm gelungen war, sowohl die Menschen zu täuschen als auch die schwere See.
— Mimis, hatte sie sanft zu ihm gesagt, während sie seinen Arm berühren wollte, es jedoch nicht wagte. Wir gehen zu den besten Augenärzten. Dann läßt du dich operieren. Laser vollbringen wahre Wunder.
— Ich auch.
Sie ließ ihn ein wenig zur Ruhe kommen und dachte darüber nach, ob es etwas gab, das die Situation grundlegend ändern könnte.
— Ich glaube, du solltest deine Kinder sehen, meinte sie schließlich.

— Aber ich kann doch nicht sehen.
— Dann sollen sie eben dich sehen.
— So etwa? Hör mal, in meinem Leben hab ich genug gesehen, mehr als genug sogar.

An der Reling rauchten sie eine letzte Zigarette, während der Kater, der zwischen ihnen kauerte, die Schnauze an Agvoustis' Ärmel rieb. Sie teilten ein dreiminütiges Schweigen und tauschten dann die letzten drei Fragen und Antworten. Und das war genau der Augenblick, in dem er, abgeschottet und gefangen in seiner dunklen Welt, die aufsteigenden Tränen nicht mehr niederkämpfen konnte.

— Mimis, was immer es sein mag, sag mir endlich, was mit dir los ist.
— Die Dünung sucht mich immer wieder heim.
— Was ist der wahre Grund, daß du nicht zurückkehren willst?
— Die See läßt mich nicht los.
— Wonach suchst du jetzt noch?
— Ich hab kein Verlangen nach dem Festland.

Der Hauch des Atems im verschneiten Morgengrauen, das Zähneklappern in der Kälte, das an den Klang einer eiligen Schreibmaschine erinnerte, das Zischen des angerissenen Streichholzes, der wachhabende Matrose, der den Reißverschluß seines Ölzeugs hochzog, der morgendliche Raucherhusten der Männer in der Messe, der Rumäne, der Selbstgespräche führte, das Knirschen in der Schulter des Bootsmanns, akute Arthritis, die Perlenschnur des älteren Sorin,

Birbilis' Nagelschere, die jeden Samstagnachmittag vor dem ausgiebigen Bad des Kapitänleutnants zum Zuge kam, das Stippen der filterlosen Zigarette auf der flachen Schachtel, daran erkannte er ihn, den passionierten Raucher und Kommunisten, der Seufzer, der dem Kochmaat im tiefen Abendrot auf Raten entfuhr, die Mücken, die in den Nächten den sumpfigen Brodem der Häfen durchsiebten, die zornigen Zischlaute, die zusammengepreßten Männermündern anstelle eines vollständigen Fluchs entfuhren, das seitliche Aufreißen der Briefumschläge und das Herausziehen der Briefe, ihr Auffalten, das Nachzählen, ein Bogen, zwei, drei oder mehr von fleißigen, höchstens zwölfjährigen Töchtern – die Vermessung der Klänge hatte große Bedeutung erlangt, besonders in den letzten Jahren, als sein Ohr wie ein Radarschirm funktionierte, um seine Blindheit zu verbergen und niemanden Verdacht schöpfen zu lassen.

Und nach acht Uhr abends, in seiner Kajüte, war es der Klang des trockenen Gaumens, der den ersten Schluck Whisky empfängt, und gleich darauf das rhythmische Klopfen des Eherings an der Sessellehne, nur dafür waren seine Ehe und dieses auf seinen Finger gezwängte Überbleibsel noch gut.

— Morgen werden die Wolken sprechen, ich höre, wie sie ihre Botschaft vorbereiten.

Sogar das Wetter erlauschte der Kapitän. Er hatte gelernt, die wertvollen Signale des Alltags zu erfassen und zu unterscheiden, um zu erraten, wer der schweigsame Seemann war, der neben ihm stand, was in jeder Ecke des Schiffs ablief und wer daran beteiligt war.

Neben Maritsas eintönigem Schnarchen und behaglichem Miauen wurde seine Kajüte von seinen eigenen Alltagsgeräuschen bewohnt, es war, als müsse er sich selbst rechtzeitig mit jedem Ereignis und seiner Bedeutung vertraut machen.

Nach Matthäus war das Auge das Licht des Leibes, und nach Mitsos war das Ohr die Schelle an der Pforte des Körpers, so machte er sich über sich selbst lustig, nach einem plötzlichen Poltern, einem seltsamen Knirschen, sogar nach dem Kreischen der Möwen beim Ein- und Auslaufen des Schiffes.

Nachdem er achtundfünfzig Jahre mit der Dünung gelebt hatte, die den Fluß aller Dinge bestimmte, selbst den seines Blutes in seinen Adern, hatte er sein Gehör, sein Denken und seinen ganzen Leib in einzigartiger Weise geschult, sich auf jede Wetteränderung einzustellen und vorzubereiten und die Stürme zu erahnen, von denen die eine Hälfte vom Wetterbericht geschickt wurde, die andere von seiner aufbrausenden Frau und von der üblen Clique aus der Reederei, für die Avgoustis' rotes Schiff ein rotes Tuch war.

Nichts ist so wertvoll wie das Augenlicht, so lautete der alte Werbeslogan der Apotheke Bakakos.

Vor elf Jahren, in Amversa, hatte er gesehen, wie die allererste Maritsa, der Urahn der jetzigen, in zehn Metern Entfernung auf der Reling hin und her schwankte. Komm her, kleiner Nichtsnutz, rief er den Kater mit seinem Kosenamen, worauf der erschrocken davonflog, denn es war eine Möwe.

Und am nächsten Tag, als er für einige Besorgungen in die Stadt ging, mit dieser Bindehautentzündung, die er dem tropischen Klima zuschrieb, die alles verschwimmen ließ, die seine Welt verfinsterte und seinen Schritt zögern ließ, fragte er sich, was die sieben dunklen Umrisse wohl sein mochten, welche die Straße entlangglitten, bis von einem Transporter

ein paar Mißtöne herüberklangen, und er begriff, daß Klaviere von Lokal zu Lokal gebracht wurden.
Er ging zum Arzt, der Sehnerv war ruiniert durch den verfluchten Blitzschlag auf dem heiligen Berg Athos, das linke Auge halb blind, das rechte nur mehr zum Schein ein Auge. Leicht erhöht auch die Zuckerwerte. Wie toll stürzte er hinaus. Nicht einmal Siakantaris erzählte er davon. Von sich aus verzichtete er auf sein geliebtes Weißbrot, ließ die Finger von den Süßigkeiten, beschränkte sich auf die beiden Schlückchen Whisky.
Und nach zwei Monaten etwa, als seine Sehkraft ihm das Leben ringsum nur mehr als das Geriesel eines kaputten Schwarzweißfernsehers zeigte, begann er – es war Nacht, das Schiff in der Biskaya und er in derselben Kajüte –, wie verrückt auf seine Augen einzuschlagen, sie zu zerkratzen, der Wunsch überkam ihn, sie mit der Gabel auszustechen, dem Kabeljau zum Fraß vorzuwerfen und in die beiden Höhlen seine Eier zu stecken, die noch funktionstüchtig waren.
Trocken sagte er den Männern am nächsten Morgen, die ihn auf die dunklen Flecke und Schwellungen an den Lidern ansprachen, statt Shampoo habe er sich mit Hämorrhoidensalbe die Haare gewaschen, daher seien seine Augen im Arsch.
Damals begann er damit, sich am Geländer festzuhalten, aus Angst, auf den Niedergängen zu stolpern, und beim Rauf- und Runtergehen den Schritt zu verzögern, als betrachte er nachdenklich den Horizont.
Damals begann er damit, innerlich die kleinen, tausendmal begangenen Wege zu vermessen, zehn Schritte vom Bugschott bis zu seinem Büro, weitere zehn von dort bis zum Ruderhaus, wieder zehn bis zum Kartenraum.

Zum ersten Mal stand er damals dort, die Karten vor sich, und las sie aus der Erinnerung.
Die Augen sind eine Erholung für den Geist, denn sie erledigen die halbe Arbeit alleine. Ohne ihre Hilfe sortierte Mitsos Avgoustis, Tag und Nacht in Alarmbereitschaft, alles aus, was er erinnern mußte, um sein Spiel zu spielen, sammelte es in seinen Gedanken, ordnete es, kontrollierte es regelmäßig, indem er sich selbst wie einen Prüfling abfragte, und so war in der ersten Zeit sein Denken, das ihn mitten am Tag dazu brachte, wie ein Schlafwandler durch die Gänge zu gehen, vollkommen damit ausgelastet, das Instrument seines Gedächtnisses zu schulen.
Dahin die gesegnete Entspannung, Gewohnheit eines ganzen Lebens, jeden Abend zwanzig Seiten aus den Biographien großer Männer zu lesen. Dahin auch die morgendliche gründliche Rasur, nachdem er sich dreimal geschnitten hatte, ließ er sich einen Bart wachsen, und auch die Haare blieben ungekürzt. Nur wenn sie zu lang wurden, schnippelte er ein wenig daran herum. Gestrichen auch die Landgänge, er konnte ja nicht Arm in Arm mit dem Smutje spazieren.

Im August '87, in Fortaleza, dachte er ernsthaft darüber nach, die dreißigtausend Tonnen Kaffee zu seiner letzten Ladung zu erklären, sie in Hamburg abzuliefern und von dort nach Griechenland zurückzukehren und eine ruhige Kugel zu schieben. Piräus und Familie aus Pflichtgefühl? Oder Elefsina und Litsa aus Liebe? Und wie sollte er den einen oder der anderen blind unter die Augen treten? Er schob die Entscheidung bis zur nächsten Reise auf, dann bis zur übernächsten, und in der Zwischenzeit lernte er, mit der Situation umzugehen, von Hafen zu Hafen gab er sich immer mehr mit der Lust am

Betrug und mit der Zuflucht zufrieden, die ihm seine Gewitztheit bot. Seit '88 hörte er endgültig damit auf, Ausschau nach der für ihn bestimmten Welle zu halten, die ihn an die Gestade des Rentnerdaseins spülen und den Stürmen des Festlands überantworten sollte.

Auf Litsas Briefe antwortete er nicht mehr, schränkte den Kontakt mit der Familie immer mehr ein, vor allem der Sohn wuchs auf wie eine Waise, die Gleichgültigkeit des Vaters war offensichtlich.

Griechenland bedeutete unvermeidlich Litsa und Antonis, mochte der Tag nie kommen, an dem er vor beiden persönlich Rechenschaft ablegen mußte, der Tag, an dem sie ihn zu Recht an die Wand stellen würden.

Die See war also sein Schicksal, alles andere würde sich fügen, mit Gottes Hilfe.

Beim letzten Besuch in Buenos Aires verschaffte Doktor Sifakakis dem Kapitän ein Attest, für alle Fälle, ein befreundeter Augenarzt hatte ohne viel Federlesens eine Diagnose über erhöhte Empfindlichkeit auf Grund plötzlichen Klimawechsels, von zehn Grad unter Null bis vierzig Grad Celsius innerhalb von sechs oder sieben Tagen, gestellt.

— Daran liegt es also, kommentierte Birbilis das ärztliche Gutachten, denn auf seinem letzten Schiff hatten die starken Temperaturschwankungen bei einem siebzehnjährigen Matrosen zu einem starken Rheumaschub geführt, mit Schwellungen an den Gliedmaßen und im Mund, zu akuter Lebensgefahr sogar, so daß er mit einem Hubschrauber ins Krankenhaus gebracht werden mußte.

Damals konferierte Avgoustis wiederholt mit der Reederei in Piräus und schlug dem alten Chatzimanolis vor, das Schiff immer wieder dieselben Häfen anlaufen zu lassen, das lohne sich, bewies er ihm anhand von Zahlen, überredete ihn schließlich und verlangte dann nach einer Linienkonferenz im Stillen Ozean.

— Ist das nicht ein bißchen weit weg?

— Je weiter, desto besser.

— Statt deiner Heimat langsam wieder näher zu kommen, entfernst du dich immer mehr, meinte der Alte nachdenklich, ohne weiter zu fragen, im großen und ganzen wußte er Bescheid. Die gemeinsamen Besuche auf dem heiligen Berg Athos dauerten für ihn selbst vier bis fünf Tage und nur einen oder zwei für Avgoustis, der sich das Alibi zunutze machte, um heimlich nach Elefsina zu eilen, dem anderen Wallfahrtsort.

Das Dunkel in den Augen hält auch die Zunge im Zaum, so machte er nicht mehr viele Worte.

Früher hatte er mit seinen Männern selbst an solchen Gesprächsthemen Freude, die allein dazu dienten, sich in fast wortgetreuer Formulierung zu wiederholen, ganz wie das alljährliche Kalken der Häuserwand. Alle fanden sich im tausendmal Gesagten besser zurecht, da sie auf ungewohnte Themen unvorbereitet waren, gezwungen zu experimentieren, zu forschen und in sich zu gehen und damit eine Ungewißheit zu offenbaren, die ihnen mitten auf dem Ozean und so weit von Zuhause entfernt offensichtlich nicht zupaß kam.

Und so genügte es ihnen, für die zwei Stündchen, bis eine Flasche leer getrunken war, die Themen Weiber, Politik und Fußball durchzuhecheln und sich reihum und garantiert erfolgreich in der Kunst des Seufzens zu üben.

Er selbst redete selten, langsam und leise. Während die ande-

ren das gängige Repertoire spielten, fügte er auf die Waagschale ihrer Worte stets nur ganz wenig hinzu. Manchmal jedoch, wenn der Spaß ins Gegenteil kippte, die Stimmung sank, kollektive Wehmut sie überfiel und die undurchdringliche Einsamkeit, die Seeleute sowohl einzeln als auch in der Gruppe an den Abenden überflutet, wandten sie sich an ihn, um von dort die erforderlichen paar Worte zu hören, die schwermütige Gespräche wieder aufhellen konnten, wie der Schein einer Kerze.
Eingeschlossen in seiner Kajüte und wie stets eigenhändig sein Sakko bügelnd, erinnerte sich Mitsos Avgoustis an seine Mutter, die beim Reden mit der Hand vor ihrem Mund hin und her fächelte, als wollte sie die Worte vertreiben, bis sie den Umgang mit ihrer Umgebung einstellte und endlich die von ihr angestrebte makellose Vereinzelung erreichte, um mit eigener Hand ihr sanftes und glückseliges Ende zu signieren.

Warum erinnerte er sich an die Tote?
Manchmal löst der Tod die Probleme, die der Verstorbene mit den Lebenden hat, doch Avgoustis gehörte nicht zu denjenigen, die sich etwas von ihrem Tod erhoffen.
Er fuhr nach China, nur zur Hälfte beladen mit Industriegütern und Hygieneartikeln. Das erwartete Donnerwetter seitens der Reederei war noch nicht über ihn hereingebrochen, scheinbar wägte Flora die Frage ab, ob sie ihn anschwärzen sollte oder nicht, sie ließ wohl durch einen Rechtsanwalt prüfen, ob die Gefahr bestand, daß man ihm eine Klage anhängte und die Rente kürzte.
Ob sie den Kindern die Wahrheit gesagt hatte? Vor allem der Sohn würde ihn noch mehr hassen. Und dieser Haß aus der Ferne würde ihn nie erreichen.

Vorläufig ging es also nach Xingan, Rohphosphat und was sonst noch auf ihn zukam.
Er hängte das gebügelte Sakko auf den Kleiderbügel und dann in den Schrank, räumte das Bügelbrett und das Dampfbügeleisen beiseite, er kannte seine Kammer so genau wie die Linien seiner Handfläche.
Und da die Blindheit nicht für sein Innenleben galt, das ihn quälte, tauchten klar und deutlich jede Menge Leute aus der Vergangenheit auf und all seine Fehler, Lügen, Sünden und Betrügereien dazu, und so schenkte er sich zwei Fingerbreit Whisky ein und ersetzte die Befürchtungen um seine Gattin listig durch die Trübsal, die er jedesmal fast herbeisehnte, sobald er an die andere mit ihren kleinen Blumentöpfen dachte.

Mitsos, *ich liebe Deinen Arm.*
Immer wenn Du kommst, will ich so beginnen, wie ich die Hälfte der letzten Briefe, mehr als hundert, an Mitsos begonnen habe, und ich will so mit Dir reden, als würde ich Dir schreiben.
Wenigstens muß ich meine Worte nicht mehr in einem Umschlag verschließen und als Absender einen männlichen Vor- und Nachnamen mit den Anfangsbuchstaben meines Namens daraufschreiben, Leon Tavridis oder Lakis Taramas, angeblich Freundschaften aus der Militärzeit oder uralte Seemannsbekanntschaften, damit keiner aus der Besatzung Verdacht schöpft. Und damit der Briefwechsel nicht durch allzu große Regelmäßigkeit auffällt, habe ich mein Geschriebenes

zwei Monate lang gesammelt und dann alles zusammen abgeschickt, ein ganzer Schwung. Er hat mir drei- bis viermal im Jahr eine halbe Seite geschrieben, und eine ganze, kurz bevor er kam.
Ich habe soviel Stillschweigen hier drin erlebt, daß die Briefe für mich an die Stelle von Gesprächen getreten sind. Später habe ich gelernt, ganz allein zu reden.
In jedem Brief habe ich immer einige Zeilen aus dem vorhergehenden abgeschrieben, nachdem ich in Zeitschriften die richtige Rechtschreibung für die schwierigen Wörter gefunden hatte, damit er meine Fortschritte sieht, und auch, weil ich mich gerne wiederhole. Man braucht Wiederholungen, damit etwas nicht nur einmal geschieht, sondern zweimal, dreimal oder noch öfter, dadurch wächst seine Bedeutung, und es bleibt für immer in uns.
Immer wieder komme ich auf dasselbe zurück, und zwar genau so, wie ich es von Kind auf gelernt habe, als man uns mit stets denselben Worten ein paar Weisheiten eingetrichtert hat.
Daß der erste Herbstregen Gottes Segen ist.
Daß Güte wie Balsam wirkt.
Daß Männer Kinder sind.
Daß man nicht mit leeren Händen zu Besuch kommt.
Daß jeder Garten seinen Jasmin verlangt.
Meinen habe ich 1973 gepflanzt, und jede Karfreitagsprozession unseres Kirchensprengels seit der Junta wurde damit geschmückt.
Als ich zehn war, damals in Agii Apostoli, stand ich hinter meinem Vater. Ich klammerte mich an seinen Rücken. Ich legte mein Gesicht an sein kühles Hemd. Und wenn es das blaue war und seine Schuppen darauf zu sehen waren, habe

ich während der Messe die weißen Pünktchen einzeln weggeschnippt.
Als ich erwachsen war, habe ich versucht, an Gott zu glauben, doch der Glaube ist nicht auf mich übergegangen, weil ich die an die dunklen Kirchenwände tapezierten Heiligen sah, die dort dicht nebeneinander posierten, alle großgewachsen, schlank und bärtig, aufrecht und mit finsterem Blick, wie wortlose Gäste in einer Kaffeebar, die den ganzen Abend bei zwei Getränken verbringen. Zwei- oder dreimal war ich auch da, ein schlimmes Besäufnis.
Tja, auch Mitsos war schuld, der Gebenedeite unter den Männern. In den ersten Jahren erinnerte ich mich immer nur an seine Ankunft und was danach folgte. Später haben sich die Abschiede in meinem Kopf festgesetzt. So habe ich mit zwei Kundinnen, aus alter Gewohnheit, in der Kirche das Gegrüßet seist du Maria gebetet und innerlich Abschiedspsalmen gesungen. Obwohl selbst die ungläubige Litsa immer noch den Herrn lobpreist, der ihr die Jugend geraubt hat.
Das einzige Mal, daß ich an Wunder geglaubt habe, war hinter den Zementsteinen eines Toilettenhäuschens.
Die Entjungferung ist eine andächtige Handlung.
Davor war ich mit einem Fußballer zusammen, wir hatten uns ganz gern. Aber ich hab ihn nicht wirklich geliebt, er mich auch nicht, und so ließen wir es nicht zum Äußersten kommen. Mit Mitsos bei den Zementsteinen ging alles ganz schnell.
Eine Menge ist danach geschehen.
Ich sah, wie seine Hände feucht und kribbelig wurden, bevor sie meinen Körper anfaßten, und wie sich, gleich danach, seine Augen, die mich immer nachdenklich machten, schlossen und ihr Geheimnis für sich behielten.

Keinen Augenblick ließ ich seine Augen los. Immer jagte ich ihnen hinterher und deutete ihren Blick. Vielleicht auch falsch. Doch selbst das ist irgendwie nützlich. Wenn zwei Menschen getrennt leben, entbehren sie nicht nur die Sprache der Wörter, sondern es entgeht ihnen vieles, was sich durch die Hände ausdrückt, durch Streicheln oder durch Ohrfeigen, und mehr noch durch die Augen: Schwüre und Unsterbliches.
Auch Du hast fern von ihm gelebt. Vieles ist Dir entgangen. Und ihm nicht weniger.
Ich habe mir die vier Fotografien angeschaut, die Du mir gestern dagelassen hast. Auch mit fünfundsiebzig noch eine kerzengerade Haltung. Und seine Augen erst, das Schönste an diesem Mann, der blitzende und herrische Blick. Und Haar und Bart schneeweiß mittlerweile, eine Schere, oder besser, eine Sichel täte ihnen gut. Und was die Katze betrifft, so wette ich, wieder eine Maritsa.
Warte, ich hole mir einen Stift, nur um ihn in der Hand zu halten, während ich mit Dir rede.
Jetzt ziehen die Wolken davon, nur die Vögel bleiben da oben zurück und haben keinen Halt, keine Orientierung mehr.
Wie ich Dir schon das letzte Mal erzählte, habe ich in meinem Garten Halt gefunden, er liegt zwar hier in Elefsina, doch mein Herz schlägt für die Tropen und lehrt mich, welche Farben zusammenpassen und welche nicht, ich bin wie ein kleiner Kaktus, der trotz allem blüht, auch ohne Wasser.
Wenn ich gemütlich Antenna *gucke – an diesen Fernsehkanal habe ich mich so gewöhnt, daß ich den Eindruck habe, die anderen verstehe ich gar nicht mehr –, lasse ich das Früh-*

stücksfernsehen sein, trete kurz zu meinen Blumentöpfen hinaus, um an den Nelken zu riechen, und gehe wieder rein zu meinem Sessel.

Als ich jung war, konnte ich nicht einschlafen, weil ich nicht wußte, wo Hawaii liegt.

Nun liege ich um zwei Uhr nachts wach und frage mich, ob es drei lilafarbene und vier rote Nelken sind oder vier lilafarbene und drei rote. Dann stehe ich auf. Ich mache das Hoflicht an. Ich blicke durch die Fensterscheibe. Es sind vier lilafarbene und drei rote. Ich lösche das Licht wieder und kehre in mein Bett zurück. Und bevor ich meinen Morgenkaffee trinke, denke ich, während ich die Schnecken von den Blättern sammle: Wie kann er bloß ohne Baum leben?

Daher habe ich ihm immer einen besonderen Empfang bereitet, sobald ich Nachricht von seiner baldigen Ankunft erhielt. Ich brachte an einer Schnur Blumentöpfchen an, die aussahen wie eine Reihe kleiner blühender Öllämpchen. Ich ließ eine Parade großer und kleiner Blechkanister auf dem Weg zum Eingang antreten, auf dem Gehsteig draußen, auf den umliegenden Feldern, kleine grüne Landsoldaten, und nicht schon wieder Marineinfanteristen, als Garde für die Kulisse unseres Wiedersehens.

All die Jahre über sind zweitausend Nelken erblüht, und er hat vielleicht fünfunddreißig oder vierzig davon gesehen.

Zum Glück ist er nie im Februar zu Besuch gekommen, wenn die Blumenbeete eine schöpferische Pause machen und der Garten keinen schönen Anblick bietet.

Doch ich habe nicht nur über die Blumen und die schlüpfrigen Dinge Buch geführt. Ich habe die Verschlüsse der Bierflaschen abgezählt und aufbewahrt, die er hier geöffnet hat. Die Rasierklingen, die er benutzt hat. Die leeren Plastik-

fläschchen der Alkohollösung, mit der ich ihm den Nacken einrieb.
Ich habe berechnet, wie viele meiner Fragen über die See und alle Orte, zu denen er mich mitnehmen wollte, er mir beantwortet hat. '78 machte ich den Führerschein und schleppte ihn manchmal mit meinem kleinen Fiat in eine Ouzoschenke, nach Mitternacht, wir beide waren die letzten Gäste, ganz heimlich. Ich habe mir die Kilometer notiert, die ich gefahren bin, und auch die vier Lokale, in die ich ihn gefahren habe.
Ich führte Buch über unsere Beziehung. Über die verlorene Liebesmüh und über den Gewinn. Letzterer war reichlich.
Ich habe ihm geschrieben.
Mitsos, hör mir zu. Das Haus leer. Der Fernseher ausgeschaltet. Das Radiogerät still. Auf dem Tisch ein Teller. Ich esse meine Lieblingsspeise und bin glücklich. Man kann alleine vergnügt sein. Ich bin gezwungen, alleine ausgelassener Stimmung zu sein.
Wie ruhig mein Atem heute abend geht.
So bekomme ich Lust, meinen Stuhl später unter den Granatapfelbaum zu stellen und dort eine schlaflose Nacht zu verbringen.

Auszug aus einem der seltenen Telefonanrufe der Erstgeborenen:
— Sie hat dich wohl mit einer Nutte in der Kajüte erwischt. Deshalb ist sie Hals über Kopf zurückgekehrt. Deshalb kommst du nicht heim, damit du deine Nutten vögeln

kannst. Ach, verschwinde doch, für uns warst du ohnehin immer schon verschwunden, du kindischer alter Bock, der es darauf anlegt, uns alle kaputtzumachen.
In ihrer dreiminütigen und lautstarken Philippika sagte sie noch mehr: Du fährst durch die Weltgeschichte, und unsere Mutter muß sich mächtig ins Zeug legen, um die Familie zusammenzuhalten, du schöpfst den Rahm ab, und sie muß den Bodensatz auslöffeln, du jagst sie fort wie einen Hund – Pack deine Teekanne und tschüs! –, und sie gibt dir in der Reederei Rückendeckung und erzählt, du kämst demnächst nach Hause. Ich habe mein Diplom gemacht, und du hast mir nicht mal am Telefon dazu gratuliert. Ich habe eine Akropolisführung für die Minister gemacht, und du warst nicht stolz auf mich. Dann habe ich den Job dummerweise aufgegeben, ohne daß du mir davon abgeraten hättest. Wir sind dir egal, von unseren Sorgen willst du gar nichts hören, von deinem einzigen Sohn willst du nichts wissen, zu meiner Hochzeit bist du auch nicht gekommen, dein erstes Enkelkind hast du nie besucht, und zum letzten Mal hast du mich umarmt, als ich im Gymnasium war.
Mitsos Avgoustis konnte dem nichts entgegenhalten. Er hörte ihr zu und erinnerte sich an die Abende im verfluchten Herbst '73, als er mit seinen kleinen Töchtern Monopoly spielte und ihre kleinen Schummeleien übersah, als er ihnen von den rosafarbenen Delphinen des Amazonas erzählte, bevor er sie ins Bett brachte, voller Ungeduld, endlich mit ihrer Mutter über die anstehende Scheidung zu reden.
Als Lili das Gespräch abbrach, ganz abrupt, ohne ein Wort der Rechtfertigung zu erwarten, denn Entschuldigungen paßten nicht zu ihm, dermaßen verspätet noch dazu, und zu Recht würde die Tochter sie ausschlagen, kamen Mitsos

Avgoustis zwei Dinge in den Sinn. Erstens, daß er den mit Händen zu greifenden Haß seiner Kinder verdiente, und zweitens, daß Flora weder ihnen noch der üblen Bande in der Reederei von seiner Erblindung erzählt hatte.
Warum gab sie ihm Zeit? Was würde Chatzimanolis tun? Und was Flertakis?
Ganz allein rauchte er im Nockenhaus, die anderen waren auf ihren Posten und priesen Vekrelis' Glück.
Dessen Frau Zoi hatte nämlich geträumt, sie sitze auf dem Bischofsthron einer ländlichen Marienkirche und bewundere die Verzierungen am Kreuz und die Drachen an der Ikonenwand – von Kind auf war sie verrückt nach Ikonenwänden –, als sie hörte, wie einer der Drachen ihr *Good luck, Zoitsa* zurief; und im selben Augenblick erblickte sie zwei Schwalben, die durch das unvergitterte Fensterchen ins Presbyterium eindrangen, über sie hinwegflogen und ihren Kot auf sie herabfallen ließen. Und da Scheiße Geld bedeutet, spielte sie im Lotto, der Traum wurde wahr, und nun konnte das Ehepaar, mit zwanzig Millionen Drachmen in der Tasche, die ersten beiden Imbißbuden der Kette, die Hähnchen in Zitronensoße feilbieten sollte, in Angriff nehmen, von der sie ein Leben lang geträumt hatten.
Stamatis Vekrelis freute sich auf seine letzten Tage als Seemann, indem er Dalaras' ganzes Repertoire rauf und runter sang, seinen griechischen und anderen Kollegen ebensolches Glück wünschte und besonders von den Veteranen zu hören bekam, bestimmt sei er der erste und einzige in der Weltgeschichte, der nach seinem Abschied vom Seemannsdasein weiterhin Huhn essen würde – die Speise, vor der ausnahmslos allen, die zur See fuhren, im Lauf der Jahre ekelte.
Von Xingan ging's nach Osaka, wo am Mittwoch, den 12. Fe-

bruar, die Abschiedsparty für den Steward stieg, der endgültig abmusterte.
Am Donnerstag, den 13., hatten sie bis zum späten Abend die Phosphatladung gelöscht und die Laderäume gesäubert, doch der Frachter blieb leer.
— Es gibt nichts.
Die Nachricht kam von Flertakis, aus Piräus.
— Dann eben 'ne Leerfahrt.
— Aber wohin bloß?
— Das gibt 'ne nette kleine Spazierfahrt. Das offene Meer fasziniert mich. Es ist ein Ort des Verzichts.
— Wann, meinst du?
— Morgen früh.
— Und was erzähl ich Chatzimanolis?
— Sag ihm, ich treib ihn in den Ruin.
Im nächsten Morgengrauen kam das Telex, das die ATHOS III nach Iloilo orderte, um achtzehntausend Tonnen Kopra und Datteln aufzunehmen, dann nach Hanoi für eine Ladung Ziegel und Reis von fünfzehntausend Tonnen sowie dreitausend Fahrräder, alles lieferbar nach Incheon, Korea.
Sie legten ab, und auf See war alles wie gewohnt. Tagelanges, nächtelanges Verstummen, und dann, eines Abends, verwandeln sich alle jäh in Parlamentarier und geraten sich wegen parteipolitischer Fragen in die Haare, oder dann, eines anderen Abends, eifern alle Zambetas nach und verausgaben sich beim Zembekiko-Tanz, mitten drin die Rumänen, mitten drin auch die Russen, alle jenseits der dreißig und ausgewiesene Experten monotoner Männerrunden. Am Mittwoch, den 19. Februar, im Dschungel von Iloilo im Lande der Philippinen, Heimat von Soledad, kam auch der verliebte Kochmaat in Stimmung, und zwar dermaßen, daß er sogar ein

paar Schlager von Glykeria vor sich hinsummte. Seine Liebste, fünfzehn Jahre älter als er und dreifache Mutter, seit zweieinhalb Jahren Empfängerin seiner halben Heuer, die andere Hälfte ging an seine alte Mutter, stürmte auf die ATHOS, entführte ihn für eine Stunde und brachte ihn glücklich wieder, zusammen mit zehn Dosen Krebsfleisch, denn sie hatte in der örtlichen Konservenfabrik Arbeit gefunden.

Das Verstauen der Ladung ging rasch vonstatten, Birbilis schickte den Report mit den erforderlichen Angaben an die Leichtmatrosen in Piräus. Die Mannschaft verzichtete auf den Landgang, die Gegend war nicht besonders anziehend, Armut an allen Ecken und Enden, daher nahm man, volle Kraft voraus, Kurs auf Vietnam.

Vor neun oder zehn Jahren hatte Mitsos Avgoustis zuletzt dort angelegt. Er würde nicht von Bord gehen und den Ort nicht wiedersehen, das kümmerte ihn auch kaum. Sein Hintern hatte auf fünftausend Pollern in der ganzen Welt gesessen, Schluß damit, alle Meere sind gleich, bloß Wasser, das man entlang segelt, alle Länder sind gleich, Festland, das man entlang geht, alle Häfen sind gleich, bloß Winden, um die Laderäume zu leeren oder zu füllen.

— Willst du dir nicht ein wenig den Bart stutzen? hatte Flora zu ihm im Verlauf ihres Besuchs gesagt, und ihr Tonfall bedeutete: Du machst dich zum Narren.

— Den stutze ich nicht.

— Dann laß dir wenigstens die Haare schneiden.

— Beim nächsten Halt in Lissabon.

— Dort gibt's keinen Halt mehr.

— Das laß meine Sorge sein.

— Dann schneide ich sie dir.

— Seit dreißig Jahren gehe ich immer zu demselben schlechten Friseur in Portugal.
— Und was findest du an ihm?
— Ich mag seine Lebensgeschichte.
— Vielleicht ist er schon tot.
— Solang ich unterwegs bin, ist er für mich noch am Leben.
Und solange er nicht nach Griechenland zurückkehrte, waren alle noch am Leben, die er nicht sterben lassen wollte.
Er war sehr hungrig, er wollte sich richtig satt essen, also mußte er in seine Kajüte gehen, mit Ausnahme von Feiertagen und besonderen Anlässen war er gezwungen, allein zu essen, seit damals, als er vor den Augen des Funkers und des Ersten Maschinisten Salz und Pfeffer verwechselte und noch einen Hähnchenschenkel bestellte, obwohl auf dem Servierteller vor ihm ein Bruststück und ein Flügel lagen. Vor lauter Hunger war mir schon ganz schwarz vor Augen, eine andere Ausrede war ihm nicht eingefallen.
Der Butler brachte das Tablett, zusammen mit einer kleinen Rede auf Kyriaki, die Heldentaten von 1821 und die Schrecken des Bürgerkriegs. Er kredenzte dem Kater und dem schweigsamen Kapitän Persisches Pilaw, doch er merkte, daß es ein eher ungeselliger Abend war, und beschwerte sich, heutzutage ließen sich nur mehr Salatherzen erweichen. Mit der Bemerkung, der Küchenchef des Zaren sei mit hundertsechzigtausend Rubel jährlich entlohnt worden, zog er sich zurück.
Es war gegen halb neun, als Mitsos Avgoustis, satt gegessen und voller Tatendrang, den Kleiderschrank öffnete, um sich mit der Berührung ins Gedächtnis zu rufen, daß an erster Stelle das blaue Leinenhemd hing, an zweiter Stelle das blaue

Baumwollhemd mit den ganz kleinen Knöpfen, an dritter Stelle das karamellfarbene mit den Manschettenknöpfen aus Perlmutt, an vierter Stelle dieses, an fünfter, sechster, siebter Stelle jenes, an zehnter Stelle das feinkarierte mit dem Satinschild am Kragen und zum Schluß das neue aus Seide, ein Geschenk von Flora, vielleicht hellblau, vielleicht hellgrau, schon über einen Monat hing es da auf dem Kleiderbügel, ungetragen, denn der Kapitän glaubte, in neuen Kleidern sei man, genauso wie in fremden, nicht ganz derselbe, man brauche Zeit, um sich daran zu gewöhnen.
Auf dem Bücherregal tastete er nach der Bibel und den beiden Evangelien seiner Zunft, SOLAS und MARPOL, setzte die Übung fort, indem er hier und da über seine Aktenordner und Schächtelchen strich, ordnete in seinem Kopf die unmittelbar anstehenden Erledigungen, überlegte sich Lösungen für alle möglichen Unwägbarkeiten und beschloß, um den Aufenthalt in Hanoi möglichst kurz zu halten, seine Mannschaft mit einer Extraprämie von hundert Dollar zu bestechen, damit sie den Auftrag in weniger als zweiundsiebzig Stunden erledigten, den angekündigten neuen Steward in Empfang nahmen und gleich wieder in See stachen. Er wollte kein Risiko eingehen und in den Häfen mit den Schifffahrtsbehörden und anderen unbekannten Armleuchtern, die von der Reederei möglicherweise angestachelt waren, nicht unnötig Zeit verlieren.
Er machte einen letzten Kontrollgang drinnen wie draußen, Kombüse und Pantry rochen nach Putzmittel und blitzten vor Sauberkeit, die Duschhähne waren dicht, die Kisten waren achtern gut festgezurrt, die Ketten der Rettungsboote gut geölt, Birbilis hatte die Liste mit der Wacheinteilung fertiggestellt, und die Seeleute an Deck patrouillierten, vom

Nebel durchweicht, mit falschen Kalaschnikows über der Schulter.
Er berührte eine Sperrholzplatte nach der anderen. Gut so, haltet die Augen offen, sagte er zu ihnen, und während er den Kragen bis zu den Ohren hochzog, da der feuchte Dunst durch Mark und Bein drang, ging er weiter zur Back, um die Übung der Erinnerung wie immer zu vollenden, und zwar nicht, indem er Szenen mit seinen beiden Töchtern und seinem Sohn aufrief, denn die spielten nur in den Übungen des Vergessens die Hauptrolle, sondern Szenen der See, die gerade im Nebel untergetaucht war.
Plötzlich hatte ihn die Sehnsucht nach ihrem Anblick gepackt. So lange wollte er Bestechungsgelder zahlen, bis er, und sei es nur insgeheim, den phosphoreszierenden Seetang wiedersehen konnte, Myriaden grüner Glühwürmchen in den trüben Wassern, und die kleinen Wellen in Reih und Glied, Beete mit weißen Blüten im düsteren Garten des Dämmerlichts.
Genau wie die weißen Blumen in den Rabatten von Elefsina, die er vom Fenster aus mit der nächtlichen Zigarette in der Hand betrachtete.

— Wie alt ist der Kapitän? fragte der Neue beunruhigt.
— Der vernascht immer noch drei Negerinnen auf einen Sitz, rechne es dir selbst aus, donnerte Siakantaris.
— Entspricht das den Vorschriften? beharrte der erste.
— Er war dabei, als die Gesetze der Handelsschiffahrt gemacht wurden. Man sagt doch auch *Johnny Walker seit 1820*,

oder? Na, so sagt man eben *Mitsos Avgoustis seit 1939*, seit damals auf See, dem kann keiner das Wasser reichen, erwiderte der Smutje.
In Hanoi, Vietnam, wurde am Montag nachmittag, den 3. März, nachdem Wasser und Diesel gebunkert worden waren – frischen Proviant würden sie in Korea an Bord nehmen –, der junge Stelios Kazas vom Beiboot zur ATHOS III geschippert. Der Neuling, ein Hosenscheißer auf Jungfernfahrt, hätte sich mit einem zwanzig oder fünfundzwanzig Jahre jüngeren Kapitän auf den Ozeanen bestimmt wohler gefühlt. Ein paar aus der Mannschaft wetteten, die ganze Heuer des großgewachsenen, dunkelhaarigen Grünschnabels werde für die Mobilfunkrechnung draufgehen, Tag und Nacht am Telefon mit Mama.
Der Kapitän hatte ihn kurz angebunden begrüßt und dem Bootsmann zur Einweisung übergeben, der ihm die zehn Gebote des guten Seemanns nahebrachte: Du sollst die Hierarchie an Bord respektieren; du sollst dich täglich duschen; du sollst das Essen nur mit geschnittenen Fingernägeln servieren; du sollst mit den Kondomen nicht geizen; du sollst deine Heuer nicht beim Kartenspiel verjubeln; du sollst dich mit den anderen in keine Raufhändel einlassen – lauter du sollst, du sollst, du sollst, während er ihn über den Frachter führte, ihm abschließend die Mannschaftsmesse zeigte und ihn in sein Logis einwies.
— Wie alt ist der Kapitän eigentlich? fragte Kazas erneut.
Sigalas lachte auf und klopfte ihm auf die Schulter.
— Kanarienvögel leben fünfzehn Jahre, Nachtigallen achtzehn, Wassertiere und Seevögel vierzig bis sechzig Jahre, und Seeleute, mit Gottes Willen und bei gutem Wetter, nochmal so lang.

Doch am nächsten Tag, auf dem offenen Meer, verzogen sich die zarten Wolkenschleier der Windstille, verjagt von anderen, schweren und pechschwarzen, aus denen ein Höllengewitter herabstürzte, ein Blitzschlag nach dem anderen, Donnergrollen und bis zu acht Meter hoher Seegang.
Setzt die Dünung die Leiber unter Strom, so entzieht ihnen eine Windstärke von zehn Beaufort jede Spannung. Alle stolperten wie von Schwindel erfaßte Hühner durch die Gänge, fünf Tage lang Siakantaris auf Gedeih und Verderb ausgeliefert, der weder Soßen noch flüssige Gerichte zubereitete, sondern die verdorbenen Mägen durch blanke Makkaroni, Pilaw und beruhigende Geschichten über das unerschöpfliche Kyriaki wieder einzurenken versuchte, über einen Wettbewerb im Tsamiko-Tanz, bei dem er letzter wurde, da er den Mittänzern tolpatschig auf die Füße trat, oder über ein Begräbnis, wo die zutiefst Trauernden beim Kaffee nach und nach begannen, die Hörner zu zählen, die der Verstorbene den Dorfbewohnern aufgesetzt hatte, so daß bald die Fäuste flogen und im Kafenion kein Stein auf dem anderen blieb, keine einzige Mokkatasse war danach noch heil.
Die ATHOS III war ein siebzehnjähriger Frachter mit Automatikgetriebe, dessen Maschinenraum nachts geschlossen bleiben konnte, doch Avgoustis meinte, so wie alle Reeder und Kapitäne aus Chios, der Mensch sei die sicherste Alarmanlage, und so schoben die Maschinisten auch bei Kalme Wache, und erst recht bei übelstem Wetter unter heftigem Stampfen, wenn die Schiffswände knarzten.
Vier Tage lang war er schon ohne Schlaf, ständig unterwegs vom Maschinenraum an Deck und von dort ins Ruderhaus. Hart backbord, sagte er zum Rudergänger, Geschwindigkeit drosseln. Dann gab er diese, dann jene Anweisung, unge-

rührt, bis er am Telefon die dünne Stimme des beknackten Juniorchefs vernahm.

— Avgoustis, du machst Streß. Deiner Frau zuliebe habe ich gesagt, ich treibe es nicht zum Äußersten, das solltest du wertschätzen. Von Flertakis kann man nicht erwarten, daß er dich zur Vernunft bringt. Am 16. kommt ein Jurist der Reederei nach Korea, um die Sache in die Hand zu nehmen, damit wir das Ganze in aller Ruhe zu Ende bringen. Er wird dir erklären, was für dich von Vorteil ist. Sieh zu, daß ihr euch einigt.

— Wen schickst du?

— Athanassopoulos Junior. Tüchtiger als sein Vater. Mit modernen Ansichten, mit guten Beziehungen in die Politik.

— Na schön, antwortete der Kapitän, den Playboy werde ich in meinem besten Kleidchen empfangen.

Er beendete das Gespräch und sprach ein Stoßgebet, nicht um die Muttergottes in den Krieg mit der üblen Clique in Piräus hineinzuziehen, sondern um die See zu beruhigen und Zeit zu gewinnen. Mitsos Avgoustis hatte sich bei ähnlichen Anlässen, stets vor den Augen seiner Männer, zwanzigmal bekreuzigt, dreißig bis vierzig Gebete gemurmelt und schließlich laut von sich gegeben: Wehe dem, der die Muttergottes und Agios Nikolaos geringschätzt, denn wer keine Angst vor dem Tod hat, ist mir suspekt.

Der neu angelernte und angsterfüllte Steward, ohnehin schmal und innerhalb einer Woche noch schmaler geworden, trat mit einem Tablett heißer Getränke ins Ruderhaus, am Anfang des Gebets *Ich Sünder, unterworfen den Wünschen der Fleischeslust*, hörte es fünfzehnmal bis zum Schluß an, *Erlöse uns von Trauer, Zorn, Gefahr und Not*, hörte

auch die Ergänzung: Ein Seemann, der nie Angst hat, ist ein Volltrottel.
Avgoustis bemerkte den Tee gar nicht, seine Gedanken waren bei der Wetterlage und in Korea. Seine Laderäume waren voll mit den Leckereien aus Iloilo und der Ware aus Hanoi.
Dann sprach er mit der Kombüse.
— Jerasimos, erstens mal, verteile an alle eine Kiste Datteln.
— Und zweitens?
— Nimm vom Reis der Ladung, setz alle Spielarten von Pilaw auf die Speisekarte und überleg dir passende Portionen.
— Warum das denn?
— Weil mich die Muttergottes erleuchtet hat, in Korea keine Zeit für den Proviantnachschub zu verlieren.
— Wir können doch auch einkaufen, während ihr die Ladung löscht.
— Deine Aufgabe ist die Sparsamkeit. Alles andere ist meine Sache.
Im Geiste breitete er die Karte des Indischen und des Stillen Ozeans vor sich aus und notierte Visakhapatnam, Suvadiva-Atoll, Paradip, Haldia, Sebu, Pulupadam, Amurang, Pontianak, abseitige und entlegene Häfen, als Zielorte für die Zeit nach dem kurzen Zwischenspiel im nicht zu umgehenden Korea.
Dann verlangte er wieder nach dem Wetterbericht zum Verlauf des Unwetters. Checkt das alles dreifach gegen, über die Küstenwachen in Colombo, Singapur und Darwin, hob er hervor. Er dachte über eine kleine Kursänderung nach, um das Schlechtwetter hinter sich zu lassen und Diesel zu spa-

ren. Er drehte und wendete alles in seinem Kopf, dann fand er die Lösung und gab die Anweisung.
Die Männer sahen sich kaum an, als wollten sie nicht dabei ertappt werden, dem Sinn der Anweisung nachzugrübeln, ansonsten waren sie alle, mit Ausnahme des davon schwankenden Neulings, an die Sperenzchen des Kapitäns gewöhnt.
Doch bevor Kazas sich endgültig entfernen konnte, wartete schon eine neue Schikane.
— Alle Mann an Deck, alle Mann an Deck, alle Mann an Deck!
Die Stimme des Kapitäns hallte aus allen Lautsprechern des Frachters, die monatliche Bereitschaftsübung simulierte diesmal einen Brand in der Kombüse.
Avgoustis und der Kapitänleutnant begaben sich hinunter in die Schiffsküche, die einen schlossen die Belüftungsschächte, ein paar rannten zum nächstgelegenen Hydranten, griffen nach dem Feuerwehrschlauch, schlossen ihn an das Rohrende an, und ein Rumäne im feuerfesten grauen Asbestanzug, mit einer Sauerstoffflasche und an einem Seil gesichert, stürzte sich in die Schwaden der Rauchbombe, deren Garantie abgelaufen war.
— Käpt'n, geben Sie mir zwei Minuten? fragte Birbilis.
— Auch zweieinhalb, war die Antwort.
— Damit ich Ihnen ein paar Tropfen Augenwasser einträufeln kann, gegen das Rauchgas.
— Ist nicht nötig, bei mir ist alles in Ordnung. Alles Irdische nur Schall und Rauch, wie schon Cicero sagte. Übung beendet.
Alles geschah genau nach Vorschrift, Routine für die erfahrene Mannschaft, Horror für den Neuling. Die neue berufliche Laufbahn ließ sich nicht gerade gut an.

Um halb sechs Uhr servierte er das Abendessen in der Mannschaftsmesse, wo von albanischen Pyramiden, Revolten, Wucherern und verlorenem Geld die Rede war, er selbst sagte keinen Ton, aß keinen Bissen. Nicht mal die Nachspeise würdigte er eines Blickes.
Es war am Samstag abend des letzten Karnevalswochenendes, und Siakantaris präsentierte einen eindrucksvollen Kuchen mit Dattelcreme. Beim Servieren tröstete er die müden Männer mit süßen Konditorgeschichten, wie er einst eine Chilenin mit seinen beiden glasierten Datteln zu Fall brachte und eine andere mit seiner Zuckerstange und seinen Honignüßchen herumkriegte. Für die Nicht-Griechen bot er eine Übersetzung in gebrochenem Englisch, versehen mit reichlich Pantomime, was dem Thema angemessen war. Darüber hinaus hatte er alle Hände voll zu tun. Er mußte an den Festtagsbraten des nächsten Tages denken, an die gemischte Platte des übernächsten Tages, Rosenmontag, und vor allem an die Einhaltung der Fastenportionen. Er mußte penibel die Mengen berechnen und in seinen Kochbüchern nach Rezepten fahnden für Reis, Reisaufläufe, Reisbällchen und Pilaw auf chinesische, thailändische und auf Konstantinopler Art.
So nahm er den Neuen mit in die Kombüse. Du bist noch nicht eingewöhnt, wie ich sehe, nahm er ihm den Wind aus den Segeln. Ich will mal sehen, wozu du zu gebrauchen bist. Er atmete tief durch und ließ ihn dann ein anderes Jackett anziehen und den Haarschopf frisieren, überreichte ihm das Tablett für den Kapitän und erklärte ihm fünfmal, wie er eintreten, was er sagen, wie er sich betragen sollte und alles, was er nicht tun sollte, obwohl im Grunde nichts weiter nötig war, als guten Abend und guten Appetit zu wünschen.

Mitsos Avgoustis hatte sich durch eine Dusche erfrischt und zog sich um, weiße Trainingshosen und weißes Sweatshirt, und während er in der Kajüte zwischen Schreibtischleuchte und Nachttischlämpchen auf und ab ging, trockneten Bart und Silbermähne, die glänzten wie eine silberne Votivtafel zu Ehren der Muttergottes.

Ihm standen fünfzehn Minuten zur Verfügung, um schnell eine Kleinigkeit zu essen, bevor er wieder an Deck mußte, reichlich Zeit, um das Unternehmen Korea zu überdenken, Ankunft am 13. nachmittags, Löschen der Ladung am 14. und 15. und am selben Abend auslaufen, bevor der Rechtsanwalt auftauchte. Und wohin? Egal, wohin.

Der Steward stellte das Tablett auf das Tischchen, gab dem während des Schlechtwetters in der Kajüte eingeschlossenen und daher reizbaren Kater zu fressen, wartete kurz, ob der Kapitän noch etwas wünschte, doch zu seiner Erleichterung schickte er ihn fort.

Bevor er die Tür hinter sich zuzog, hörte er gerade noch seine Frage:

— Zu welcher Mannschaft hältst du?

— AEK Athen.

— Schön, die Fahne haben wir.

— Er stürzt gleich ab!

Die Muttergottes, die ihr Flehen eine Woche lang nicht erhört hatte, glättete schließlich die Oberfläche der schweren See, und im Morgengrauen zum Rosenmontag, den 10. des Monats, erhielt Maritsa endlich wieder Ausgang, sprang

pfeilschnell hinaus und hoch auf die Reling, um erneut die alltägliche morgendliche Tanzgymnastik aufzunehmen.
Stelios Kazas, erleichtert und dankbar für das wohlmeinende Wetter, mit Mokka und Tequila unterwegs zum Kapitän, der sich achtern die Beine vertrat, erblickte mit Schrecken den Kater, der auf dem schmalen hölzernen Steg balancierte. Und schrie Zeter und Mordio. Zwar hatte er keine Gelegenheit gehabt, Maritsa sonderlich ins Herz zu schließen, doch er wollte sich auch nicht den Vorwurf einhandeln, er habe das Tier absaufen lassen.
Sein Gezeter brachte Birbilis, Dachtylas und einen Rumänen auf den Plan, die ihn beruhigten, Unkraut verdirbt nicht, und ihm ein paar Erläuterungen zum Thema Schiffskatzen gaben, sie seien angenehme Gesellschaft an Bord, etwas zum Streicheln. Vor elf Jahren habe die ganze ATHOS getrauert, als eine in den Nordatlantik stürzte, und vor neun Jahren sei der damalige Katzenakrobat im holländischen Fernsehen aufgetreten und dafür mit zwei Magnetringen belohnt worden. Das sei aber noch lange nicht alles. Vor vier Jahren hätten zehn Männer der Mannschaft jeder eine Katze besessen, und als die Hälfte davon je drei bis vier Junge warf, insgesamt neunzehn, sei ein richtiger Zoo draus geworden. Aus jeder Ecke des Frachters habe es miaut, alle seien über die Katzen gestolpert, der Smutje sei außer sich gewesen, weil sie in die Speisekammern eindrangen und überall ihre Haare zurückließen, bis man sie in Port Talbot auf den hölzernen Piers allesamt freiließ und nur den letzten Nachfahren aus dem Hause Maritsa zurückbehielt, der dem Stammbaum keine neuen Triebe mehr bescheren würde. Seine halbzerfetzten Ohren bildeten ein Andenken an die letzte Katzenkeilerei. Sprachen's und machten sich wieder an ihre Arbeit.

Der Mokka des Kapitäns war zwar kalt geworden, doch Avgoustis war guter Dinge. Morgen war Korea dran. Blitzschnelles Löschen der Ladung und weiter geht's. Das Rendezvous mit dem Rechtsanwalt würde er platzen lassen.
Aber heute war heute.
Nach dem Genuß von eingelegtem Gemüse, gebratenen Tintenfischen und dem unausweichlichen Pilaw füllte sich bei Sonnenschein das Deck mit Fahrradfahrern. Wer seine sechsstündige Wache hinter sich hatte, nahm sich mit Erlaubnis des Kapitäns ein Fahrrad aus der Ladung und vergnügte sich wie ein kleines Kind, indem er in den Seitengängen und auf dem Hauptdeck unter heftigem Geklingel Kunststückchen vollführte. Die einzigen Ausnahmen blieben Daniil, der ältere Georgi und der jüngere Sorin, eingeschworene Anhänger der kühlen Schwermut, unerreichbar in ihrer Einsamkeit.
Bis auf diese drei verwandelte sich die rote ATHOS in einen schwimmenden Lunapark auf Rädern, während unter Geschrei und Gepfeife zwei Videokameras und drei Fotoapparate, einer davon gehörte dem Neuzugang, die Erleichterung nach der mehrtägigen Schinderei für die Ewigkeit festhielten, und Mitsos Avgoustis, ganz Herr der Lage, lehnte an der Reling mit dem Kater im Arm und sagte zu seinen Männern: Die Fahrräder sind ein Geschenk, für jeden eins.
Keinen von ihnen kannte er von Angesicht zu Angesicht. Drei Griechen hatten die ersten beiden Jahre nach seiner Erblindung bei ihm angemustert, nur ihre Umrisse konnte er erkennen, Daniil, der Däumling, ein Halbschatten, an dem der Spitzname *Troll* hängengeblieben war, so wie *Braut* an Jalouris mit seinem weißen Overall und seinen hundert Kilo. Michaloutsos gab sich durch seinen ewigen Raucherhusten

zu erkennen, der Kochmaat, der vor vier Jahren angeheuert hatte, durch Mitropanos, dessen Lieder er an den Tagen vor sich hinsummte, an denen er besonders verschlossen war, und der Neuling, der wenig gesprächige Angsthase, verriet seine Anwesenheit durch das Geräusch seiner über den Boden schleifenden Schuhsohlen.
Die jetzigen Russen und Rumänen hatten vor fünf und vor drei Jahren die damaligen Russen und Rumänen ersetzt. Zunächst wollte er keine Ausländer in der Besatzung, bei Gefahr konnte ein sprachliches Mißverständnis ein Schiff auf den Meeresgrund schicken. Chatzimanolis Junior bedrängte ihn, eine Truppe billiger Pakistani oder Philippiner auf den Frachter zu nehmen, doch er weigerte sich. Früher schon hatte er gnadenhalber vier hungrige Mäuler an Bord genommen, zwei Inder und zwei Pakistani, seekranke Matrosen, die er notgedrungen sechs Monate lang behielt, gerade so lang, daß sie ihre Mägen ein wenig vollschlagen und ihren Kindern ein paar Konserven und ein bißchen Geld schicken konnten. Weder die erste noch die zweite Ladung Russen und Rumänen versteckte Wodka oder Slibowitzflaschen in ihren Kajüten, sie waren erfahrene Seeleute mit ausreichend guten Englischkenntnissen, zudem war er auf sie angewiesen, als er in Australien zweimal Männer benötigte, mit Zuckersäcken an Bord, die nicht feucht werden durften, und deshalb nicht warten konnte, bis Griechen zur Verfügung standen.
Mitsos Avgoustis, der Ewige Jude, mit dem seit über fünf Jahrzehnten ruhelosen Blick, dessen Ohr im sechsten und letzten Jahrzehnt die fremden Sprachen erlauschte und studierte, das raunende Chinesisch, das zwitschernde Japanisch, das gurgelnde Schwedisch, die glucksende Sprache

der Schwarzen und das gurrende Arabisch – indem er mit Ohren, Nase und Händen sehen lernte, hatte er sich rasch Stimme, Geruch, Händedruck und das Wichtigste über die Familienangelegenheiten eines jeden eingeprägt, ohne ihre Gesichter je gesehen zu haben. Auch die älteren, Siakantaris und Co, kannte er nur so, wie sie vor zwölf Jahren ausgesehen hatten; ihre Geheimratsecken, ihre ergrauten Schläfen und die in die Gesichter gekerbten Falten kannte er nicht, ihren Blick, der die Identität eines jeden Menschen am ehesten gewährleistet, konnte er nicht suchen.

Nomaden sind wir alle, dachte er, flüchtiges Lumpenpack.

Während die Sonne seine alten Knochen wärmte und Maritsa seine Finger leckte und die Schnurrhaare an seinem Ärmel rieb, flogen seine Gedanken in ein sonnenüberflutetes Griechenland, ein altes Bild aus seiner Kindheit, das ihn befriedigte und bis 1985 gültig blieb, ein späteres kannte er nicht. Für ihn waren Straßen, Plätze und Gebäude, Hemdenschneidereien, Schuhmachereien, Tavernen und Klöster, Bäume und Katzen auf dem Stand des Jahres 1985 geblieben, ebenso wie die Gesichter der Nachbarn, Bekannten und Verwandtschaft, Flora mit dem Gesicht einer Fünfzigjährigen, die große Tochter mit zwanzig, die zweite mit achtzehn, sein Sohn als Zehnjähriger, ein Kind noch.

Und was die gute Seele in Elefsina betraf, so hatte sein Herz ihr Bild bewahrt, unbehelligt vom Lauf der Zeit, da die rauschende Dünung sein Gewissen erschütterte wie ein rollendes und gierendes Schiff, und ihn verurteilte, er habe ihre Jugend verschwendet, ihr Leben mit zwanzig verschlungen, mit dreißig ausgesaugt, mit vierzig ruiniert und sei dann für immer verschwunden, wie ein Dieb in der Nacht.

Während er alterte, blieb sie für immer jung, unschuldig und

sexy, begann ihr Bild beharrlich wiederzukehren, eine regelmäßige und bald schon tyrannische Gegenwart in seinen Gedanken.
Er setzte Maritsa auf den Boden und spazierte mit geschlossenen Augen die Reling entlang. Die Männer hatten ihn schon andere Male so gesehen, einmal hatte er sogar den österlichen Kalamatianos-Reigen an Deck so getanzt. Für sie, insbesondere für die Altgedienten, Birbilis, Sigalas, Dachtylas und Siakantaris, trug Avgoustis nach so vielen Jahren auf See Kiemen und Schuppen, immer wieder tauchte er in die See und schwamm einsame Runden in fernen Wassern und dunklen Tiefen.

Ich habe *ihn nach Dir gefragt. Er hat mir nicht geantwortet.*
So habe ich mir Dich ganz unterschiedlich vorgestellt, um ins Schwarze zu treffen, einmal als dunkelhaarigen Bengel mit blauen Augen, dann wieder blond mit braunen Augen. Einmal lang und dünn, dann wieder pummelig.
Jede mögliche Gestalt habe ich mir ausgemalt.
Du bist ein hübscher Junge. Das dichte, lockige Haar bringt mich auf Ideen.
Zwei Jahre, bevor Du geboren wurdest und mein Leben für immer zerstört hast, bin ich nach Piräus gefahren, in Euer Wohnviertel, und habe der anderen aufgelauert. Nicht aus Stutenbissigkeit, solche Dinge liegen mir nicht, sondern einfach, um sie einmal zu sehen. Ich bin zufällig dazugekommen, wie sie mit Deinen Schwestern auf die Straße getreten

ist, kleine Küken damals, Volksschulkinder mit Zöpfchen und getupften Röcken.
Sie trug ein auffallendes rotes Korallenkollier. Mitsos hatte den Schmuck im Set gekauft, für die Ehefrau das Kollier und für die Flamme die Ohrringe. An dem Nachmittag hatte ich sie angesteckt. Gerade rechtzeitig konnte ich sie noch abnehmen.
Wie Diebesgut hielt ich sie fest umklammert und folgte dem weiblichen Trio, bis es in einer Englisch-Sprachschule verschwand.
Ich erinnere mich an ihren schönen Gang, wie elegant sie auf den hohen Absätzen ihr Gleichgewicht hielt. Und an ihren edlen Haarschnitt.
Der machte sie älter.
Doch nun wieder zu ihm.
Er hat aufgehört, mir zu schreiben, und ist nicht wiedergekommen, und ich bin ihm auch nicht mehr hinterhergelaufen.
Ich sagte mir, als Rentner wird er den ganzen Tag von einer Pier zur nächsten laufen, um die Zeit totzuschlagen; er wird sich von den Schiffen gar nicht losreißen können, jedes von ihnen aus zwanzig Metern Entfernung betrachten, wie er es auch mit seinen Frachtern getan hat.
Ich habe ihn dabei mit eigenen Augen gesehen, aus der Ferne. In den Jahren 1965, 1967, 1971, 1973 und 1979. Er stand allein an Land und betrachtete sein Schiff. Zunächst die KALYPSO*, danach die* ALFEIOS*, noch später die* PINELOPI.
Inzwischen meide ich Piräus. Nie wieder bin ich heimlich in Euer Viertel geschlichen, um Euch aufzulauern oder zu sehen, ob Ihr immer noch dort wohnt.

Ich habe auch nicht die Fassung verloren, als Du Dich vorgestellt hast, denn nichts in Deinem Gesicht kündigte eine schlimme Nachricht an. Erstaunt hast Du mich und mein Wohnzimmer angesehen und mir ein Lächeln zugeworfen. Also ist er noch am Leben, atmete ich auf. Und gleichzeitig fragte ich mich nach dem Grund Deines Besuchs. Hatte er Dich geschickt oder sie? Dein Kommen hat mich verwundert, da Ihr doch alle, zum Glück, gesund und wohlauf wart, und unser gut gehütetes Geheimnis offensichtlich nicht ans Tageslicht gekommen war, wie es manchmal mit großem Trara anläßlich eines Todesfalls geschieht.

Was war passiert, daß meine Existenz zutage kam? Seit ihrer Hochzeit lebte ich fünfunddreißig Jahre lang als U-Boot, folgte ihm in großer Tiefe, damit mich der Feind nicht orten konnte.

Ich weiß nicht warum, aber ich mag es, daß Du aus eigenem Antrieb gekommen bist.

Weißt Du, was mir gerade einfällt? Während ich mit Dir spreche, möchte ich um Deinen Stuhl herumgehen, so als würde ich Dir meinen heutigen Brief diktieren. Du mußt Dir nicht den Hals verrenken, um mir mit den Blicken zu folgen. Schau nur, wohin Du möchtest. Da, nimm den Bilderrahmen auf den Schoß, den mit den vier weißen Bären auf dem Eisberg.

Eine Mutter mit drei Kindern.

Jedesmal, wenn ich mir die Haare wasche, setze ich mich mit den nassen Haaren in die Küche und denke an ihn, bis sie trocken sind.

Mitsos, ich sehne mich nach meiner Erinnerung an Dich.

Ich sehnte mich nach meiner Erinnerung an ihn. Die sehr deutlich war. Doch manchmal nicht vollständig. Es konnte

geschehen, daß ich eine Woche lang morgens immer nur seine linke unrasierte Wange auf meinem Kopfkissen sah, als blickte ich durch ein Vergrößerungsglas, in dem mein ganzes Zimmer Platz fand.
Es kommt sogar vor, daß ich vor mir sehe, wie seine Pantoffeln, ganz von allein, von der Veranda bis zur Küche laufen und vor der Herdplatte stehenbleiben, wo seine Makkaroni kochen. Und ich bin zufrieden, wenn mir, wie eine gerahmte Fotografie, die so zweckmäßige linke Brusttasche eines Herrenhemdes vor Augen schwebt, aus der ein Zigarettenfilter ragt. Er hat nur wenig geraucht. Als er es aufgab, hatte ich gerade damit angefangen.
Übel, übel, mein Lieber, und, mein Freund, von den starken Zigaretten hast du eine Stimme wie ein Mann bekommen, so schimpfte er mich aus, da er nur in Männergesellschaft zu leben und zu reden gewohnt war.
Abends, bevor ich mich hinlege, bereite ich die Kulisse meiner Schlaflosigkeit. Ich koche zwei Mokkas und stelle die Täßchen hin, jeweils bedeckt von der Untertasse, das eine auf das Fensterbrett in der Küche, das andere auf das Fensterbrett im Wohnzimmer.
Und wenn der verwünschte Schlaf mich nicht erschöpft aufs Bett fallen läßt, das sich nach dem alten Rambazamba sehnt, wandere ich durch die Zimmer, nehme meinen Posten in der Küche ein, für zwei Schluck kalten Kaffee und zwei Zigarettenzüge, den Stummel drücke ich im Kaffeesatz aus und lege mich wieder hin. Wenig später, sowie mich erneut die Schlaflosigkeit überkommt, nehme ich den Posten im Wohnzimmer für dasselbe Ritual ein. Die Fensterbänke sind die unumschränkten Herrscher, ihre Macht im Haus ist groß.
Die Zeit schafft Mittel und Wege, alles zu vergessen. Mein

eigenes Vergessen läßt auf sich warten. Noch leiste ich Widerstand. Denn jede Zeile meines Lebens hat er geschrieben. Was bleibt mir denn, wenn ich ihn auslösche?
Der Stille Ozean, und Litsa auf dem Meeresgrund. Das Schiff gleitet durch das Wasser, und die stolze, aber bedauernswerte Friseuse folgt ihm zu Fuß, während ihr goldfarbener Minirock den fremden Meeren hinterherjagt.
Innerlich setzte ich einen Zeitpunkt fest, wann das Schiff in den Hafen Soundso einlaufen würde, und in meiner Vorstellung flog ich an die fremde Pier und wartete auf die Gelegenheit, ihm zuzurufen: Hier bin ich!
Während er auf Reisen war, verbrachte ich mein Leben damit, an der Landungsbrücke zu stehen, reglos wie ein Stück Holz. Wie eine Tagelöhnerin, deren einziger Lohn das Warten ist.
Der Mitsos, mit dem ich gelebt habe, war nie da. Der Mitsos, an den ich immer dachte und den ich aus tausenden Meilen Entfernung kennenzulernen versuchte, ist ein Mann, den ich mir in meinem Herzen erschaffen habe.
Ich konnte einfach nicht genug davon bekommen, an ihn zu denken. Andere Frauen leben Tag und Nacht an der Seite ihres Mannes und haben dennoch nichts mit ihm gemeinsam. Ich habe mit einem Mann zusammengelebt, der zwar nie zu Hause war und mir dennoch nie gefehlt hat. Ich habe stets darauf geachtet, daß wir mittags und abends mit einem Glas Wein anstießen. Der Teller war einzeln, die Gläser immer zu zweit.
Ich war neugierig auf den Mann. Was für ein Geschöpf war er? Was will er mit seinem Blick sagen? Wie verändert sich sein Blick? Wie trifft er seine Entscheidungen? Was bedeutet sein Schweigen? Wann verliert er die Fassung? Wie sieht seine Verzweiflung aus?

Nur diejenigen Frauen verspüren keinerlei Neugier, die auf der Suche nach einem Mann sind, der genau so reagiert, wie sie es vorherplanen.

Es gefiel mir ungemein, wenn er mir von der Schlucht erzählte, die im norwegischen Gebirge klafft. Ich erfuhr von den wunderlichsten Dingen der Welt, staunend wie ein Kind, ohne mir selbst zu sagen, was redet er da von Norwegen und Irland, lieber soll er mir sagen, wann wir endlich vor den Traualtar treten.

Genausowenig kann ich sagen, daß ich meine Rolle nie angezweifelt oder nie aufbegehrt hätte. Es war im Frühling, als ich jeden Freitagnachmittag eine junge Mutter frisierte, deren fleckige Bluse von ihren Brüsten erzählte, aus denen Milch tropfte. Ich verbrachte tief deprimierte Wochenenden, voller düsterer Gedanken, die Arme verschränkt und die Handflächen auf meinen Brüsten, die nie Milch geben würden. An einem Osterfest, in unserem siebzehnten Jahr, kam er am Ende der Ferien, nachdem er die ganzen Feiertage mit Euch verbracht hatte.

Ich habe ihn mit einer saftigen Ohrfeige empfangen, auf meinem damals platinblonden Haar trug ich eine Dornenkrone.

Ein Leben lang habe ich mein Kreuz getragen, ohne Hoffnung auf Auferstehung, so lautete meine Litanei.

Er warf mich aufs Bett, das Ende ist bekannt, Friede auf Erden.

Habe ich schon vom Christusdorn erzählt? Zwei Blumenkästen sind voll davon, seine kleinen Blüten sind wie Blutstropfen.

In meiner Jugend war ich ganz wild nach Bougainvillea und Rhododendren, nach allen eindrucksvollen, buschigen Ge-

wächsen, die weithin auffallen. Mit den Jahren jedoch mag ich die Blumen immer lieber, die sich nicht in den Vordergrund drängen, die zurückhaltender sind. Die ihre bescheidenen Blüten zwischen Gras, Dornen und Laub hervorbringen. Die vom Ruhm der Rosen in den Schatten gestellt werden.

Er war die Grundwürze meines Lebens, mal im schwarzen T-Shirt, brummend wie eine Hornisse, mal in bunten Shorts, flatternd wie ein Schmetterling zwischen Rosmarin und Zitronengeranie.

Er hatte eine Schwäche für Pflanzen, die schön duften. Er zupfte ein paar Blättchen vom Rand ab und zerrieb sie zwischen seinen Fingern.

Mitsos, erklärte ich ihm, meine Blumen sollen so groß wie Kinder und meine Bäume so groß wie erwachsene Menschen werden, nicht größer.

Der blühende Garten erfüllt meinen unruhigen Schlaf mit seinem Duft. Als Wecker dient mir das Aroma des Jasmins, das mit dem ersten Sonnenstrahl anschwillt und das ganze Haus überflutet.

Das ist die Stunde, in der auch die Sperlinge loszwitschern.

Um sechs Uhr morgens gehört der Garten ganz den Vögeln.

Korea war abgehakt. Am 15. Auslaufen, am 16. ungebetener Besuch des Rechtsanwalts, am 17. Auseinandersetzung mit der Reederei.

— Chatzimanolis knirscht vor Wut mit den Zähnen.

— Eine Erfahrung mehr, wie eure Kassandra sagen würde.

— Avgoustis, ich will doch nur dein Bestes, und du provozierst uns ständig. Wie konnte es nur so weit kommen?
— Weil mir der übermäßig gesunde Menschenverstand eurer diplomierten Sklaven, weil ihr mir überhaupt alle gegen den Strich geht.
Im Gespräch mit Flertakis meinte er, er wolle nach Visakhapatnam fahren. Nach so vielen Jahren im Dienst der *Shipping Maritime* und nach so vielen Dollarmillionen, die er für die Reederei in Piräus gescheffelt hatte, sollte er das Recht haben, in einem Hafen seiner Wahl anzulegen und vor Ort dreißigtausend Tonnen Eisenerz aufzutreiben, die gewiß schon ungeduldig darauf warteten, in den Laderäumen der ATHOS III zu landen und an ihren Bestimmungsort zu gelangen.
Flertakis traute seinen Ohren nicht, so etwas sei nirgendwo auf der Welt üblich und Avgoustis wisse das, meinte er, und der Kapitän entgegnete ihm ernst, es sollte aber üblich sein, er jedenfalls habe bereits Kurs auf Indien genommen.
— Sieh bloß zu, daß dich Chatzimanolis diesmal nicht höchstpersönlich in Empfang nimmt.
— Soll er ruhig. Bei meinem Anblick werden ihm die Knie weich. Und das nütze ich aus.
Zwei Stunden später kam der Anruf mit der großartigen und guten Nachricht. Nachdem er seine Schubladen und seine Tresore entstaubt hatte, war der Notar, der alte Portokalakis, schließlich fündig geworden: Hier lag er, der vermißte und lang gesuchte Aktenordner, und er präsentierte der Reederei einen Bogen Papier, einen Nachtrag zum Testament von Chatzimanolis Senior. Sein letzter Wille war, Dimitrios Avgoustis sollte nach eigenem Ermessen in Amt und Würden bleiben, und sobald er sich entschloß, in Rente zu gehen, hunderttausend Dollar bar auf die Hand erhalten.

Der Nachtrag zum Testament war Wort für Wort handgeschrieben, in klarer Diktion, mit gut lesbarer Unterschrift und aus 1989, ein Jahr nach der Abfassung des ursprünglichen Testaments. Die einzige Möglichkeit für eine Anfechtung war, wenn der Sohn mithilfe von Ärzten und Rechtsanwälten nachweisen könnte, sein Vater sei nicht mehr geschäftsfähig gewesen.

— Selbst aus dem Grab kümmert er sich um mich. Er sieht, was ich mitmache, und handelt aus dem Jenseits. Er schenkt mir das, was ich brauche: Zeit.

Weitere drei Tage waren sie unterwegs, dann folgten ein Treffen mit der SANTIAGO, der TASMANIA und der IONIAN SKY, Gespräche und wechselseitige Solidaritätsbekundungen unter den Kapitänen, Avgoustis als feste Größe der Zunft – nicht nur unter den Griechen – erhielt gleich von drei Seiten die Frage: Immer noch auf See? Mein Motor hat hundert Jahre Garantie, lautete die Standardantwort. So wünschte man sich gegenseitig Mast- und Schotbruch, und weiter ging's am vierten Tag mit einem Telex, Zusage für das Roherz, das in Visakhapatnam wartete, und am fünften Tag schrillte frühmorgens das Handy.

— Na, gibt's denn so was? Deine Stimme habe ich fast nicht mehr erkannt. Seit zwei Jahren kein Lebenszeichen.

— Du hast mich auch nicht angerufen. Und zuletzt geschrieben hast du vor fünf Jahren.

— Brauchst du Geld?

— Paß auf, was du sagst. Ich rufe an, weil ich im nächsten Monat eingezogen werde. Ich verzichte auf den Aufschub als Familienoberhaupt.

— Und das Studium geht wieder mal den Bach runter?

— Was erwartest du eigentlich von mir, bei so einem Vater?

— Ach, mach doch, was du willst.
— Wann kommst du nach Hause?
— Um dich bei der Angelobung zu bewundern?
— Um bei uns zu sein.
Da ging Avgoustis kurz in sich, sann darüber nach, doch schließlich reagierte er wie immer, mit seiner Art, über diese Dinge zu sprechen, voller Ecken und Kanten.
— Ich liebe meine Familie, aber aus einer Distanz von zehntausend Meilen.
— Du hast Mutter gesagt, die See läßt dich nicht los. Du setzt wirklich alles daran, daß wir dich weit weg wünschen.
— Wäre ich bei euch, wärt ihr auch nicht glücklich mit mir.
— Ich schicke dir Fotos von mir in Uniform.
— Der Militärdienst ist kein Wunschkonzert, und Schießübungen sind was anderes als auf dem Schlagzeug rumzutrommeln.
— Unnötige Kritik kannst du dir sparen …
Den letzten Satz wiederholte er noch einmal, mit leicht belegter Stimme.
Das Zwiegespräch aus dürren Worten vertiefte den Abgrund zwischen ihnen nur noch mehr. Bei einem Treffen würde er seinen Sohn nicht mal sehen, geschweige denn erkennen. Avgoustis hatte den endgültigen Entschluß gefaßt, alle auf Distanz zu halten, selbst wenn er sich weder durch Argumente noch durch Erklärungen verständlich machen konnte, selbst wenn die Feindseligkeit zwischen ihnen weiter rumorte, selbst wenn er einstimmig den Titel als schlechtester Vater der Welt verliehen bekam, selbst wenn er sich in seiner Kajüte immer wieder die schlimmsten Vorwürfe machte, er habe Mist gebaut und sei über Leichen gegangen, so konnte

er doch die Zeit nicht mehr zurückdrehen, denn zur Unzeit ausgesprochene Bitten um Verzeihung wirken wie traurige Paraphen unter dem Vertrag einer sinnlos gewordenen Versöhnung.
So etwas passe nicht zu ihm, das hatte er auch der Muttergottes in Zwiegesprächen klargemacht, hatte sich mit ihr deswegen sogar überworfen: Du willst mich zum bemitleidenswerten Greis stempeln, bestehst störrisch auf deiner Forderung, alle müßten Reue zeigen, aber es gibt Situationen, die mit solchen Mitteln nicht zu lösen sind. Die Zeit steht nicht still, der Moment, um Verzeihung zu bitten, ist längst vorbei; die Zeit heilt auch keine Wunden, Versöhnung hat keinen Sinn mehr, ist eine wertlose, ja anrüchige Geste.
Von Visakhapatnam waren sie nur noch fünf Tagesreisen entfernt, und Avgoustis verbannte notgedrungen alles aus seinen Gedanken, was über seinen Auftrag hinausging, und da er nicht wußte, was ihn noch alles erwartete, beschränkte er sich darauf, stets nur den nächsten Schritt zu planen.
In der Straße von Malakka schoben wieder die falschen Kalaschnikows Wache, und sie passierten unbehelligt. Und da mit Sicherheit in Indien schon das Gesundheitsamt auf sie wartete, denn die Bescheinigung über Schädlingsbekämpfung war schon vor einem Monat abgelaufen und sie hatten keinen Spielraum mehr, ging er in die Kombüse hinunter und gab Siakantaris Anweisung: Wenn denen 'ne Ratte über'n Weg läuft, dann drückst du ihnen zehn Hähnchen und eine Kiste billigen Whisky in die Hand.
Der Smutje ging angespannt hin und her und fächelte sich mit einem Bündel Papiere Luft zu, notierte den benötigten Proviant detailliert in Tonnen, Kilogramm und Paletten. Laut Reglement war der Schiffskoch zwar kein Mitglied der Pro-

viantkommission, doch im konkreten Fall hatte er, über alle Konventionen hinweg, mit dem Segen aller die absolute Befehlsgewalt.

— Trinkwasser is' alle und Lebensmittel auch.

— Was genau brauchst du?

— Von allem etwas.

— Bei mir haben sie sich bislang an Filets und Keulen ordentlich satt gegessen. Nimm Sepia und setz sie zwangsläufig auf Diät.

— Dann brauch ich noch Obst und Gemüse.

— Verleg dich auf Billigware. Auch die Äpfel können ruhig 'ne Nummer kleiner ausfallen. Nimm's nicht so genau auf der Waage.

— Dann noch Nudeln, Mehl, Kaffee.

— Nimm abgelaufene Ware, und kein Wort zu niemand. Ich muß flüssig sein, für unvorhergesehene Ereignisse.

Zum ersten Mal in fünfundzwanzig Jahren hörte der Koch solch ein Ansinnen seitens des Kapitäns, er stutzte, wurde sauer, weigerte sich, Avgoustis schlug mit der Faust heftig und ungeschickt auf den Tisch. Wenn's dir nicht paßt, kannst du schon jetzt ab nach Kyriaki, meinte er, denn er war sicher, daß ihn Siakantaris, seine wahre Kapitänsfrau, nicht im Stich lassen würde, und noch sicherer, daß er selbst, wären seine Augen in Ordnung, mit Freuden in das verteufelte Dorf fahren würde, wie ein Bräutigam, der für eine Woche ins Dorf seiner Braut zieht, um in den Weinbergen unter den sanften Frühlingswolken Ruhe zu finden.

Jahrelang hatte er kein grünes Blatt mehr zu Gesicht bekommen, Gras zum letzten Mal im Nordatlantik, als ein Sturm die See aufpeitschte und Seetang in die Höhe worfelte, der den Himmel verdunkelte, wieder herabfiel und das Schiff

mit einer dicken Schicht bedeckte, so daß es schließlich einem riesigen, braungelben Ährenbündel ähnelte.
Am Montag, den 24. März, dem Tag vor Mariä Verkündigung, warfen sie um fünf Uhr nachmittags weit draußen Anker, und mit dem Beiboot kamen drei arme Teufel als Vertreter der Behörden an Bord, die auf Bestechungsgelder spekulierten. Laut Seetüchtigkeitsbescheinigung war die ATHOS III für zwei weitere Monate zugelassen, und ein alter Nachweis über Schädlingsbekämpfung fand ihr Wohlgefallen. Avgoustis drückte ihnen die Hand, drei Finger waren von dem frevelhaften Fausthieb blau angelaufen, der schüchterne Steward spendierte ihnen Coca-Cola und zähes Lokum, und der Koch verteilte unter der Hand Hähnchen und Getränke.
Um Viertel vor sechs war das Schiff klariert. Die Mannschaft aß eilig zu Abend, in Xingan, Osaka, Iloilo, Hanoi und Incheon waren sie nicht von Bord gekommen, und so baten sie um Landgang, sei's auch mitten unter Zinkbaracken, Schmutz und Fliegendreck.
— Bringt eure Armaturen auf Hochglanz, und ab die Post.
Avgoustis stand an seinem Schreibtisch und schickte sie einzeln von Bord, sobald der Kapitänleutnant die Abrechnung gemacht und die Vorauszahlung auf die Heuer geleistet hatte.
— 'nen kleinen Vorschuß auch für den Neuen, deutete Birbilis mit leiser Stimme an.
— Der zahlt mit dem Gold in seiner Unterhose, entgegnete der Kapitän deutlich hörbar.
Alle mit Ausnahme des Stewards lachten, da war was Wahres dran, nur in der Jugend gab's das Vögeln noch umsonst. Doch der Briefumschlag mit den hundertfünfzig Dollar, Vor-

auszahlung auf die erste Heuer, steckte bereits in Kazas' Jakkentasche.

Innerhalb von zwanzig Minuten war der Kahn abgefahren, alle auf und davon, selbst Siakantaris hatte sich aus dem Staub gemacht, er wollte einen langen nächtlichen Spaziergang machen, allein, fern von Avgoustis' magnetischer und hypnotischer Ausstrahlung, um freier darüber nachdenken zu können, wohin die Reise ging und ob es nicht an der Zeit für eine Kursänderung war.

Mehr oder weniger wußte er um den Druck, der von der Reederei ausgeübt wurde, und nach den Gesprächen mit Flora Avgousti durfte er die Augen nicht länger vor der absurden Halsstarrigkeit des Kapitäns verschließen. Jahrelang hatte er ihn wie ein Idol verehrt, die heutige Bestellung abgelaufener Lebensmittel war hingegen ein schwerer Schlag für den Smutje, ein Schandfleck, ein Vertrauensbruch gegenüber der Mannschaft, der erste zwar, doch auch ein Zeichen tiefer Verzweiflung.

Und so war es. Avgoustis saß müde in seiner Kajüte, ohne einen Bissen im Magen, einsam und verlassen, Maritsa blickte träumerisch nach draußen, auf die Lichter des Hafens. Er saß zusammengesunken vor dem Schreibtisch, vor der aufgeschlossenen Schublade, und seine Finger tasteten über die Bilderrahmen. Statt einer zärtlichen Geste blieb die Kerbe seines Fingernagels auf dem Plexiglas. Seine Gedanken nur ein Kratzer auf dem nie gesehenen, unbekannten Gesicht seines Sohnes, ein verschwommener, dunkelhaariger Kopf unter dem Vergrößerungsglas. Soldat war er nun also.

Als es an der Tür klopfte, stopfte er rasch Lupen und Fotografien ganz nach hinten in die Schublade und ließ den Steward herein, der nicht mit den anderen ausgehen wollte, da

er sich nicht wohl fühlte, und die Bitte des Kochs gerne erfüllte, dazubleiben und dem Kater und dem eigenbrötlerischen Kapitän ihre Portion zu servieren, da er wieder spät essen würde, vertieft in seine Papiere und sein Intrigenspiel.
— Wie alt bist du eigentlich? Du hast ja die anderen auch nach meinem Alter ausgehorcht.
— Vierundzwanzig.
— Mein Sohn ist zweiundzwanzig.
Avgoustis bot dem jungen Mann einen Sitzplatz an. Ich esse später, meinte er, erzähl mir was von dir.
Habt ihr eine Katze zu Hause? so die erste Frage. Nein. Warum hast du angeheuert, wo du doch Angst vor der See hast? so die zweite Frage. Um schnell Kohle zu machen. Mit den folgenden Fragen kam auch der Rest zutage. Kazas betrieb mit seiner Schwester zusammen den Kopierladen weiter, den seine Eltern Anfang der achtziger Jahre gegründet hatten, nach dem Tod des Vaters hatten die Geschwister einen Kredit aufgenommen, um den kleinen, nur angemieteten Laden zu kaufen, der sich in guter Lage im Athener Viertel Exarchia befand, und so war er notgedrungen zur See gefahren, um den leeren Geldbeutel zu füllen.
Auf die letzte Frage des Verhörs, wie er auf die Lösung mit der Seefahrt verfallen sei, meinte er, früher habe er zwei Jahre lang dasselbe Institut für Nachhilfeunterricht wie die Tochter des Oberkapitäns der Reederei besucht, und das Seefahrtsbuch sei auf ihr Betreiben hin ausgestellt worden, Aleka Flertaki sei ein guter Kumpel und schwer in Ordnung.
Dann stellte auch er eine Frage.
— Ist Ihr Sohn ebenfalls Seemann?
— Ein Schmarotzer ist er. Fünfzigtausend Dollar hat er in einem Jahr in Boston verbraten, die Uni war ihm aber nicht

gut genug, dann ist er zurück zu seiner Mutter, dann wieder zum Biologiestudium nach Rumänien, wo alle verlorenen Söhne Däumchen drehen, Auto und Zweizimmerwohnung in Bukarest, und alle naselang ’ne Reise nach Griechenland.

Wie vom Donner gerührt lauschte der junge Mann der Tirade des Kapitäns auf den Sohn, ein Kommentar kam ihm nicht zu, und so schüttelte er nur betreten den Kopf und heftete den Blick auf seine Schuhspitzen.

Gerade rechtzeitig kehrte Maritsa zurück, der Steward öffnete dem Kater die Tür, er sprang auf den Schoß des Kapitäns, setzte sich auf die Hinterbeine und begann mit dem Bart seines Herrchens zu spielen, während der weiterfragte: Beim Militär warst du schon? Ein Jahr lang, als Familienoberhaupt. Und wo warst du stationiert? Vorwiegend auf Kos.

Es folgte ein Schweigen, das nicht unangenehm war. Zeit zu gehen, meinte der junge Mann und erhob sich, doch der alte und erfahrene Leitbock deutete auf den Schreibtisch und hieß ihn wieder Platz sowie Papier und Stift zur Hand nehmen. Dann zog er drei Geldscheine aus seiner Hemdtasche, die dort schon gefaltet warteten, schob sie quer über den Schreibtisch und diktierte einen Zweizeiler, da die drei blau geschlagenen Finger der rechten Hand, so beklagte er sich, den Stift auf dem Bogen Papier nicht halten konnten.

Empfänger: Antonios Avgoustis, Postanschrift: Neorion-Straße 17, Piräus. Mein lieber Sohn, hiermit schicke ich dir dreihundert Dollar Taschengeld für Kaffee und Zigaretten während des Wachdienstes.

Männer müssen über Frauen reden.
Wenn sie längere Zeit unter sich sind, geraten sie sich anfangs über Simitis und die Papariga in die Haare, über Parteipolitik läßt sich immer trefflich streiten, dann gehen sie zum Fußball über, und am Schluß zu vorgerückter Stunde kommen sie auf die Weiberröcke zu sprechen, wobei alle zu Wort kommen müssen. Wer schweigt, macht sich verdächtig oder läßt die Stimmung kippen.
Der Planet Festland, unbekannt und furchteinflößend, ist von einer Vielzahl gerissener außerirdischer Wesen bewohnt, die imstande sind, Seemänner wie ahnungslose Fischchen am Haken zappeln zu lassen und in einem Zug zu verschlingen. Das ist der Stoff, aus dem alle Männer entweder Geständnisse oder Geheimnisse machen.
An den ruhigen Abenden hebt sich zunächst der Vorhang für diejenigen Mädchen, die, ohne den größeren oder kleineren Hafen, in dem sie geboren wurden, je zu verlassen, Männer aus fünftausend verschiedenen Städten und Dörfern der ganzen Welt empfangen haben, auf deren Leibern eine Generalversammlung der Vereinten Nationen abgehalten wurde. Ohne einen Funken Schamgefühl oder Augenmaß für die Grenzen der Flunkerei, mit einer gewissen Dankbarkeit, ergehen sich die Männer über die Liebschaften, die eine Nacht, eine Umarmung oder auch nicht mal einen Kuß lang dauerten.
Ein Rendezvous ohne Kuß ist wie ein Neujahrskuchen ohne Glücksmünze, so lautete der übliche Rat des Smutjes bei den Zusammenkünften, wenn es um die Liebesnächte in den Hafenorten ging.
An den schwierigen Abenden wurden die Huren von der Tagesordnung gestrichen, zum einen weil alle, die von ihnen

erzählten, solche Frauen aus dem Heer der Elenden herausgehoben und in die auserwählte Riege der Mütter, Ehefrauen, Schwestern, Töchter und Verlobten aufgenommen hätten, zum anderen weil keiner von ihnen seine Frau als Hure betrachten wollte, selbst wenn sie selbstironisch erzählten, daß ihre Witwen, sollte das Schiff auf Grund laufen und sie selbst absaufen, angesichts der winzigen Renten aus der Seekasse viele Schwänze lutschen müßten, um die Waisen durchzubringen.

Die schwierigen Abende erwachsen aus dem unerträglichen Mangel an Frauenstimmen, die Sätze sagen wie: Niko, du mußt zum Friseur; Apostolos, soll ich dir die blaue oder die schwarze Hose bügeln; Pantelis, such einen anderen Sender, einen mit griechischer Schlagermusik. An Bord gewinnen selbst die kleinsten Kleinigkeiten an Bedeutung, wie etwa die Erinnerung, daß die Frau in der Küche mit der Freundin oder der Schwägerin über die hübschen Zwergrosen plaudert, die der Dickwanst auf dem Wochenmarkt verkauft, über die Liebesgeschichten in den Fernsehserien, über die verfluchten Kastanien, die sich nicht schälen lassen, und schließlich darüber, daß ihnen die Kocherei zum Hals raushängt.

Miltos, Makis, Lakis, Takis, eine Zigarette nach der anderen, eine Geschichte nach der anderen. Einer berichtet mit Hochachtung von seiner Frau, die dreimal mit Kaiserschnitt unterm Messer lag, ein anderer umgibt seine Mutter mit einem Heiligenschein, nur weil sie seine Mutter ist, irgendeiner findet sich bestimmt, der seine lustige Großmutter ausgräbt, und noch einer, der seiner ehemaligen Verlobten das Grab schaufelt und sich beschwert, daß ihn das Liebesglück im Stich gelassen hat.

Einer der Rumänen erzählt zum wiederholten Mal von seiner Frau, die den ganzen Tag lang Schulbus und Taxi fährt, damit die vier Töchterchen studieren können. Sein Landsmann, in den Fünfzigern, summt leise ein altes Liedchen auf die weibliche Schönheit. Das Russenpärchen trägt im Stehen Gedichte vor – eins von Puschkin, wenn's hochkommt, oder auch von anderen –, während mal der eine, mal der andere eine zusammenfassende Übersetzung bietet: an den Ufern der Newa, keusche Schönheiten, weiß wie Schnee und kühl wie Schlangenhaut.
Beflügelt von der Poesie zwängt sich dann Siakantaris dazwischen, um den Kuß einer Frau mit einer erfrischenden Eispraline zu vergleichen, ihre zarten Knie mit knusprigen Brioches, ihren nach außen gewölbten Bauchnabel mit einer Blase auf der Kruste eines Hefezopfs – so stellt er die einzelnen Zutaten zusammen, um die Gesamtheit zu preisen, die Frauen seien ein kulinarisches Meisterwerk, die köstlichste Duftessenz des Lebens, und er verspricht, den Fischrogensalat am folgenden Tag mit zwei schwarzen Oliven zu verzieren, ein Paar schwarzer Mädchenaugen oder appetitlicher Brustwarzen.
Seeleute sind die einzigen Männer, die nach ihrer Arbeit nicht nach Hause gehen. Sie bleiben Tag und Nacht in ihren meeresfeuchten Fabrikhallen, und die jüngeren Männer, die über die abendlichen Zusammenkünfte der Grauschöpfe nicht die Nase rümpfen, erzählen von ihrer schmerzlichen Sehnsucht, daß sie nicht durch ihre Heimatstadt flanieren können, um im Märzlicht den Mädchen hinterherzusehen, die, vom wechselhaften Wetter verwirrt, mal zum Wintermantel, dann wieder zum Frühlingskleid greifen.
An den Samstagen steigen die Spukgestalten der Jugendlie-

ben mitten aus dem Ozean, die erste angebetete Dulzinea eines jeden Matrosen, die Berührung der Mädchenbrust und das gegenseitige Betasten im Mondlicht, im abendlichen Duft der Maulbeerblüten und im nächtlichen Duft der Kirschblüten. Mit Ausnahme von Daniil, Georgi, dem Älteren und Sorin, dem Jüngeren, denn die Mitglieder des schweigsamen Trios verließen ihre Posten nicht, und mit Ausnahme von Birbilis, der höchstens die Geschichte einer zarten Hirschkuh, Wölfin oder Eselin beizutragen wußte, reichten für die übrigen zwei Stunden bei weitem aus, um das Archiv ihrer Jugendjahre und der Frauen, die einen Platz im Buch ihres Lebens gefunden hatten, zu erstellen.
Sobald das Thema Frauen die Atmosphäre prägt, ist weniger der Inhalt der Geschichten von Bedeutung, da Dichtung und Wahrheit ineinander übergehen, als vielmehr die Stimmung, die in diesen Situationen entsteht: aus den Blicken, welche die Männer einander zuwerfen, aus dem Blick des einzelnen, der sich nach und nach verändert, und aus den immer spärlicher werdenden Gesten ihrer Leiber, bis alle zusammen ein Gemälde komponieren, das keiner Worte mehr bedarf und dichte, miteinander ringende Rauchwolken zur Decke sendet.
Manchmal, wenn Avgoustis zehn Minuten an einem ihrer Treffen teilhat, bleibt er für eine Zigarettenlänge. Schon wieder seid ihr unter die Weiberröcke gekrochen, stellt er fest. Im geeigneten Augenblick wirft er einen altmodischen Scherz ein, die Liebe sei doppeltes Herzversagen, oder die Ermunterung, sie mögen ihre Frauen wie ihren Augapfel hüten, um dann mit der scherzhaften Drohung zu verschwinden, er gehe nun alles ins Bordbuch notieren.
Am Tag von Mariä Verkündigung, außerhalb Griechenlands

ein normaler Arbeitstag, hatten die Männer Schwerarbeit geleistet, Ladung und Proviant aufgenommen und das Schiff vom Dreck hunderter Möwen gesäubert.
An diesem Abend standen wieder einmal die Frauen im Mittelpunkt. Anlaß waren die Glückwünsche für zwei Frauen namens Evangelia zu ihrem Namenstag, Dachtylas' Mutter und seine kongolesische Tochter.
Mitsos Avgoustis gratulierte und zog sich zurück. Indem er wie immer an Deck auf und ab ging, mied er das Aufeinandertreffen mit den Frauen seines eigenen Lebens. Seine Gedanken an jenem Abend weilten bei dem Funker, der auf der KALYPSO, der ALFEIOS und der PINELOPI in seiner Mannschaft gewesen war. Nachdem er nämlich erfahren hatte, daß seine Frau ihm schamlos Hörner aufsetzte, daß ihre Liebhaber von seinen Glasschälchen aus dem *Crystales Regalos* vom Santa-Fé-Boulevard in Buenos Aires aßen, daß sie in der edlen Bettwäsche von *Miguel Manolitsis* schliefen und daß sie Zigaretten aus der rotgoldenen, pagodenförmigen Zigarettendose rauchten, die er aus Singapur nach Hause geschleppt hatte, wechselte er umgehend auf ein anderes Schiff, um nach Griechenland zurückzukehren und sich an seiner Frau zu rächen, bis er Piraten in die Hände fiel.
Schließlich blieb er als Krüppel zurück, drehte ein paar krumme Dinger und meldete sich freiwillig als Wächter auf einem alten, beschlagnahmten Pott, der irgendwo weit abgelegen nur mehr von Geistergestalten wie ihm selbst bevölkert war, fernab der vielbefahrenen Routen von Tankern und Frachtern.
Auf sein Wohl wollte er trinken. Er ging in seine Kajüte, weckte Maritsa, schenkte sich einen Daumenbreit Whisky ein, seine Lebensgeister erwachten, und da Arbeit das schlechte

Alter und den Tod fernhält, holte er Lupen und Papiere aus seinem Schreibtisch und machte sich wie ein eifriger Schüler ans Werk. Das Be- und Entladen sowie die dringend anstehenden Erledigungen mußten bis am frühen Nachmittag in zwei Tagen geschafft sein, denn danach brauchte er ein paar Stunden nur für sich.

Die See rund um die schwarzgelbe AEGEAN BLUE II sah aus wie der Saft reifer Granatäpfel. Es war halb sieben Uhr abends. Nachdem das Beiboot der ATHOS III zwischen den Tankern hin und her manövriert hatte, bevor es auf die offene See fahren konnte, näherte es sich nun der AEGEAN BLUE II, drehte bei, der rumänische Seemann zurrte es fest, und die weiteren drei Insassen griffen nach der Lotsenleiter und stiegen nacheinander hoch, zunächst Siakantaris, als zweiter Avgoustis, der aufgrund seiner geschwollenen Hand Kazas' Hilfe in Anspruch nahm, der hinter ihm hochkletterte. An seinem Hals baumelte ein Fotoapparat und vervollständigte das Bild eines übereifrigen, unternehmungslustigen Pfadfinders.

— Hat er denn den Motor nicht gehört? Hat er uns immer noch nicht bemerkt? fragte Siakantaris und zog die Schlußfolgerung, dann sei er wohl entweder gar nicht da oder eingenickt.

So banden sie zwei Pappkartons, Mitbringsel des Kapitäns, an einem Seil fest und zogen sie an Bord des Schiffs, das seit 1992 aufgrund von Erbstreitigkeiten und fehlenden Sicherheitsleistungen beschlagnahmt war.

Überall lag unnützer Krempel herum. Kein Hauch regte sich, und kein Laut war zu hören, als plötzlich das Klappern auf den Metallboden aufschlagender Blechbüchsen ihre Aufmerksamkeit zum anderen Ende des Achterdecks lenkte.
Dort fanden sie Papalexakis vor, der in Pyjamahosen glückselig auf einem verdreckten Plastikstuhl saß, dem die halbe Lehne fehlte, neben einem Haufen von leeren Pappschachteln und Konservendosen, mit denen er nacheinander in einen niedrig angebrachten, verrosteten Basketballkorb ohne Netz zielte.
Selbst in den Siebzigern noch ein schöner Mann, knochig, mit langen Armen und Storchenbeinen. Seine Augen waren so braun wie Sultaninen, flüsterte Siakantaris dem jungen Kazas zu, sein Haar hatte die Farbe von Walnußkernen, seine Haut die von Traubensirup, alles passend zu den Farbtönen des Rosts, den der Frachter angesetzt hatte.
— Und der rosafarbene Pyjama, ergänzte der Steward.
Damianos Papalexakis, der einst Schmierer, Matrose, Funker und wer weiß was sonst noch alles auf fünfzehn Schiffen gewesen war – von den drei Reisen mit Avgoustis war zweimal auch Siakantaris als Smutje mit dabeigewesen –, wandte sich um, erspähte sie, warf die letzten beiden Blechbüchsen in den Basketballkorb, um dann unnatürlich laut *Willkommen Landsmann* auszurufen.
Dann bückte er sich, griff nach einem roten Plastikbesenstil, der auf dem Boden lag und ihm als Gehstock diente, erhob sich und kam mit kleinen Trippelschritten, wie eine Geisha, auf Avgoustis zu und warf sich in seine ausgebreiteten Arme.
Auch Siakantaris stahl sich in die Umarmung und begann loszuschwatzen: Na so was, du alter Bastard, hätte nicht

gedacht, dich je wiederzusehen, du alter Einsiedler, schmal wie ein Seevogel bist du geworden. Auch Kazas begrüßte ihn, stellte sich vor, holte für Avgoustis einen weiteren verrotteten Plastikstuhl herbei, und begann eine Reihe von Bildern zu schießen, nachdem er um Erlaubnis gefragt hatte und ihr Einverständnis schließlich voraussetzte, da keiner ihm Beachtung schenkte, die rote Sonne, eine Gesamtansicht des Hafens, Siakantaris, der sich an verschiedenen Stellen des mit Krempel überladenen Schiffs in Positur warf, und die beiden Freunde, die nach fünfmaligem, abwechselndem Aufseufzen endlich das Thema fanden, das ihnen am Herzen lag.

Sie vermieden es, über Dinge wie turmhohe Wellen, düsterdunkle Meere, fehlende Zehen, hundsgemeine Reeder und die giftigen blauen Oktopusse von Perth zu reden, über bittere Ehen und Hochzeitskonfekt, das wie schleichendes Gift wirkte.

Sie sprachen ausschließlich über ihre Mütter, zwei fünfundsiebzigjährige Waisenjungen, die für eine ganze Stunde zu Muttersohnchen wurden, die wie Schlote rauchten.

— Meine Mutter ist mit vierundsechzig gestorben, begann Avgoustis lebhaft.

— Meine mochte Schlangen, rief Papalexakis mit Donnerstimme, da er gewohnt, ja fast gezwungen war, die Totenstille des verlassenen Schiffs mit Stimmgewalt zu füllen, um seine einsame Präsenz zu vervielfachen.

Sie listeten Zärtlichkeiten und Schelte auf, Ermahnungen und kurze Hosen.

Avgoustis erinnerte sich, wie sie das Riemchen des Geldbeutels lockerte, der an ihrem Hals hing, um ihm ein paar Münzen zu geben. Papalexakis, wie sie in fremden Häusern Wä-

sche wusch und Brot backte und am Ende des Arbeitstags in einem weißen Taschentuch die Teigreste aus dem Brottrog sammelte und sie zu Hause ihren fünf Kindern in der Pfanne herausbriet.
Avgoustis nahm den Ball wieder auf, um der im Abendlicht sitzenden Runde seine alte Mutter vor Augen zu führen, wie sie nachmittags vor der Tür auf einem Schemel saß und ununterbrochen leise vor sich hinmurmelnd auf die Straße blickte, ohne ihre Gedanken mit ihren Angehörigen zu teilen.
Papalexakis skizzierte das Porträt des heiligen Mamas, des Lieblingsheiligen seiner Mutter, der meist mit Frühlingsblüten dargestellt wird, da er mit fünfzehn Jahren von einem Dreizack durchbohrt wurde, ein bartloser und wahrhaft lobenswerter junger Mann. Es sei jedoch leichter, im Alter zum Heiligen zu werden, und vor allem gelte das für Männer, da die Frauen von der Gemeinschaft eingeengt und ausspioniert würden, um sie am Sündigen zu hindern. So das Credo der Papalexena, bevor die Entwicklung der Dinge in den folgenden zwei Jahrzehnten und die Hörner, die ihre Schwiegertochter ihrem Sohn aufsetzte, sie Lügen straften.
Avgoustis erzählt daraufhin einen Traum. Er war in der Kajüte des Frachters, die Tür geschlossen, und plötzlich sah er, wie sich Zentimeter für Zentimeter ihr graues Haar unter der Türritze durchschob, bis es den ganzen Boden bedeckte, kleine Wellen eines sich lautlos auftürmenden Meeres.
Siakantaris und Kazas saßen schweigend und respektvoll etwas abseits, lauschten den beiden alten Dämonen, bis der Smutje auf seine Uhr blickte und den Steward zum Aufstehen nötigte, um ein paar Dinge zu erledigen. Sie nahmen die beiden Kartons unter den Arm und traten in den ehemaligen Salon der AEGEAN BLUE II.

Ringsum löchrige Vorhänge, löchrige Spannteppiche, löchrige Sofabezüge, und auf einem der Sessel saß gelangweilt die halbzerzauste rote Katze. Eine vergilbte, schräg auf den Spiegel hinter der Bar geklebte Sportzeitung mit dem Bild von Nikos Galis war der einzige Schmuck.

Sie nahmen den Proviant aus den Kartons, sechs Flaschen guten Whisky, drei Flaschen Ouzo, ein Radiogerät, zwei japanische Pornomagazine, eine Frischhaltedose mit gebakkenem Stockfisch, ein Überrest des gestrigen Fischgerichts zu Mariä Verkündigung, noch eine Dose mit Schafskäse, Krimskrams wie Zahnstocher, Batterien und Hansaplast sowie Weißwäsche, ein Paar Laken und zwei Handtücher, und Bekleidung, sechs Unterhosen und das ungetragene Seidenhemd, das Flora Avgousti ihrem Mann als Geschenk mitgebracht hatte.

Siakantaris servierte der Katze ein paar Bissen, öffnete dann eine Flasche und schenkte den beiden draußen Sitzenden zwei Gläser pur ein, während er für sich und Kazas Wasser beimischte. Dabei erzählte er dem Steward, 1983 hätten schlitzaugige Piraten bei einem Überfall auf das letzte Schiff, auf dem Papalexakis angeheuert hatte, die Krummsäbel geschwungen, mit denen sie sonst die wilden Tiere des Dschungels jagten, und die Kassa, die Uhren, die Kreuzanhänger und Goldketten der Mannschaft geklaut, alles Trinkbare und sämtliche Kleider mitgenommen, den Kapitän, den ganzen Stolz der Insel Kefalonia, bis aufs Hemd ausgezogen und ihn nur mit den Latschen zurückgelassen.

Papalexakis, der Unglücksrabe, der bei dem Kefaloniten angeheuert hatte, um nach Griechenland zurückzukehren, konnte als geborener Kreter nicht ertragen, sich widerstandslos zu ergeben, trat um sich, als man ihn fesseln wollte, und biß einen der Piraten in die Hand, so daß ihr Anführer ihm mit einer Dechsel die Fußzehen abhackte.

— Jetzt bring ihnen die Getränke und die Flasche, und dann hilf mir, das Gespensterschloß wieder auf Vordermann zu bringen, sagte er zu Kazas und ergänzte: Avgoustis wär so was nicht passiert.

Und er erklärte, warum. Immer wenn sie in gefährliche Gegenden kamen, ließ er, auch wenn's verboten war, in den Nächten die Scheinwerfer anmachen und hatte den Feuerwehrschlauch und die Löschgeräte parat und ließ die Seeleute mit ihren falschen Kalaschnikoffs wie die Palastwache vor dem griechischen Parlament paradieren.

Dann verstummte er kurz und überlegte, ob er weitererzählen sollte, konnte sich schließlich aber nicht zurückhalten. Nur ein einziges Mal hätten die Piraten auf offener See vor der Elfenbeinküste ihr Schiff geentert. Aber wir haben sie gefesselt und ihnen auch noch ihr Schlauchboot abgenommen, meinte er.

Wieder hielt er inne, zögerte, schließlich gab er auch den Rest preis. Da sie keine Zeit zu verlieren hatten, um abzuwarten, bis die Piraten von der gemächlichen Hafenpolizei abgeholt wurden, ließ der Kapitän sie ins Meer werfen, alle sieben, und schickte ihnen noch zwei Handbewegungen hinterher, die erhobene geöffnete Handfläche mit der beleidigenden Geste der *Moutza*, und ein *Victory*-Zeichen, sieben Finger insgesamt, und genoß die von ihm verbreitete Panik.

Kazas, sprachlos und kreidebleich, nahm schließlich die Getränke, brachte sie zu den beiden Alten und kauerte sich in eine Ecke, um die Fortsetzung zu hören.

Avgoustis' Mutter züchtete Spinnweben, die von Papalexakis zähmte Wildpferde, die erste sang am Namenstag ihres Mannes ein Lied aus Kleinasien, die zweite Psalmen zum Osterfest, die erste liebte alle Kinder aus der Flüchtlingssiedlung, die zweite alle alten Olivenbäume im Dorf, die erste sagte immer, mit nackten Füßen erkälte man sich, die zweite behauptete dies von den Nieren, die erste verjagte den bösen Blick mit einem Gebräu aus Zimt und Gewürznelken, die zweite mithilfe einer Schärpe. Gemeinsames Merkmal war die hausfrauliche Ordnung, ihre Freude daran, den Fußabstreifer an der Türschwelle zurechtzurücken, die Falten des Vorhangs gerecht auf die ganze Gardinenstange aufzuteilen, ihre sorgfältig gehegte Armut mit Stolz zu betrachten. Kurz gesagt waren es hübsche Geschichten von längst Dahingegangenen, die gut zur friedlichen Abendstimmung paßten, welche die See, den Himmel, das Schiff und die Menschen in ein mildes Dunkelviolett getaucht hatte.

— Aufwachen!

Siakantaris' Stimme rief Kazas zur Ordnung, er ging wieder hinein. Der Koch hatte inzwischen das Gröbste aufgekehrt, und der Steward, der wie betäubt wirkte, faltete die alten Laken zusammen und legte die neuen über das Sofa, das dem alten Wächter als Lager diente.

— Also hat er sieben Menschen absaufen lassen? meinte er dann.

— Er hat ihnen sieben Rettungsringe nachgeworfen und einen griechischen Fischkutter, der in der Nähe war, benachrichtigt. Nach höchstens einer Viertelstunde hatte man sie rausgefischt.

— Alle?

— Sechs Stück. Hör mal, mein Kleiner, die See ist kein Luft-

kurort wie Kyraki in Böotien, wo man Spießchen ißt und promenieren geht, sich auf die Anemonenwiese legt und den Tannenduft einatmet.
Der Smutje sammelte den Müll in zwei Beutel, setzte sich kurz zum Ausruhen hin, es sei nicht nötig, das anderweitig rumzuerzählen, hob er hervor, denn ein wenig reute es ihn, daß er den Mund aufgemacht hatte, und er beendete das Kapitel, indem er Wort für Wort betonte: Unser Leben hat seine Schrecken, jede Menge und für alle, Avgoustis ist da keine Ausnahme.
Genau in diesem Augenblick waren von draußen die Worte eines Liedes zu hören, *Ich schlag dich entzwei, du Welt aus Glas*; die beiden alten Männer hatten sich am Feuerchen ihres Respekts und ihrer Verehrung für ihre Mütter aufgewärmt.
– Jetzt steigt gleich das große Fest der Einsamkeit, sagte Siakantaris, traurig und freudig zugleich, und als er die Katze herauskommen sah, reihte auch er sich von seinem Sitzplatz aus in den Chor ein, auf einem unbequemen Schemel, den er näher an die Bar rückte, um mit Blick auf Nikos Galis leise mitzusummen.
Eine halbe Stunde lang wählte Papalexakis' dröhnende Stimme Lieder aus, die übrigen taten ihm den Gefallen, und obwohl das griechische populäre Liedgut nicht Kazas' Sache zu sein schien, hatte er in Autowerkstätten und in Fastfoodketten die allseits bekannten Hits gehört, *Ich lebe, ja, ich lebe nur durch dich*, *Unter Fledermäusen und Spinnen*, *Mein ganzes Leben ist eine Zigarette*, und wiederum *Ich lebe, ja, ich lebe nur durch dich*, und danach *Alles eine einzige Lüge*. Das letzte mit besonderer Widmung an den Rumänen, ein leidenschaftlicher Sänger auch er und notgedrungen Kazant-

zidis-Fan, der zur verabredeten Stunde mit dem Boot gekommen war, um alle drei wieder abzuholen, und mitten in die Party geplatzt war.
Die Sonne war untergegangen, ringsum Finsternis, das Lichtermeer von Visakhapatnam lag eine halbe Seemeile entfernt.
Papalexakis und Avgoustis hinkten Arm in Arm bis zur Jakobsleiter, küßten sich zum Abschied auf beide Wangen, zufrieden und dankbar, daß sie dieses ausgiebige Treffen noch erleben durften, das sie von der lauen Abendluft bis zum Wohlgeruch der Nacht ausgekostet hatten. Es war, sie mußten es nicht aussprechen, ein Abschied für immer.

In einem Hamburger Park, fünfzehn Jahre war es her, hatte Mitsos Avgoustis eine kleine griechische Flagge in einem Baumstamm stecken sehen. Er war näher getreten und hatte am Fuß des Baumes einen vertrockneten Kothaufen entdeckt, den ein heimwehkranker Landsmann dort hinterlassen hatte. Dennoch war es etwas anderes, Griechenland in kleinen Raten zu erleben als auf einen Schlag und bis zum bitteren Ende.
Am Donnerstag abend, den 27. März, aß er, allein in seiner Kajüte, eine Portion Brot und Käse, und mit jedem Bissen führte er sich eine andere Form des Rentnerdaseins vor Augen.
Einige Seeleute aus seiner oder einer anderen Mannschaft, Vios, Koutas, Arvanitakis, versackten in ihren Dörfern, nach-

dem sie dreißigmal die Welt umsegelt hatten, und rackerten sich in einem Gemüsegarten von dreißig Quadratmetern mit dem Anbau von Saubohnen und Blumenkohl ab.
Andere, Kaklamanos, Jerakas, Mortoglou, Dimitriadis, erlitten vormittags vor dem Fernseher Schiffbruch und nachmittags in dem schlecht erleuchteten kleinen Kafenion um die Ecke, wo sie das freudlose Tavlispiel alter Veteranen pflegten, die wehmütig um einen Kaffee spielten.
Thanasoulas und Markonikos waren mit ihren Papageien nach Griechenland zurückgekehrt und dämmerten auf ihren schmalen Balkonen in Ambelokipi und Kallithea dem Alter entgegen, nicht mit irgendeiner Meropi oder Eleni, sondern der eine in Gesellschaft der gelbrot gefiederten Dora und der andere mit dem blaugrünen Aristidis an seiner Seite.
Tsaousis, Zafirakis, Mengrelis, Lionakis, Voutsadakis, Kollegen, die für andere Reedereien fuhren, mit denen er in Port Elizabeth, in Veracruz und in Gdansk getrunken hatte, blieben knapp vor der Rente für immer auf See, jeder mit einem anderen Schiff und in einem anderen Meer, gesegnet das Wasser, das sie auf seinen Grund zog.
Karajannidis, Doukalos, Balodimos, Dapontes hatten ihre letzte Ruhe in der Totenkiste gefunden, und er hatte sie auf dem Dritten Athener Friedhof mit einer Kerze und einem Sträußchen Veilchen besucht, gesegnet die Erde, unter der sie ruhten.
Einige kehrten nicht mehr zurück. Tzavelas eröffnete ein Kaffeehaus im Dschungel des Amazonas, Pavlakis blieb schon mit dreißig als kleiner Schieber auf Hawaii zurück, Siafakas mit fünfunddreißig als Schafhirte in Neuseeland und Xenos mit vierzig als Arbeiter auf dem Fischmarkt von Melbourne,

der Austern öffnete, Blaue Hummer verpackte und Zwerghaie filetierte. Und den abgetakelten Papalexakis hatte er am Vortag in Visakhapatnam besucht.

Für ihn selbst, auch bei intaktem Augenlicht, paßte nichts von alledem, weder im Leben noch im Tod. Drei- oder viermal im Jahr, anläßlich eines Hexenschusses, einer unter Krämpfen verbrachten Nacht, einer schlechten oder guten Nachricht dachte er über das Thema nach, und es schien, als packe auch ihn endlich die Sehnsucht, das Leben auf See hinter sich zu lassen, doch nichts da. Sein Rücken verlangte nicht nach dem Halt fester Mauern. Häuser verursachten ihm Beklemmungen. Seine Hände suchten nicht nach grünen Zweigen. Seine Füße sehnten sich nicht nach Erde, Asphalt und Bürgersteigen. Seine Ohren verlangten nicht nach dem Lärm von Hupen und Bulldozern oder nach dem sonntäglichen Gejohle auf dem Sportplatz oder nach den Parolen von Parteiversammlungen, nur selten hatte er sein Kreuz auf dem Wahlzettel gemacht.

Sein Leben kreiste um die Dünung. Und sonst gar nichts.

Dann griff er kurz nach seiner Handarbeit, strickte zehn Reihen weiter, kam zur Ruhe und ließ sie sinken. Über die interne Bordkommunikation erhielt er den aktuellen Wetterbericht, das ferne Unwetter hatte die Richtung geändert. Unter dem Vergrößerungsglas studierte er die Karte. Unter höchster Anspannung berechnete er, wie er mit ein wenig Glück dem Wetter aus dem Weg gehen könnte. Schon so viele Male war es ihm gelungen, den Wirbelstürmen ein Schnippchen zu schlagen und rechtzeitig auszubüchsen, genauso viele Male war er aber auch in die Fänge eines Taifuns geraten, zwei oder drei Tage und Nächte hatte das Schiff hin und her geschlingert, wurde auf die Wellenkämme hoch- und in

die Wellentäler hinabgejagt, und war am Ende doch heil geblieben.
Die See wachte mit Argusaugen über Avgoustis' Leib, immer noch begehrte sie ihn, beide hatten noch nicht genug voneinander.
Es war schon nach zehn, als er die gebotene Runde drehte, die Brücke auf und ab, zum Vorschiff und zum Achterdeck, dann ins Ruderhaus. Alle Posten klapperte er ab, wie ein Nachtwächter, der in alle Winkel seines Ladens leuchtet. Schließlich war er zufrieden mit der Alarmbereitschaft seiner Männer und stellte sich aufs Achterdeck, um sich den Wind ins Gesicht peitschen zu lassen und eine Zigarette zu rauchen.
So hatte auch sein Vater dagesessen, nachts im Fischerboot, hatte in sparsamen Zügen seine halbe Zigarette geraucht, an der Seite seiner Katze und ohne ein Wort. Er half ihm beim Fischfang und war damals, mit zwölf oder dreizehn, sicher, die See sei langweilig, biete nur ein armseliges Leben und sei der Mühe nicht wert, sich mit ihr einzulassen. Er träumte davon, ein Kaufmann zu sein, Waren in seine Kontore einzulagern und weiterzuverkaufen.
Bis zu seinem fünfzehnten Lebensjahr war der Verkauf von zehn Oka Bastardmakrelen und Sardinen seine tägliche Übung; Zackenbarsche und Zahnbrassen wurden damals unter den Interessenten verlost.
Als sein Vater starb, packte ihn der Wahn, Friedhöfen weiträumig aus dem Weg zu gehen, so heuerte er als Seemann an und kam nie wieder los vom Meer. Nicht einmal in der Besatzungszeit, als er ein paar Monate lang englische Wolltrikots preisgünstig auftrieb und sie für fünfundzwanzig und dreißig Drachmen pro Stück teuer weiterverkaufte – fast verliebt war er in sie, sobald er seinen Seesack öffnete, spran-

gen sie ihm förmlich in die Arme, so duftig und leicht waren sie. Als Chatzimanolis, der gerade Miteigner eines kleinen Frachters geworden war, anfragte, musterte er bei ihm an, für gutes und sicheres Geld, zudem hatte sich sein jugendlicher Körper daran gewöhnt, das Salz auf der Haut zu spüren und den Blick suchend über den Horizont zu schicken.
Fast hatte er die Zigarette zu Ende geraucht, als er Kazas' über den Boden schleifende Schuhsohlen hörte.
— Was suchst du hier?
— Ich wollte grade runtergehen.
— Wo stammst du eigentlich her?
— Ich bin in Athen geboren, erwiderte der junge Mann etwas verhalten.
— Deine Eltern stammen auch aus Athen?
— Ja.
— Und die Großeltern? beharrte der Kapitän.
— Aus makedonischen Dörfern, sagte der Steward, und, noch unerfahren im Umgang mit Vorgesetzten, vor allem mit der Nummer Eins in der Hierarchie, bemerkte er mit einem leichten Zögern in der Stimme und plötzlich übertriebenem Zutrauen: Wie es scheint, vermissen Sie langsam doch Ihr Heimatdorf.
Hätte Avgoustis dem jungen Spund die alte Geschichte erzählen sollen? Meine Heimat sind die Wasser von den Schaumkronen bis zum Meeresgrund, Hauptstadt ist das Schiff, Landessprache die Tonlosigkeit der Dünung, Staatsreligion das Verfluchen von allem, was heilig ist, und Währung die genervte Handbewegung der *Moutza*. Sicher hätte der ihn für bescheuert gehalten. So suchte er nach einfacheren Worten:
— Heimat ist so etwas wie ein mit Unterhosen, Briefen und der Heuer gefütterter Seesack.

Was sollte Kazas darauf erwidern?
— Anders und einfacher gesagt, Heimat ist für mich eine geviertelte saftige Tomate mit Hagelsalz drauf, fügte der Kapitän hinzu und wartete gespannt auf die überraschte Reaktion des Grünschnabels, dem das Leben schon bald überflüssige Sehnsüchte austreiben und unausweichliche Lasten auf die Schultern hieven würde.
— Aber gibt es denn dort nichts, woran Ihnen etwas liegt? fragte Kazas wie betäubt.
Während sich der Kapitän, vom Wind gepeitscht, umwandte, um noch eine Runde durch den Maschinenraum zu drehen, und während die abgeschlossen geglaubten Kapitel seines Lebens in seinem Kopf zu neuem Leben erwachten, fragte er sich abwägend, ob ihm an Land wirklich irgend etwas naheging, und kam zur abschließenden Antwort:
Die Kleinasiatische Katastrophe und Litsa Tsichli.

Hörst *Du mich? Wenn ich jetzt ins Wohnzimmer komme, wirst Du ein seltsames Teeservice erblicken. Als Henkel sitzen kleine graue Frösche an den Tassen. Und die Porzellanlöffelchen haben grüne Eidechsengriffe. Rund um die Servierplatte schlängelt sich eine schlafende, gelbbraune Schlange. Ich beschreibe es Dir, damit Du Dich nicht erschrickst, wenn Du es siehst. Vielleicht hat der Schuft Euch das gleiche geschickt. Hier ist es. Ich hab es leer gebracht. Ohne Tee. Ich will nicht, daß es zerbricht. Deshalb hab ich Dir in die gewohnte Tasse eingeschenkt.*
Und dann erzähle ich wieder von Mitsos' Arm, den ich liebe,

und noch etwas über die wilden Nächte, über mein Kochgeschirr, die Blumen und alles noch mal von vorn. Ich kann schwer begreifen, daß ein junger, lebenslustiger Bursche wie Du, jemand, der diese höllisch laute Musik der Jugend macht, ausgerechnet wegen mir hierherkommt. Du interessierst Dich nicht so sehr für die alte, verlassene Litsa, Du kommst seinetwegen.
Über mich lernst Du Deinen Vater kennen. Mein Geplauder verwirrt Dich, doch so ist es eben, wenn man zu Besuch kommt. Darüber hinaus sind die Lektionen umsonst. Und Einbahnstraßen. In diesem Haus gibt es keine Dialoge. Hier sind Besucher selten und haben es eilig. Du tauchst unangemeldet auf und findest mich wie immer an meinem Platz. Ich war die Penelope des Vaters und bin nun auch die Penelope des Sohnes.
Tintenfischchen, mach was aus deinem Leben, so sagte er zu mir, als Deine große Schwester geboren wurde. Er war dabei, als eine Kundin bei mir anrief und mich mit einem gutsituierten Griechen aus Amerika mit zwei Lokalen in Chicago verkuppeln wollte. Dem war bei meinem Anblick das Wasser im Mund zusammengelaufen.
Mitsos, der Tellerwäscher sagt, meine braunen Augen lassen einen Funkenregen niedergehen, und meine schneeweißen Beine funkeln durch die Nacht, überbrachte ich Deinem Vater die verliebten Worte.
Und alles endete in wilden Umarmungen, Stöhnen und Bissen, bis zum Morgengrauen. Und das halbverspeiste Tintenfischchen hüpfte dem Heiratskandidaten vom Teller.
Genauso war's, als Deine zweite Schwester geboren wurde. Da war noch ein Freier vorstellig geworden, ein Glasermeister mit einem Riesenladen, und der Käpt'n redete mir gut

zu: So nimm ihn doch, so nimm ihn doch, während er mich durch eine Reihe von Tricks, die er zum ersten Mal im Bett vorführte, auf seine Seite zog.
In der damaligen Nacht stand mein Bauchnabel im Mittelpunkt, worin sich ein junges bläuliches Muttermal versteckt hatte, das ihn entzückte und das er die ganze Nacht lang nicht aus den Augen ließ, küßte und stöhnte, Litsa, süßes kleines Muttermal, ach, Litsa. Er konnte unvergeßliche Nächte bereiten.
Darin war er so talentiert, daß er gleich zwei Penelopes hinterlassen hat. Eine war ihm nicht genug.
Du bist hoffentlich nicht schockiert, wenn ich so offen rede. Du bist kein kleiner Junge mehr. Du bist ein Mann. Und ich erzähle Dir das alles nicht, damit Du ihn haßt. Ich will, daß Du ihn liebst. Wissenden und nicht blinden Auges. Würden nur tadellose Gentlemen geliebt, dann gäbe es überhaupt keine Liebe auf der Welt.

Ich passe nicht zu den Landratten.
Das sagte er in einer Winternacht, als er auf dem Stuhl vorm Fenster saß und den vorbeiziehenden Wolken und den windgepeitschten Zweigen zusah.
Das war der Stuhl neben Deinem, auf den stelle ich im Frühjahr immer die gläserne Vase mit dem blauen Knabenkraut. Damit der Wind über den Strauß in der Vase streicht und die Blüten aussehen wie Meereswellen. Mittlerweile ist er aus dem Leim gegangen und hält keinen mehr aus. Als sein hinteres Bein zersplitterte, hörte ich das Knacken und fühlte einen Schmerz, als wäre mein eigenes Knie zersplittert, und ich vertrat mir den Fuß, so daß ich zwei Tage lang hinkte.

Doch was kümmern Dich die Stühle. Und ich rede und rede und behellige Dich mit meinem alten Schrott.
Eine kleine Studentin aus der Nachbarschaft hat mir ab und zu ein paar schöne Sommerromane vorbeigebracht. Wenn man ein Buch ausgelesen hat, dann bleiben einem oft am Schluß, nach der Erzählung all der eindrucksvollen und unwahrscheinlichen Ereignisse, von all den durch Eifersucht erdrosselten und den durch Zufall erstochenen Frauen, von all den hochfliegenden Revolutionen, nur ein paar Kleinigkeiten, in zwei oder drei Zeilen zusammengedrängt, hier oder da versteckt in den Schlupfwinkeln der Buchseiten.
Schlußendlich ist es so: Die eigentliche Lebensgeschichte eines jeden Menschen besteht aus vielen kleinen Erzählungen, aus den Groschen, welche die Taschen des Lebens oder die Kammern des Herzens füllen.
Ich hab mir meine eigene Meinung gebildet, worüber ich nachdenken will. Von der Bedeutung des Haushalts bis zur Bedeutung Zyperns. Von der Bedeutung des Teetrinkens bis zur Bedeutung des Militärs. Das Nachdenken paßt nicht nur zu den dicken schwarzen Wälzern der Rechtsanwälte und Professoren, es paßt auch zum Haarfön im Frisiersalon und zu den Lockenwicklern meines Alltags. Auch ich habe ein Recht zu philosophieren, so wie ich, Litsa, es eben kann.
Die Worte kommen mir so leicht von den Lippen, als hätte ich meine Rolle schon seit Jahren geprobt und müßte sie nur mehr auffrischen, jetzt, da Du mich besuchst.
Ich rede zuviel, das ist mir bewußt, doch ich kann Erzählen im Telegrammstil nicht leiden. Ich muß das Wo und das Wann hinzufügen, ob es Abend war oder Winter, einfach die ganze Geschichte.
Zunächst einmal erwähne ich, daß es Samstag mittag war.

Die Bäckermeister holten die kleinen Hefezöpfchen aus dem Ofen, die Bäckerinnen steckten sie in kleine Tüten für die sonntäglichen Gedenkmessen, und ganz Elefsina duftete nach Mahlep, den zerstoßenen Kernen der Felsenkirsche. Meine Fenster standen offen. Und das Rotkehlchen saß wieder auf dem schmiedeeisernen Balkongeländer. Und draußen waren die Lautsprecher von PASOK *und Nea Dimokratia zu hören, die den armen Teufeln Festgelage versprachen. Dann fahre ich fort mit dem Tischtuch und dem kleinen Loch, das von seiner brennenden Zigarette stammt. Meine Katze nicht zu vergessen, die am Fensterbrett saß und mit den Augen eine andere Katze auf dem Bildschirm des Fernsehers verfolgte. Danach kommen die Mandelmakronen auf der Kuchenplatte, und erst wenn ich all das beschrieben habe, erzähle ich das Eigentliche. Daß das Telefon läutet und er dran ist, nach langer Zeit, und mir sagt, daß er gerade in Argentinien Cuba Libre mit einem griechischen Arzt trinkt. Doch ich beklage mich nicht: Mitsos, hast du vergessen, daß ich heute fünfunddreißig werde? Denn ich mag es so sehr, seine Stimme zu hören, egal, was er sagt, und so ist schließlich sein Anruf wie ein Geschenk, ohnehin das einzige an meinem Geburtstag.*
Dann mache ich weiter, doch mit geschlossenen Lidern.
Den Weihnachtsbaum im Jahr 1974 hatte ich schon Anfang November geschmückt. Zwischen Kugeln und Lametta habe ich die Federmäppchen der beiden Kinder gehängt, die ich mir wünschte, ihre Schühchen, ihre Mützchen, ihre Rechenschieber und ihr Talkpuder. Im Jahr zuvor hatte er, bevor er ging, mit einem Fausthieb auf den Tisch gerufen: Ich laß mich scheiden! Anfang Dezember erhielt ich den Brief mit der Geburtsanzeige. Da warst Du schon drei oder vier Mo-

nate alt. So lange hatte er den Mut nicht gefunden, mir die Nachricht zu schicken. Die Tränen haben meine Wangen ganz zerfurcht. Ich allein sehe die Kerben zwischen Auge und Hals.

Ich habe den Schmuck abgenommen. Und auch meine Hoffnungen habe ich begraben. Dabei gefiel mir doch alles so gut, was mit Geburten, Geschwistern und Gevattern, Taufen, Kinderkrippen und Grundschulen zu tun hatte. Die Hälfte der Dinge, die auf der Welt passieren, sollten einzig und allein für Kinder geschehen. Geburten mochte ich sehr. Von klein auf. Allein und verlassen saß ich da und stellte mir in allen Einzelheiten die Hebamme in der Kammer meiner Eltern vor, denn im Geiste war ich stets dabei, sowohl bei der Geburt meiner beiden jüngeren Geschwister als auch bei der Geburt der beiden älteren.

Alle ehemaligen Lehrmädchen, die mit mir im Goldenen Kamm *die Friseurausbildung machten, haben Kinder und Enkelkinder. Immer wenn er nach '74 wiederkam, kaufte ich Präservative. Denn ich wollte nicht schon wieder schwanger werden. Dreimal hab ich abgetrieben, das hab ich ihm nie geschrieben. Noch hat er je nachgefragt, vielleicht hat er's geahnt und es deshalb nie angesprochen.*

Immer wieder bekam ich das alte Lied zu hören. Litsa, du baust mich auf, Litsa, du bist mein Jungbrunnen, Litsa, du schenkst Lebensfreude. Aber wir lebenslustigen Frauen sind gerade gut genug für außereheliche Beziehungen. Ehefrauen werden stets nur die Mürrischen, denen man es nie recht machen kann.

Und nun, so schnell es geht, zurück zu den Pflanzen. Was ich säe, wächst. Was ich begieße, blüht. Sobald die Erdbeeren reifen, versammelt sich die Sperlingsbande und zwitschert

mir die Ohren voll. Säe ich auf Steinfliesen, sprießt es auch dort, pflanze ich in Zement, wächst und gedeiht es auch dort, sollte ich auf Asphalt Aprikosenkerne spucken, schießen Bäume in den Himmel.
Lieber Mai, ich bin es, Litsa, die dich zum Blühen bringt. Lieber Juni, keine Sorge, ich bin es, die den Jasmin zum Duften bringt, das ist meine Mission. In Australien kehrt die Zeit die Jahreszeiten um und läßt die Glyzinien im September erblühen.
Gestern abend habe ich im Fernsehen, in einem fremdsprachigen Film, den Atlantik gesehen, dunkel und aufgewühlt. Mitsos' Reich, dachte ich. Die See steht ihm Rede und Antwort.
Und nun schlage ich die Augen auf. Und plötzlich möchte ich Deine aus der Nähe sehen. Schau mir in die Augen, mein Junge. O nein, jetzt hast Du wegen meiner Dummheiten Tränen in den Augen.
Also, für heute ist der Brief fertig. Herzlich, Litsa Tsichli. Und jetzt, ab die Post.

— In Visakhapatnam hast du etwas gelobt.
— Meine Männer waren draußen im schlammigen Wasser und haben den indischen Handlesern wieder mal ihren Dollar entrichtet, um ihr Schicksal zu erfahren. Es gab gute Nachrichten. Ein garantiert langes Leben. Bei mir sind sie nicht in Gefahr, also überlasse ich sie keinen fremden Händen.
Das war die Einleitung zur Unterredung mit Flertakis. Der vollständige Bericht dauerte fünf Minuten, mit dem Resü-

mee, daß die Rechtsanwälte, um das Testament anzufechten, sämtliche Bücher der Gesellschaft durchforstet und die Einschätzung getroffen hatten, Chatzimanolis Junior hätte nichts davon, seinen Vater für geschäftsunfähig zu erklären, da dies auch Auswirkungen auf andere Entscheidungen jener Zeit hätte, und die ganze Sache würde nach hinten losgehen.

— Da haben wir wieder mal beide Glück gehabt, der Verstorbene und meine Wenigkeit. Er ist dem Makel entgangen, als verrückt zu gelten, und ich dem Festland.

— Freu dich nicht zu früh. Der Chef hat einen anderen Trick in petto, nämlich die Flagge zu wechseln und die ganze Mannschaft zu entlassen. Und daran bist du ganz alleine schuld, Avgoustis, schloß er.

Er ging in den Salon, nahm den Abendgruß entgegen, zählte die Gestalten, fünf Männer, die Freiwache hatten und in aller Ruhe und zum zehnten Mal *Hot Shots!* ansahen. Der blinde Kapitän ging bei ihnen vor Anker. Er liebte sämtliche Seemänner, über dreihundert, die durch seine Schule gegangen waren. Früher las er an ihren Augen, in den letzten Jahren an ihren Atemzügen ab, daß sie den kleinen, langhaarigen Fuchs mochten, der sie anführte, indem er mit List und Ausdauer alle bösen Fallen umschiffte. Bei ihm hatten sie die Geheimnisse des Meeres gelernt, sofern es sie preisgab. Vor zehn Jahren wären ausnahmslos alle von ihnen heiß begehrt gewesen, Dienstzeiten auf Avgoustis' Schiff galten auf dem Markt wie zwei oder drei Harvard-Diplome. Nun stellten alle Reeder Griechen nur mehr als Kapitäne und Maschinisten ein. Boulmetis, früher Kapitän auf der ATHOS I, ging im Januar '93 in Frührente. Mit einer Mannschaft von zweiundzwanzig Russen, alles Altkalendarier, hatte er Neujahr mit Linsen ohne Öl gefeiert, Fleisch kam erst wieder am 16. des Monats auf den Tisch. Und Kopasakis, Kapitän der ATHOS II, stöhnte, mit fünfundzwanzig Pakistani und Philippinern habe er keinen Menschen, mit dem er über seine Ziegen auf dem Dorf und über seine Lieblingsmannschaft, OFI Heraklion, reden könne; bei der wirren Übersetzung der Anweisungen sei man zweimal haarscharf an einem Unglück vorbeigeschrammt. Schließlich ging auch ihm die Luft aus, und er kehrte in seine geliebten Berge zurück.

Sollte die *Shipping Maritime* seine Mannschaft entlassen, würden sie dann alle wieder Arbeit finden? Und wie rasch?

Doch Avgoustis dachte nicht allein an seine Männer. Zunächst an die DIANA und die LIMASSOL II, alt und abgetakelt wie er selbst, Frachter, die das Glück hatten, ihre letzte Reise im Schlepptau zu machen und ruhmreich unterzugehen, bevor sie in Karachi stückchenweise verschrottet worden wären. Dann dachte er an die erste Reise der ATHOS III, im März 1985, von Rotterdam nach Kanada, als der selige Chatzimanolis Senior als Glücksbringer mitfuhr. Es war seine letzte Seereise.

Hoch oben bei den Seven Islands an der Mündung des Sankt-Lorenz-Stroms waren die Eisbrecher ausgeschwärmt. Die ATHOS fuhr Zickzacklinien zwischen den Eisbergen, und alle waren auf den Beinen, um einen Zusammenstoß mit den weißen Eismassen zu verhindern, die neben ihnen dahinglitten und in der Morgensonne funkelten. Es war eine langsame und gefährliche Reise inmitten einer großartig glitzernden Silberhölle.

Chatzimanolis Senior hatte mit seinem Adlerauge als erster entdeckt, daß sich vom Festland eine Eisscholle gelöst hatte und auf der abgetrennten Insel eine riesige Eisbärin und ihre drei Jungen zurückgeblieben waren. Zehn Tage lang beobachteten und fotografierten die vorbeifahrenden Frachter, Fischkutter und Kreuzfahrtschiffe die Mutter mit ihren hungrigen Bärchen, nicht mal eine Handvoll Seetang gab es auf dem Eisberg, der auf dem Weg nach Süden Tag für Tag schrumpfte. Die Funker tauschten sich untereinander aus, bis sich am elften Tag im ganzen Nordatlantik die Nachricht verbreitete, der Eisberg sei geschmolzen und die Bären ertrunken, worauf so mancher die auf dem Wasser treibenden Pelzkadaver fotografierte.

Auf der ATHOS erfuhr man die Neuigkeiten, nachdem alle drei Speicher mit Erz gefüllt waren und die Fahrt nach Middlesbro weitergehen sollte.

In den Jahren darauf traten Chatzimanolis und Avgoustis immer wieder mal in Kontakt: Tja, Indien bietet immer noch Spielraum für kanadischen Weizen; alle Kapitäne, die wie ich eine Frau aus Chios geheiratet haben, sind Reeder geworden; was gibt's Neues in Chile? Und stereotyp endeten sie: Erinnerst du dich an die Polarbären, erinnerst du dich an die drei Jungen, die auf dem Bauch der Mutter balgten, erinnerst du dich an die Tränen, die wir über die Tiere vergossen haben, die als Vertriebene den Seemannstod fanden?

Der eine alte Bär, Chatzimanolis, war tot und der andere Bär, Avgoustis, losgelöst von der Welt, und so sah er keinen Grund mehr, den ehrlosen Erben seines Freundes weiter zu schonen. Nach dessen Bruchlandung im Jahr 1979 am Suvadiva-Atoll war es Avgoustis' Verdienst gewesen, daß der Reederclan keinen Konkurs anmelden mußte. Andere Schiffsgesellschaften und erstklassige Reeder boten ihm goldene Löffel, um ihn abzuwerben, doch er blieb, sowohl aus Treue zu seinem alten Freund als auch aus Eigennutz, da er sich seit damals die

Vertuschung der Angelegenheit und seinen Verbleib in der *Shipping Maritime Company* durch eine weitgehende Entscheidungs- und Handlungsfreiheit entlohnen ließ.
Doch wie sollte er nun vorgehen? Der Handlungsrahmen war eng abgesteckt, die Aussichten waren düster. Er mußte sich die kommenden Schritte gut überlegen.
Auch in dieser Lage konnte er auf Siakantaris zählen, der es nicht übers Herz brachte, seinem Herrn im letzten Augenblick untreu zu werden. Und da er nun in der Pflicht stand, mit äußerster Sparsamkeit zu wirtschaften und in seiner Kombüse weder taufrische Zucchini noch exquisite Lamm-Medaillons oder andere deliziöse Delikatessen zur Verfügung standen, verlegte er sich darauf, der Mannschaft die Bedeutung des Fastens in Form des Katechismus einzutrichtern, *da es von Zügellosigkeit und Sünde reinigt, der Seele frommt, die Moral stärkt, Dämonen fernhält*, und eifrig die patriotische Gesinnung hochleben ließ, die einer Bohnensuppe innewohnte, die Weisheit, die ein Kichererbseneintopf vermittelte, die warme Stimmung, die eine Kartoffelsuppe verbreitete, sowie jeden Dienstag, Donnerstag und Sonntag den maßvollen Genuß von Halva.
An den dazwischen liegenden Freitagen ertönte spät nachmittags aus den Schiffslautsprechern das Ave Maria, das jeden mit einem Extrabonus an Heiligkeit versah.
Am Freitag, den 28. März, auf dem Weg nach Shanghai, bei besorgniserregender Wettervorhersage, kam vom Südchinesischen Meer ein Taifun mit einem Durchmesser von hundert Seemeilen auf sie zugerast, zog in westnordwestlicher Richtung mit einer Geschwindigkeit von fünfzig Knoten und einer Windstärke von zehn Beaufort, damit würde er sie in zwölf Stunden erreichen.

— Haben wir genug Leuchtgranaten? fragte der Neue, vor Angst leichenblaß, als er die Teller des Abendessens aus der Mannschaftsmesse trug. Leuchtgranaten haben wir, Sturmlampen und Rettungsringe auch, nur keine Flagge von Steaua Bukarest, meinte ein Rumäne. Und von Dynamo Moskau nur eine, sekundierten die beiden Russen feixend und erläuterten dem Steward die Regelung: Sollte jemand von einem Mast erschlagen werden, dann hatte der Kapitän versprochen, den Sarg, bedeckt mit der Flagge seines Vereins, in die Heimat des Verstorbenen zu überstellen.

Die Anweisungen – Zubehör festzurren, Ballast festzurren, alle Mann in Alarmbereitschaft! – trieben die Männer auf ihre Posten, und die ATHOS wechselte mit voller Kraft voraus den Kurs und benachrichtigte die zuständigen Stellen von einer möglichen Verspätung der Frachtlieferung, aufgrund höherer Gewalt.

Avgoustis erinnerte sich am Ruder kurz an die Ausflüge, die er Seite an Seite mit dem verstorbenen Bären zum himmelsnahen heiligen Berg Athos unternommen hatte. *Gegrüßt seist du, heiliger Berg, Wohnstatt des Herrn, gegrüßt seist du, beseelter und unbrennbarer Dornbusch, einzige Brücke der Welt zu Gott*, so lautete der Hymnus der Nonne Claudia, die so war wie er, vollkommen erblindet.

Nach seinen Pilgerfahrten zu den Mönchsklöstern war er nun selbst Abt im Männerkloster seines Schiffs. Nun trat er an Deck, traf seine Mönche auf ihren Posten und spürte, während er ging, die Düsternis der Schöpfung, lauschte dem Getöse der See und gleichzeitig den schlurfenden Schritten des Eleven Kazas.

— Du schon wieder?

Der junge Steward verlor kurz die Fassung und fragte schließlich mit bebender Stimme: Einen Kaffee vielleicht? Oder einen Tee?

— Langsam glaube ich, dich hat Flertakis eingeschleust, um mich auszuspionieren. Sag ihm, ich ramme das Schiff aufs nächstbeste Riff.

Kazas rechtfertigte sich, er sei an Deck gekommen, weil sein Telefon in der Messe nicht funktioniere, doch auch draußen sei es ohne Empfang, sie seien wohl weit von der Küste, wahrscheinlich sei's das herannahende Unwetter.

— Und wem erstattest du Bericht?

Seiner Freundin müsse er Rede und Antwort stehen. Die störrische junge Frau sei Grafikerin, gestalte Plakate, Titelseiten und ähnliche Dinge, sie sei sauer gewesen, als er angeheuert hatte, und verstehe nicht, warum er ihre drei Briefe und das Paket mit Schokoladeschnitten, Videokassetten und CDs immer noch nicht bekommen habe, und warum er ihr keine Fotografien oder ähnliches schicke.

Die Seemänner kommunizieren aufgrund ihrer chronischen Abwesenheit auf ganz eigene Art mit ihren Frauen, sobald beide, sowohl er als auch sie, erfahrene Lügner geworden sind und mit großer Weisheit wenig überzeugende Erklärungen umschiffen.

Im allgemeinen kommen Seemänner auch untereinander besser aus, wenn sie aneinander vorbeireden, auf nicht gestellte Fragen antworten und nach Dingen fragen, die keine Antwort ertragen, dieses und jenes auf jede erdenkliche Weise kommentieren, solange es denjenigen, mit dem sie zu tun haben, nicht wirklich und brennend interessiert. Doch diese Technik beherrschte nicht einmal Avgoustis mit dauerhaftem Erfolg, wie dann der Frischling, den sie mit der Ziegelladung in Vietnam an Bord genommen hatten.

Stelios Kazas, ein Anfänger in der formelhaften Sprache des Meeres, stand kerzengerade vor seinem Kapitän und klammerte sich an die Reling, um dem schweren Seegang Paroli zu bieten, unentschlossen, ob er sich entfernen oder bleiben sollte, als Avgoustis völlig unerwartet Interesse an einer Fortsetzung des Gesprächs zeigte.

– Wenn sie es wert ist, dann sieh zu, daß du sie nicht verlierst. Wenn sie eine Schlange ist, sieh zu, daß du sie loswirst, so schnell es geht. Es gibt Frauen, die ihren Mann ein Leben lang am Spieß rösten, wie Kannibalen, und immer noch nicht genug haben.

Kazas schluckte, und Avgoustis stieß hervor: Wir erreichen auf jeden Fall den Hafen, keine Frage, die Postagentur erwartet uns in Shanghai, ihr werdet alle eure Briefe bekommen und eure eigenen abschicken.

Er stellte den Kragen hoch und zündete sich eine Zigarette an.

– Du bringst mich dazu, an meine Familie zu denken. Er nahm zwei Züge und fuhr fort: Die geliebten Toten lassen ihr Haar immer weiterwachsen. Schau mich an, langsam treffe auch ich meine Vorkehrungen.

Bevor er die Zigarette zu Ende geraucht hatte, wurde er auch den Rest noch los. Auf Reisen nehme er keine Familie mit, er halte nichts von Frauen und Kindern auf See, er ziehe Junggesellen, Schwulinskis und alte Haudegen mit älteren Sprößlingen vor, die schon ins Gymnasium oder zur Universität gingen.

Das Gespräch, drei fulminante Minuten mit unerwarteten Enthüllungen, hätte noch länger dahingehen können, doch es endete jäh, als der Steward klipp und klar erklärte, wäre sein Vater Kapitän gewesen, dann hätte er jede Sommerferien bei ihm auf dem Schiff verbringen wollen. Sein Vater sei jung gestorben, doch zum Glück habe er ihm viel von seiner Zeit geschenkt, so drückte er sich aus.

Das saß. Avgoustis preßte die Lippen aufeinander, um sicherzugehen, daß ihm keine Ungerechtigkeit entfuhr, denn oft verlor er bei anderen die Geduld, wenn er eigentlich mit sich selbst ins Gericht gehen sollte, doch, wie gesagt, Seemänner sind Müßiggänger des Zwiegesprächs und Fachleute des Schweigens.

Eilig entfernte er sich mit dem Gedanken, er selbst habe seinem Sohn nicht viel Zeit geschenkt, ja, nicht einmal einen kleinen Vorgeschmack habe er ihm gegönnt auf eine langsam wachsende und reifende Vater-Sohn-Beziehung, im Schatten all der Weiber, die zu Hause in Piräus das Regiment führten.

Kommt bei den Schiffen der Rauch aus dem Kamin? Ist es auf einem deiner Schiffe schon vorgekommen, daß eine Schiffssirene kaputtgegangen ist und einen Monat lang ununterbrochen ohrenbetäubend getutet hat? Tut das Ertrinken im Meer weh? Wie lange wirst du tot sein, wenn du mal gestorben bist?

Alles Fragen seines Sohnes, die er ihm zwischen dem siebten und achten und dann zwischen dem achten und neunten Lebensjahr Sonntag für Sonntag gestellt hatte, einsam um einen Zugang zum Leben seines Vaters kämpfend, bis er begriff, daß er außen vor geblieben war und all seine verzweifelten Tricks nichts fruchteten.

Wenn er nicht gerade bei den Rumänen und Russen stumm vor sich hinbrütete, lief dieser junge Hasenfuß ihm immer wieder über den Weg. Ungeübt in der Rolle des Untergebenen, ungeschickt und ungewollt aufmüpfig, sagte er Dinge, welche die Gespenster aus Piräus an Bord lockten.

Auf der nächsten Runde traf er ihn wieder, noch immer marschierte er auf und ab in der Kälte.
— Schon nach elf, sagte er zu ihm, geh und weck die Russen, damit sie dir eins von den Liedern singen, mit denen sie die Matrosen auf den Unterseebooten in den Schlaf gewiegt haben.
— Sascha hat eine Wette verloren und sich am Nachmittag den mächtigen Schnauzer abrasiert.
Avgoustis stutzte. Hab's gesehen, entgegnete er trocken, sein gutes Recht, sich die Matte zu stutzen, fügte er hinzu und bedeutete ihm zu gehen.

Seit dem ersten Tag seiner Laufbahn als Kapitän fuhr Avgoustis die größten Gewinne ein. Bevor er sich im nächsten Hafen Ladung sicherte, holte er Auskünfte über lokale Streiks und Quarantänebestimmungen im Fall von Epidemien ein, wich schlechtem Wetter aus, um weniger Diesel zu verheizen, forderte in manchen Fällen erst in letzter Minute einen Lotsen an, der den Termin oft nicht mehr schaffte, so daß die Lotsengebühr entfiel, in den Häfen ließ er keinen Tag verstreichen, um jeden Dollar Liegegeld zu sparen. Bei ihm mußten die Reeder weder für Havarien noch die Befrachter für Verluste durch Piratenüberfälle und Diebesbanden zahlen. Höchstpersönlich prüfte er Qualität und Menge der Ladung, damit die Reederei in Piräus keine Strafgelder zahlte, bei Inspektionen der Klassifikationsgesellschaft waren Vorschriften und Auflagen stets erfüllt.
Ohne Mißgriffe, Havarien und Einbußen waren die Versi-

cherungsprämien niedriger als bei vielen anderen Frachtern. Seine Bonuszahlung bestand darin, daß man bei Unregelmäßigkeiten, die er auf seine Art zu vertuschen verstand, beide Augen zudrückte. Jenseits der Gewinnmarge für den Chatzimanolis-Clan war er sein eigener Herr, kassierte Aufwandsspesen und die Kosten für Landgänge, selbst wenn er das Schiff gar nicht mehr verließ, holte Prozente heraus, wo es nur ging, klaute Diesel, unterschlug Fracht, sagte zu ein bißchen Schmuggelware nicht nein, steckte unter einer Decke mit den Offizieren, die ihr Gehalt auf diese Weise aufbesserten – alles war so wie auf den meisten Schiffen. So lief es, läuft es und wird es auf See immer laufen.

In den letzten beiden Monaten, als der Frachter nicht mehr die Route der Linienkonferenz befuhr, war er Flertakis auf Gedeih und Verderb ausgeliefert, war zum Hirten geworden auf der Seegrasaue, zum Taucher in den Tiefen der Notwendigkeit.

Samstag, den 12. April, wurde das Erz mit nur halbtägiger Verspätung in Shanghai abgeliefert, bei jeder Welle wurde ein Stoßgebet zum Himmel geschickt, das Wetter möge sich anderswo austoben, so daß Mitsos vor Anker gehen, die Ladung löschen, sich duschen, die Korrespondenz in Empfang nehmen, auslaufen und seine Pläne umsetzen konnte.

Im Büro schickte er durch Birbilis das Telex mit der Proviantliste und dem Dreitages-Report nach Piräus, Koordinaten, mittlere Geschwindigkeit, zurückgelegte Distanz, Motorendrehzahl, korrekt bis aufs i-Tüpfelchen, pingelig bis zum äußersten. Danach telefonierte er mit Flertakis.

— Ich faß mich kurz diesmal, streng dich an und beschaff mir eine gute Charter-Partie für ein oder zwei Monate, damit ich Zeit gewinne.

– Die Rechtsanwälte haben in ihrem Sinne losgelegt. Ich hab dich gewarnt.
– Du kriegst fünfzehntausend Dollar von mir, wenn du mir anständige Fracht auftreibst, um ein paar Leuten das Maul zu stopfen. Such mir was in dieser Gegend hier, damit ich bis dahin keine Leerfahrt habe.
– Und wenn ich nichts für dich auftreiben kann?
Da rückte Avgoustis mit der anderen Variante heraus.
– Der Kapitän kann auf See nicht abgelöst werden. Dann laß ich mich eben in keinem Hafen mehr blicken. Ich mach lauter Leerfahrten, werfe mitten auf See Anker und belaste euch mit zweihundertfünfzigtausend Dollar im Monat.
Schließlich ergatterte er Silber aus Martaban, wertvolles Frachtgut, lieferbar in vierzig Tagen, zu laden in Birma, zu löschen in Australien. Der geldgierige Chatzimanolis würde sich die Gelegenheit auf keinen Fall entgehen lassen, denn die beiden anderen Frachter waren ganz woanders unterwegs, die ATHOS I mit einer Ladung Holz und Getreide von Vancouver nach Concepción und die ATHOS II mit Viehfutter von Paranaguá nach Rotterdam.
Die Charter-Partie wurde abgeschlossen, bevor andere zuschnappen konnten, und der Alte sicherte sich erneut eine Galgenfrist am Ruder des Frachters. Er war zufrieden, daß er die Partie für sich entschieden hatte, doch zugleich fühlte er sich elend, weil er unfähig war, sich dem Spiel zu entziehen.

In der Offiziersmesse rührte er seinen Teller nicht an, und Siakantaris, der auf die bewundernden Blicke und die Beifallsbekundungen der Männer für seinen Oktopus auf Spiralnudeln lauerte, setzte sich neben ihn, doch bald hatte er genug von dem hermetischen Schweigen und gab eine Geschichte über seine Mutter zum besten. Sie portioniere das Fleisch gern, habe Frau Despina stets gesagt, Gott hab sie selig, und, die rechte Vorderhaxe beim Lamm sei viel zarter als die linke – doch der andere zeigte keinerlei Regung. Wo soll ich jetzt bloß Erdbeeren und ähnlichen Weiberkram hernehmen, den du so gerne ißt, verteidigte sich der Smutje. Schick mir später was rüber, gab Avgoustis endlich klein bei. Mit dem Neuen, hob er hervor und stand auf.

Eine Stunde darauf schickte der pikierte Koch, der sich übergangen fühlte, Kazas mit barschen Worten aus der Kombüse, mit einer ordentlichen Portion für Maritsa sowie Brot und Käse fürs Herrchen.

Der Kater war in jenen Tagen launisch, vollführte wilde Bocksprünge und jaulte wie verrückt, und so war er ins Reeder-Apartment umgezogen, um Avgoustis nicht zu stören, und dort trug ihm der Steward das Essen auf, neben dem kleinen, drehbaren Bücherregal mit den Biografien von Al Capone, Talleyrand und Prodromos Tsaousakis, dem Rembetikosänger, dazwischen standen Werke wie *Wohlriechende Blumen des Paradieses, Geheime Offenbarungen der heiligen Jungfrau, Apostolischer Zauber*, und fünf oder sechs weitere in Leder oder Leinen gebundene Beutestücke aus früheren Exkursionen zum *Garten der Grazien*, die der selige Chatzimanolis und Avgoustis gemeinsam unternommen hatten. Hatte Siakantaris einen guten Tag, dann erzählte er Kazas beim Kochen vom Leben und den Wundertaten seines Herrn.

Gegenüber ging der einsiedlerische Skipper in seiner eigenen Kajüte auf und ab wie ein Roboter, griff mal nach dem Taschentuch in der einen Hosentasche, mal nach dem Schlüssel zur Schreibtischschublade in der anderen, nach der ganz kleinen Lupe, die er stets in der Innentasche seines Sakkos trug – alles hatte die Wärme seines Körpers angenommen. Und er probte die Formulierung einer Frage, die er schließlich dem bedauernswerten Kazas entgegenschleuderte, als er ihm einen guten Abend gewünscht und das Tablett auf den Tisch gestellt hatte.

— Wie sieht das Herz eines alten Mannes wohl aus? Ist es löchrig und zerfurcht? Und ist sein Blut noch kräftig und rot oder nur mehr blaßviolett? Pumpt und pulsiert es noch, revoltiert es noch oder schlägt's nur mehr schleppend in seiner zerklüfteten Höhle?

Ohne eine Antwort abzuwarten, sog er den Duft des Käses wie ein Wildtier ein, zog Sakko und Hemd aus, blieb nur mehr im Unterhemd. Setz dich, bleib noch, bat er Kazas, streckte die Hand aus und tastete achtlos nach dem Tablett.

Er nahm das Brot, löste das Innere von der Kruste, ließ die weiße, weiche Scheibe auf dem Teller, führte den knusprigen braungoldenen Armreif zum Mund und kaute ihn, Bissen für Bissen, ohne Beilage, während er den Gaumen ein paarmal mit Rotwein benetzte.

— Die Arme sind kraftlos, doch der Kopf ist wach, meinte er, während er die bloßen Arme schüttelte. Ich hab eine Charter-Partie mit anderthalb Monaten Laufzeit in der Tasche, fuhr er fort.

Kazas hatte in der Zwischenzeit den Unterschied zwischen Schot und Schott, zwischen Back und Bake gelernt, zwar verwechselte er immer noch Trosse mit Stropp, und Stropp mit Reepschnur, doch bei den Frachtbrieftricksereien war er unschuldig wie ein Kind.

— Nun, wir haben ja noch 'ne lange Reise vor uns, lächelte Avgoustis und biß in ein Stück Käse.

– Ja, Käpt'n.
– Wie gefällt's dir auf See? Kommst du langsam auf'n Geschmack?
– Man gewöhnt sich dran.
– Du bist der Jüngste unter uns. Rauchst du? Hier, nimm 'ne Zigarette.
Der junge Mann rauchte nicht, und so zündete sich nur der Kapitän eine Zigarette an.
Kazas ... das sei kein üblicher Nachname für jemanden aus Makedonien, meinte Avgoustis, tat zwei tiefe Züge und wollte die Familiengeschichte des Stewards hören. In Arkadien gebe es diese Sippe, demnach müßten auf der Peloponnes die Wurzeln liegen.
Der junge Mann hatte aufgrund seiner Jugend noch nie nach dem Stammbaum geforscht, und so erzählte er, der Kampf ums Überleben habe die Familie auf Gedeih und Verderb dem Heute verpflichtet, Gespräche zu Hause hätten sich stets um die Geräte des Kopierladens, die fälligen Wechsel gedreht, nur ab und zu mal um eine populäre Fernsehshow.
– Mit deinem Alten bist du gut klargekommen, hast du erzählt.
– Ja, gut.
– Wie gut?
– Sonntags sind wir ins Planetarium gegangen oder zum Fußball. Immer haben wir was zusammen unternommen. Schön, wenn er noch am Leben wäre, sagte er, zog seine Brieftasche hervor, blätterte ein paar Fotografien durch. Das hier ist er, er suchte eine heraus und drückte sie Avgoustis in die Hand.
Der tat so, als musterte er sie aufmerksam, brachte einen Spruch, der nicht fehlgehen konnte – schade um den Mann –

und ließ sie auf dem Tisch liegen, von wo sie der Steward an sich nahm und wieder an ihren Platz im Portemonnaie zurücksteckte. Ein kurzes Schweigen machte sich breit. Dann schloß Avgoustis seine Schublade auf, durchwühlte den spärlichen Inhalt, und tastete ohne hinzuschauen nach den drei Bilderrahmen. Er griff nach dem Einzelrahmen, hielt ihn lange mit seinen warmen Handflächen umfaßt und streckte ihn dann dem Steward entgegen.

— Mein Sohn.

Kazas nahm ihn entgegen, betrachtete ihn, sagte kein Wort. Auch auf dem Bild waren seine Lippen verschlossen, ein paar dunkle Strähnen fielen ihm übers linke Auge, und ganz rechts war Loras kleine rechte Hand zu sehen, die ihn am Ärmel zupfte, und ein paar ihrer Locken, in die Flora gelbe und orangefarbene Wollfäden geflochten hatte, so daß sie aussahen wie eine Portion bunter Spaghetti oder wie die Fransen eines Wischmops.

Die Fotografie stammte von der närrischen Vassia, aufgenommen beim letzten der gräßlichen Familienfeste, mit den Schwestern, der kleinen Nichte, dem Schwager, den Schwiegereltern und Vassias zwanzigstem Lebensabschnittsbegleiter, der als Schwiegersohn ins Auge gefaßt wurde – alle vereint zu Vassias Namenstagsfeier in der ersten Woche des neuen Jahres, zu der Flora einen matschig gebratenen Truthahn und zu Brei verkochten Reis auftischte. Es blubberten die immer gleichen faden Erzählungen hoch, unter gemäßigt spitzen Bemerkungen gegen den lieben Opa, der leider nicht dabeisein konnte, dazu wurden Trinksprüche geboten, deren Gültigkeit längst abgelaufen war, für gutes Seewetter und eine gute Rückkehr des Abwesenden, während sich die Angehörigen der Sippe ein weiteres Mal leise sagten, wer weiß, was für Weiber der alte Wichser wohl jetzt gerade aufs Kreuz legt.

Da kam der Anruf des Seewolfs gerade richtig, aus Australien diesmal, mit Glückwunsch zu Vassias Namenstag und besten Neujahrswünschen für alle, die ihrerseits im Chor und mit einzelnen Glückwunschsolos antworteten und sich danach eilig, ganz im Sinne der Konditorei *Fresh*, auf die Schokoladentorte stürzten, die Leidenschaft des Bräutigams.

Antonis hatte den Mund weder zum Essen noch für einen Glückwunsch noch zu einer anderen Wortmeldung aufgemacht, voller Mißmut aufgrund eines steifen Halses, eine Ausrede, die er bei allen ähnlichen Gelagen gebrauchte, natürlich mit provozierender Absicht, damit ihnen ja nicht entging, daß er sie anlog. Geduldig wartete er, bis sie fertiggegessen hatten und sich wieder einmal über politischen Fragen zerfleischten, wobei die Frauen den Sieg davontrugen, die sich mit derselben Unersättlichkeit wie die Talkshows des TV-Gunstgewerbes das Maul zerrissen, bis die Festivität langsam zu Ende ging und alle seltsam berührt zurückblieben, nicht mit dem angenehmen Nachgeschmack des Essens auf der Zunge, sondern mit dem bitteren Nachgeschmack des Betrugs.

In der ersten Klasse des Gymnasiums war ihm die Idee gekommen, auf den Händen zu laufen. Und so, mit dem Kopf nach unten und mit den Beinen in der Luft, marschierte er die Treppe des 9. Gymnasiums und Lyzeums Piräus rauf und runter, wobei er die – spärlichen – Ausrufe der Bewunderungen und das – wesentlich häufigere – Gekicher der Kinder geflissentlich überhörte. Montagmorgen in aller Frühe, wenn die Straßen noch menschenleer waren, lief er den Bürgersteig vor ihrem Wohnhaus auf und ab, während ihm das Blut siedend heiß in den Kopf schoß, seine Hände zügig voranschritten und seine Augen dem Hündchen der Alten nachblickten, das sich wiederholt befremdet und fast mitleidig nach dem kopfüber balancierenden Passanten umwandte.

Als die ganze Familie zur Hochzeit irgendeines Bekannten oder zur Kindstaufe irgendeines weiteren Bekannten eingeladen war, da war er zwölf und dreizehn, hatte er die Agios-Konstantinos-Kirche auf den Händen balancierend betreten, war kopfüber um die Kandelaber mit den brennenden Kerzen herumspaziert und hatte sich dann in eine dunkle Ecke verkrochen.

An drei aufeinanderfolgenden Osterfesten, die er mit den Frauen der Familie in Porto-Cheli verbrachte, war er der Karfreitagsprozession als letzter und auf den Händen balancierend gefolgt. Beim einwöchigen Ausflug nach Chania hatte er, während sich die anderen in die Cafés gestürzt hatten, die ganze Uferpromenade bis hin zum Leuchtturm kopfüber zurückgelegt.

Zum tausendsten Mal sah er Asphalt und abgenutzte Zementplatten, Kanalgitter, uringetränkte Baumwurzeln, ausgetretene Zigarettenstummel, Schuhe, Socken und Hosenbeine, Knie, Rocksäume und Spazierstöcke, Damenhandtaschen und Aktenkoffer.

Zunächst war er aufsässig, als er größer wurde, war er kratzbürstig, schließlich wurde er zum Geist, der stets verneint, aber in seinen Augen alles immer noch hundertmal besser als zur Familie Avgoustis zu gehören.

Er legte es nicht darauf an, Aufsehen zu erregen, er wollte ihnen bloß nicht ähnlich sein, keinem von ihnen. Und er wollte sie los sein. Daher stürzte er sich mit vierzehn auf sein Schlagzeug, tauchte ab in die Welt der abgehackten und hammergleichen Rhythmen, bis sie alle Hals über Kopf die Flucht ergriffen hatten, sowohl diejenigen, die ihn lieber noch als kleinen Jungen ansahen als auch diejenigen, die sich daran störten, daß er noch nicht richtig erwachsen war.
Ab fünfzehn ließ er auch die Sommerferien ausfallen, scheuchte Schwestern und Mutter fort, hatte einen vollen Monat ganz für sich allein. Der jugendliche Avgoustis bestellte den ganzen August lang tagtäglich zwei Portionen Souvlaki zum Mittagessen und noch mal zwei zum Abendessen, spielte im leeren Mietshaus achtzehn Stunden am Tag *Nirvana, Joy Division* und *Rage Against the Machine*, egal was, Hauptsache, es hörte sich an wie ein Bombenangriff. Immer wenn er seinen Armen eine Pause gönnen mußte, bewies er mit einem Mal eine Zähigkeit, die ihm sonst abging, wenn er auf seinem Schlagzeug dem Knallen der Ohrfeigen nachspürte, welche die Schlampe vom Totoladen gegenüber ihrem Sohn verabreichte, dem Geklapper hoher Absätze auf dem Straßenpflaster, dem Getrappel von Pferdehufen, dem Geflatter der Schwalben im Eukalyptusbaum auf dem Marktplatz. Er schneiderte sich Maßanzüge aus Tönen, ganz nach seinem Geschmack, und in den Nächten steckte er seine Kluft – schwarze Jeans und schwarzes Hemd – in die Waschmaschine, und obwohl er Ordnung und Häuslichkeit verabscheute, verbrachte er Stunden damit, die Große und die Kleine Trommel von Staubkörnchen zu reinigen und die beiden Toms zu polieren, die Hi-Hat-Becken, das Crash-, das Ride- und das China-Becken.

Welche Fotografie hatte er am Vorabend denn seinem Alten gezeigt, als Aufnahme von Kazas' verstorbenem Vater? Eine Fotografie, die ihn selbst zeigte. Doch wie sollte er, seines Augenlichts beraubt, sich selbst in der eleganten Uniform wiedererkennen, in der er vor fünfzehn Jahren Aufstellung genommen hatte, stocksteif neben einem bescheuerten Reiterstandbild im legendären Hafen von Liverpool? Der einzige Grund, diese Fotografie so viele Jahre nicht zu entsorgen, war seine große Liebe zu den Beatles, zu Ringo Starr und zum FC Liverpool.

Den Vor- und Nachnamen hatte er – als eine Geste der Zuneigung – seinem besten Freund aus der ersten Klasse des Gymnasiums geklaut, den er nach dessen Umzug nach Stuttgart, mitsamt den Diskussionen über Frauenbrüste, Bruce Lee und die Formel Eins wieder verloren hatte. Nun lag der vormalige Stelios Kazas bei brennendem Deckenlicht im Schlafanzug in seiner Koje, zurückverwandelt in Antonis Avgoustis, schlaflos und unschlüssig.

Er zerbrach sich den Kopf darüber, wann er zum letzten Mal so richtig geheult hatte, ließ alle unerfreulichen Dinge Revue passieren, die ihm in den letzten Jahren zugestoßen waren, eins nach dem anderen, doch von Tränen keine Spur. Er erinnerte sich nur an das kindliche Weinen des Neunjährigen beim Gerangel im Schulhof, als sein Kopf, von einem kastaniengroßen Kieselstein getroffen, heftig blutete, dann fiel ihm noch ein zweiter Fall ein, als er mit elf nach vier Gläschen Wodka wieder zu sich kam, und dann noch ein dritter, als ihm seine Mutter mit dreizehn kein Moped kaufen wollte und er sie, von Schluchzen gebeutelt, abwechselnd als Beißzange und Pfennigfuchserin beschimpfte.

Später, als zwei seiner Mitschüler mit einer Yamaha in den

Tod stürzten, war sein einziger Kommentar, das seien doch Totalversager; als seine Patentante starb, das sei ihm doch schnurz, und auch als Vassias Hund starb, zeigte er keine Regung. Für die Toten hatte er als Jugendlicher nur einen galligen Kommentar übrig, das war seine Art, den Verlust zu bewältigen.

Er schaffte die Aufnahmeprüfung für die Universität nicht – ach, fickt euch doch ins Knie, ihr Armleuchter; dann ging er nach Boston – ihr Amis seid doch alle ausgemachte Kotzbrocken; dann ging er nach Bukarest – alles Weicheier und Schleimbeutel; als ihn eine Rita links liegenließ – das Flittchen kann mir doch den Buckel runterrutschen; und als eine Evi ihn stehenließ – um die blöde Kuh ist's nicht schade, und es folgten ein zweitägiger Trommelmarathon zum Abschied und eine Nachtwanderung auf den Händen, die Messinias-, die Thrasyvoulou-, die Clemenceau-, die Skevothikis- und die Neorion-Straße entlang. Jetzt lag er da, mitten im Indischen Ozean, der Kopf schwer wie Blei, die Brust hart wie Zement und der Körper starr wie ein Fels, der so gerne zerbersten und nachträglich das lange verbotene Wimmern und Weinen zulassen würde, doch er konnte es nicht, aus Furcht, er würde daran zerbrechen, aus Furcht, man könnte ihn hören.

— Er ist blind wie ein Maulwurf und läuft rum wie ein Zombie. Nimm dich vor dem Koch in acht, ein hinterlistiger Typ. Halt dich vor der Mannschaft zurück, die sind zwar nicht besonders helle, aber sicher gerissener als du, und einer könnte dir auf die Schliche kommen. Du bist imstande, dir bei Windstärke sechs vor Angst in die Hosen zu machen und der ganze Plan geht den Bach runter, dann wird dich dein Vater, ein seltener Barbar, am erstbesten Hafen, den ihr anlauft, mit Fußtritten an die Pier befördern, genau wie mich. Sieh zu, nicht zuerst die Reederei zu benachrichtigen und dann erst mich, sondern zuerst mich, und dann sehen wir weiter. Die Reederei verfolgt ganz andere Interessen als wir, unser Rechtsanwalt braucht auch Zeit, um den Fall zu überdenken. Flertakis, der Poussierstengel, hat sich unter tausend Weh und Ach bereit erklärt, dir ein Seefahrtsbuch auszustellen, er hat's für uns gefälscht, vergiß das nicht. Und er will, daß du in höchstens einem Monat mit der Trophäe zurückkehrst. Gib gut acht. Der Plan war deine Idee, ich war ja anderer Meinung.

Tja, er selbst hatte den verrückten Plan vorgeschlagen. Am Abend, als er von seiner Mutter erfuhr, daß sein Vater blind war, fuhr ihm die Angst in die Knochen, unbändige Wut stieg in ihm hoch: Ich werde ihn gleich am Morgen bei der Reederei anzeigen, sagte er, ich will doch keinen Seelenverkäufer zum Vater.

Doch Flora entgegnete: Das nützt uns doch nichts. Da kam es zum Streit. Er warf ihr ein paar harsche Beleidigungen an den Kopf, worauf sie in Tränen ausbrach und er schließlich klein beigab.

Dann fragte er in gemäßigtem Ton, was in seinem Vater bloß vorgehe, und er hörte ihr in Ruhe zu. In seinem Zimmer rang er den Rest der Nacht mit sich. Im Grunde hatte er mit sich selbst genug zu tun. Er wußte nicht, was er mit seinem Leben anfangen sollte, hatte auf überhaupt nichts Lust, nicht mal auf die Musik, und nun auch noch das. Sollte er vielleicht selbst losziehen, um den Verrückten zurückzuholen, der gar kein Verlangen nach dem Festland hatte? Wenn er als Antonis Avgoustis bei ihm auftauchte, würde ihn der Alte sofort von Bord jagen.

Gegen Morgen kam der Geistesblitz.

— Ich geh unter falschem Namen an Bord. Ich denke mir eine geeignete Geschichte aus, verstelle die Stimme ein wenig, und dann möchte ich sein Gesicht sehen, wenn ich sage, hey, hier bin ich, dein Sohnemann! Dafür schneide ich mir sogar den Zopf ab, der dich so nervt.

Also nichts wie ab ins nächste Flugzeug nach Vietnam, um den Alten in einem Einsatz à la *Apocalypse Now* aufzuspüren, doch der selbsternannte Rambo der Wendekreise mußte schon bald Abstriche von seinem Vorhaben machen, nach einem Beruhigungsmittel verlangen und kurz darauf nach der Sauerstoffflasche.

Was war nur in ihn gefahren, daß ihm der Gedanke nicht gefiel, sein Vater würde auf demütigende Weise von seinem Frachter heruntergeholt?

Früher hatte er seine Mutter immer gefragt: Kommt er? Hat er gesagt, wann er kommt? Schon im letzten Sommer ist er nicht gekommen, kommt er wenigstens dieses Jahr? Und wenn sie verneinte, meinte er, ohnehin besser, wenn er nicht kommt. Mit der Zeit hörte er auf zu fragen, er wollte sich nicht mehr mit seinem Vater beschäftigen, nicht mehr auf ihn warten, nicht mehr an ihn denken; er wollte, daß er ganz und gar aufhörte, für ihn zu existieren, und in den letzten Jahren hatten tatsächlich beide aufgehört, füreinander zu existieren.

Bevor er das Schiff betrat, hatte er sich ausgemalt, wie er ihn bereits in der ersten Woche in die Enge treiben, wie er seinen Willen beugen, wie er ihn mit ein paar knallharten Sprüchen in die Knie zwingen würde. Rumschreien, das kann ich auch! Ich werde nicht den Mund halten wie meine Mutter! – Und so würden sie, ohne daß die anderen irgend etwas mitbe-

kommen hätten, im nächsten Hafen ruhig und gesittet und nur augenscheinlich getrennt von Bord gehen.
In den ersten vierzehn Tagen saß er nun da, eingesperrt mitten auf dem Ozean, und noch dazu auf diesem elenden Eisenpott, dessen Auf und Ab einem den Magen umdrehte, von dessen schwerem Schiffsgeruch man bald die Nase voll hatte, und dessen unaufhörliches Motorengestampfe einem den Kopf volldröhnte. Er hatte dem Alten ein paarmal nachgestellt und versucht, endlich den Mut zu finden, ihm alles ins Gesicht zu schleudern, doch schließlich stand er da wie ein Tor, voller Bewunderung für das prähistorische Ungetüm, das die Welt an der Nase herumführte, wurde zum Steward, der aus eigenem Antrieb das Leben der Dinosaurier studierte.
Auf solche Unwägbarkeiten war er nicht vorbereitet. Er hatte nicht damit gerechnet, wie er sich fühlen würde, wenn er seinen Vater zum ersten Mal aus nächster Nähe und noch dazu als alten Mann erleben, so viele verrückte Dinge über ihn erfahren würde, wie von Birbilis zum Beispiel, der von seinem unglaublichen Großvater mit den siebenundzwanzig Katzen erzählte, und von Michaloutsos, dem Kommunisten, der die Schote aus dem Jahr '66 erzählte, als sich der Kapitän in Seattle weigerte, auf seinem Schiff eine Ladung Kanonen nach Vietnam zu befördern. Oder von Siakantaris, der von der Mitgift berichtete, die der Alte den fünf Töchtern zweier Pakistani aus einer früheren Mannschaft spendierte, die seit ihrem siebten Lebensjahr allesamt Landarbeiterinnen und Näherinnen in Arbeitslagern waren. Von den Rumänen, die er belauschte und die freilich nicht wußten, daß der Neue ihre Sprache konnte, erfuhr er, wie sehr sie ihren Boss verehrten, daß sie keinen Landurlaub nahmen, aus Furcht, der

tolle Skipper könnte sie in seinem sternlosen Hotel durch andere ersetzen.
Sobald Funkverbindung bestand, brachen Floras erboste Anrufe über ihn herein: So verlieren wir noch die Hunderttausend aus dem Testament. Die Rechtsanwälte der Reederei geben partout nicht auf. Das dauert mir zu lange. Unternimm endlich was. Ich hab vor dem blöden Chatzimanolis schon einen Schlaganfall simuliert, um Mitleid zu heischen.
Er war nun anderthalb Monate an Bord und hatte noch einmal so lange vor sich, bis die Charter-Partie und Gott weiß, was noch alles erledigt war. In der Weite des Festlands verfliegt die Zeit, an Bord eines Schiffes hingegen scheint sie dahinzutröpfeln, tausende Kleinigkeiten kommen einem in den Sinn, türmen sich auf, werden dickflüssig wie die Kondensmilch, die er Maritsa, dem Wappentier derer von Avgoustis, in der Tasse verdünnte.
Der Morgen graute.

Siakantaris' zweiter Anlauf. Also, die Sache sei so, meinte er.
— An Bord muß Brot, ebenso wie Wasser, immer reichlich vorhanden sein. Als ich vor siebzehn Jahren zum ersten Mal am Persischen Golf war, lagen zweihundert Schiffe auf Reede, drei, vier oder sechs Monate lang. Genau wie wir. Und an Deck, erinnerst du dich, die riesigen französischen Hochdruckkessel für die Atomreaktoren im Irak. Mein Gott, was wir schon alles an Bord hatten! Eine schreckliche Hitze, fünfundvierzig Grad im Schatten, und der Hefeteig will und will

nicht aufgehen. Schweißüberströmt und verzweifelt starre ich ihn an. Ich hatte grüne Bohnen vorbereitet, ohne Beilage kann man die aber nicht essen, und weit und breit kein Brot. Der heilige Eufronios wollte mich wohl Spießruten laufen lassen, all mein Flehen stößt auf taube Ohren, keinerlei Erleuchtung in Sicht, mein Hirn ist schon ganz pampig. Eine ganze Stunde lang ließ er mich zappeln, bis er mir endlich offenbarte: Beträufle den Teig mit dem Saft aus ein bis zwei Zitronen, lege drei Eiswürfel darauf, und alles wird gut.

Damit sie sich nicht mit leeren Laderäumen herumtrieben, bis sie endlich das Edelmetall in Martaban laden konnten, schickte die Reederei sie nach Colombo, um fünfundzwanzigtausend Tonnen Kautschuk und fünftausend Tonnen Zimtstangen an Bord zu nehmen, Zielhafen Singapur und Weiterverschiffung in die Vereinigten Staaten. Jeder gute Frachtführer ist bestrebt, sein Schiff voll zu beladen, und Mitsos Avgoustis hatte es wieder einmal erfolgreich vermieden, sich dem ewigen Nagen der Wellen ohne Gewinn auszusetzen. Dennoch saß er abends schwermütig und nachdenklich in seiner Kajute, immer noch bei der Arbeit, denn er widmete sich der Maniküre, auf dem Tisch Nagelschere, Nagelfeile und eine pflegende Handcreme für die ausgetrocknete Haut, für die tiefen Furchen zwischen den Fingern.

Der Koch wartete kurz ab, ob der Kapitän vielleicht doch noch den Mund für einen einsamen Kommentar aufmachte, damit der Tag ausklang wie Tausende anderer Tage auch, doch drei Minuten lang geschah nichts, worauf er erneut anhob, von der Gluthitze im Persischen Golf, von den Atomreaktoren, dem sitzengebliebenen Teig, vom Saft der Zitronen, doch wiederum keine Reaktion.

Avgoustis blieb stumm. Nur ab und zu zuckten die Lippen,

als nehme er das Schweigen in kleinen Schlucken in sich auf, sein einziges Abendessen, denn die gebratenen Käsescheiben und das rotbraun gebackene Olivenbrot à la Kyriaki, speziell und ausschließlich für ihn zubereitet, waren unberührt auf den Tellern erkaltet, neben dem Glas mit der Blütenrispe der weißen Orchidee, die Siakantaris aus dem Kühlschrank geholt hatte, worin er stets ein paar frische Blumen bereithielt, für besondere Anlässe.

— Ist es schlimm, wenn ich manchmal von Blumensträußen träume? versuchte er es mit einem neuen Thema, doch wieder blieb er ein einsamer Rufer in der Wüste.

Zuweilen ist die Anwesenheit der anderen unerträglich, sowie auch die Tatsache, nicht allein zu sein, doch in diesem besonderen Fall verspürte der Koch das Bedürfnis nach menschlicher Gesellschaft. Der Elektrotechniker hatte die Kassette von *Wolfsblut* eingelegt, und die Mannschaft guckte den Film, doch der Smutje hatte sich davongemacht, wie ein kleiner Junge auf einem Kindergeburtstag, mit dem keiner spielte und der Sehnsucht nach seinem Papa hatte.

— Ich brauch auch mal ein bißchen Zuwendung, aber dir ist das ja schnurz. Ich tue wirklich alles, um es dir gemütlich zu machen. Damit du Appetit bekommst, serviere ich sogar eine warme Vorspeisenplatte mit Blumengebinde, 'ne Schwuchtel hätte das auch nicht besser hingekriegt. Du wirst schon noch an mich denken, wenn du das Menü runterwürgst, das dir der Apotheker zusammenstellt, 'n halbes Kilo Pillen auf einen Schlag, tönte er, erhob sich, stellte das Tablett zusammen, wünschte noch lauter eine gute Nacht und öffnete die Tür.

— Was hältst du von Kazas? fragte Avgoustis in letzter Sekunde, als hätte er lange mit sich gerungen, ob er dieses Thema aufs Tapet bringen solle.

— Mein Kochmaat mit seinen Hasenohren, seinem Schafsblick und seiner Truthahnstimme verdirbt mir die schöne Stimmung in meiner Kombüse, aber dein Steward verhält sich wie ein Fisch auf dem Trockenen, langweilt sich auf dem Oberdeck mit seinem Kaffee-Frappé und spielt den Matrosen, und dabei verdirbt er mir meinen schönen Speiseplan. Er hat die abgelaufenen Lebensmittel rausgekramt.

— Wann denn? fragte Avgoustis alarmiert.

— Vorgestern.

Vorgestern also, und er hat noch kein Wort darüber verloren, vermerkte der Kapitän in Gedanken, und während der Koch sich eifersüchtig fragte, woher das Interesse für den jugendlichen Helden kam, räumte Avgoustis das Maniküreset in sein Necessaire, trug es ins Bad und antwortete von dort:

— Er ist so alt wie mein Sohn, und da krieg ich ein schlechtes Gewissen.

Dann, allein geblieben, rekapitulierte er das Tagesgeschehen. Es war Freitag, und die Sonne seit neun Uhr morgens nicht mehr zu sehen, bis zehn hatten sich die Wolken zusammengezogen, und die restlichen Stunden des Tages verbrachte er in der trüben Gesellschaft des zementgrauen Ozeans, den das Schiff durchpflügte, die eine Hälfte auf der Leeseite, die andere auf der Luvseite, in vollkommener Windstille, die dazu einlud, die Rettungsboote instand zu setzen, das Tauwerk und die Drahtseile zu spleißen und etliche andere Reparaturen zu erledigen.

Die Augenblicke kurz vor Mitternacht waren stets die intensivsten in all den vierundzwanzig Stunden, da sie etwas von dem zu Ende gehenden Abend und etwas von dem nächsten, noch nicht begonnenen Morgen enthielten.

Der Freitag schenkte ihm ein frisch geöltes und blitzsauberes Schiff, der Samstag erschien in Gestalt eines weiteren Tagelohns, fügte sich zu all den anderen hinzu, die er seit achtundfünfzig Jahren auf seinem Konto als verlorener Vater angehäuft hatte.

Er zog Schuhe und Strümpfe aus und berührte seine Fußnägel, dick und hart wie Kieselsteine, und die rissigen Fersen, die aussahen wie vertrockneter Lehm, und er spürte sein Alter auf grausame Weise. Er roch die fettende Creme an seinen Händen, ließ seine Wange den Unterarm entlanggleiten und spürte seine alte Haut, die jederzeit wie Pergamentpapier zu Staub zerfallen konnte.

Mitsos, ich liebe Deinen Arm, erinnerte er sich an Litsas Worte, sie und der Sohn bildeten die beiden Seiten der Medaille seines Verrats, seine beiden Strafen, seine beiden Verurteilungen.

Wo, zum Teufel, hatte er seine Zigaretten gelassen? Er durchsuchte Hosentaschen, Schubladen, tastete über die Sitze und den Bettüberwurf, scheuchte Maritsa auf, der auf seinem Kopfkissen döste, und zog die Zigaretten schließlich darunter hervor.

Er zündete eine an, und gleichzeitig mit seiner Erregung verscheuchte er auch seine Gedanken, ganz weit fort, bis hin zu Abrahams Weiden, zur Haselnußinsel, zu den Weißschwanzhirschen und zu den Walfischen, die er nie wiedersehen würde, deren Bild er jedoch, falls nötig, vor seinen geschlossenen Augen aufrufen konnte, eine meerblaue Herde, fünfzig Wasserfontänen, deren Spritzer ihn selbst in seiner Vorstellung erfrischten, seine Müdigkeit verjagten und den Aufruhr in seinem Herzen besänftigten.

Mit der zweiten Zigarette war er jedoch in die Falle getappt.

Entspannt und halb eingedöst überfiel ihn die Erinnerung an seinen Sohn, und wieder stand der Junge vor seinem geistigen Auge.

Flora hatte in ihrem Telefongespräch vor zwei Tagen gesagt: Mimis, du verzichtest auf hunderttausend Dollar. – Ich bin nicht käuflich. – Du hast aber Verpflichtungen. – Ich habe euch mehr als gut versorgt. Wieder eines dieser Zwiegespräche, die Schachspielen glichen, ein Zug hier und ein Zug da, bis einer den anderen in die Enge trieb und schachmatt setzte. Antonis ist in Tripoli zum Militärdienst eingerückt, erzählte sie ihm schließlich. Alle Väter waren da, nur du nicht, du hast dich ja wieder mal mit dreihundert Dollar aus der Affäre gezogen. Schön, antwortete er, für euch haben ohnehin immer nur meine Schecks gezählt.

Und wie sollte es anders sein? Die Überweisungen trafen in rascher Folge und mit vielen Nullen am Ende ein, Neubauwohnungen für die Töchter und PKWs für alle drei Kinder, sobald sie zwanzig waren, Briefe und Anrufe blieben hingegen die Ausnahme.

Die letzte Fotografie, die ihm sein Sohn geschickt hatte, war uralt, da war der Junge elf Jahre alt, klein und rundlich, trug das Trikot von Olympiakos Piräus, während alle anderen in der Familie Anhänger von Panathinaikos Athen waren, auf der Rückseite stand die Widmung: Für meinen Papa, damit er das Wahnsinnstor nie vergißt, das Anastopoulos vom Anstoßpunkt aus Minou in den Kasten setzte.

Doch seit damals kein Brief und kein einziger Buchstabe mehr, die Fotografie lag mitten unter älteren und jüngeren Aufnahmen, die älteste Tochter bei ihrer Verlobung, bei ihrer Hochzeit, dann in der Geburtsklinik, die jüngere auf Paros, Milos und Ios, Lora auf der Rutsche, auf dem Dreirad, im Zappeio-Park. Angestrengt hatte er durch die Vergrößerungsgläser gestarrt, nur um sie alle als dunkle Flecken wahrzunehmen, und so blieben sie weggesperrt im Tresor der Reederkajüte, ein ganzer Stapel von Menschen, die er so lange ignoriert hatte. Dort war auch die reiche Sammlung mit den ungewöhnlichen Posen der ewigen Geliebten. Weit nach Mitternacht kam auch sie ihm wieder in den Sinn, setzte sich dort fest, zusammen mit ihrem Blümchenbettzeug und den blühenden Beeten. Die Nacht läßt zu, daß verdrängte Schuldgefühle und totgeglaubte Sinnlichkeit hemmungslos wieder zum Leben erwachen.

Sein Leben war auf einer Anzahl verlorener Leben errichtet, wie in den Romanen, in denen Vassia so gerne schmökerte, in den Biographien legendärer Helden, in denen viele Tote vorkamen, wo in jedem Kapitel Dutzende Leichen zurückblieben.

Er zündete sich die siebte und letzte Zigarette aus dem Päckchen an, befühlte den schlaffen Oberarm, klopfte sich auf die eingefallene Brust, lauschte dem nachlässigen Schlagen seines Herzens, das klang wie der zitternde Flügelschlag eines gefangenen Vogels, und zum ersten Mal brüstete er sich nicht damit, er könne es in seinem Alter noch mit zehn jungen Kerlen aufnehmen, wie er es sonst immer nach einem gelungenen Coup tat.

Die Sinne sind nicht totzukriegen und die Schuldgefühle unsterblich. Immer wieder läßt sich eins davon zum Leben erwecken, wenn man es nur lang genug versucht, wenn man es sich sehr wünscht, so wie Avgoustis um drei Uhr morgens, als er bereit war, seine nicht enden wollende Hölle zu durchwandern.

Die Trauer ist ein Ort, ein Garten der Bitterkeit. Doch auch die Furcht ist ein Ort, eine finstere Schlucht, und ein anderer Ort ist die Einsamkeit, ein kaltes nächtliches Ödland, in dem die steinernen Äcker des Kummers liegen und die entlegenen Straßen der Sehnsucht. Der Schmerz wächst an zu einem Gebirge, der Schmerzensrausch zu einem ganzen Land, und das Schuldgefühl erreicht die Ausmaße eines Kontinents.

— He, Bürschchen, was guckst du denn so, Kazas?
In fünfzehn Metern Entfernung stand Avgoustis, dem Maritsa miauend um die Hosenbeine strich, und bückte sich zur Kontrolle immer wieder über die dreifache Persenning, welche die Lukensüllen abdeckte, und dabei beobachtete ihn der argwöhnische Steward, halb in einer Ecke verborgen, bis ihn der Smutje in flagranti ertappte und die zornige Frage ins Ohr zischte.
— Jetzt bist du bald zwei Monate an Bord und immer noch so verschreckt! Also, die schamlose Jugend hat nicht mal vor dem rüstigen Alter Respekt. Unser Skipper hat noch kein Gramm Rost angesetzt wie so'n wurmstichiger alter Kahn, er ist immer noch ein Samuraikämpfer mit Adleraugen.
— Deshalb schau ich ihm ja zu.
— Dann hol dir doch 'n Autogramm.
Siakantaris streckte die Hand aus, berührte den muskulösen Oberarm des jungen Mannes, seufzte und murmelte leise vor sich hin, früher habe man vor dem Alter Ehrfurcht gehabt, da seien Erfahrung und Weisheit gefragt gewesen, in der heutigen Welt jedoch sei die Jugend das erstrebenswerte-

ste Gut, und die angebeteten Helden seien gerade mal fünfundzwanzig, könnten aber nicht bis drei zählen.
Da das Abendessen vorbereitet werden mußte, kehrte er in die Kombüse zurück.
— Ich hab nur 'n bißchen Luft geschnappt, meinte Kazas.
— Hol dir 'nen Rosthammer und klopf dir mal den Rost aus dem Kopf, und dann 'n neuer Anstrich drüber, lautete Siakantaris' väterlicher Rat an den grünen Jungen, dann wandte er sich zum Gehen und überließ Kazas seinen Gedanken.

Ein neuer Tag hatte begonnen.
Auf der Reling hingen Wäschestücke, Unterhosen, Hemden, Pullover und in der Salzluft steif gewordene Jeans, sowohl Winter- als auch Sommersachen, da sie alle zehn bis vierzehn Tage den Äquator überquerten. Darunter auch die Wäsche von Avgoustis Junior, der sich mittlerweile an den Alltag an Bord gewöhnt hatte und den, mehr oder weniger wie alle anderen auch, die Krätze der Einsamkeit plagte.
Aber wer waren diese anderen überhaupt?
Die Mannschaftsmesse kam ihm vor wie ein Biotop von Geisterfahrern, Durchgeknallten und Unbelehrbaren. Der eine redete mit keinem ein Wort, der andere führte Selbstgespräche, die einen vertieften sich in die tausendmal gelesenen Zeitschriften, die anderen in den Wahn der Melancholie; darin war der Kochmaat unerreicht, dem mit Ausnahme der Philippinin und ihrer drei Kinder nichts mehr in seinem Leben etwas bedeutete. Und dann Birbilis, der Kapitänleutnant, der in seinem Büro die Gesamtausgabe der *Indian Times*, des *Buenos Aires Herald* und der *Capo Verde News* und ähnliches besaß, und zwar nicht, um die Schlagzeilen mit den

Namen der Putschisten und der Ministerpräsidenten zu lesen, sondern nur die Beilage mit den Berichten über Guanakos, Fischotter und Kondore. Und dann der Alien mit dem roten Herzen, Fan des Parteigranden Florakis, der uralte Nachrufe aus dem Parteiorgan *Rizospastis* nachplapperte, der kurzgeratene Experte im Arbeitsrecht, der alle Klauseln ihrer Kollektivverträge herunterbeten konnte, und dann der Nautische Assistent mit Spitznamen Zulu, der seine besten Jahre in Afrika und als Begleiter von Gefahrengut verbracht hatte, da er auf die zehnprozentige Zulage scharf war, nun jedoch den Neuling an Bord nicht aus den Augen ließ, um ihm Tag für Tag ein Histörchen aufzutischen, etwa, wie die Ladung Baumwolle Feuer fing und zwei Seeleute verbrannten, oder wie sich die Ladung Holz entzündete und vier verkohlten, oder wie die Ladung Methangas explodierte und alle draufgingen bis auf einen, ihn nämlich.

— Echt übel, wenn man der einzige Überlebende ist.

Mit diesen Worten schloß er regelmäßig seine Todeslektionen.

Avgoustis Junior, der zwischen fünfzehn und siebzehn aus Verehrung für den Sänger Papakonstantinou zehnmal die CD *Kreuz des Südens* gekauft und sie aus Haß auf seinen Vater genauso viele Male wieder kaputtgeschlagen hatte, verfluchte in seinen ersten Tagen die Schar der muskelbepackten Männer. Er hatte schnell erkannt, daß Action, Abenteuer und exotischer Firlefanz keinen Platz an Bord hatten, da tagsüber das Matrosendasein auf dem eisernen Narrenschiff alles andere als ein Zuckerschlecken war und nachts kaum etwas anderes blieb als das einsame Solostück auf dem Wunderhorn. Doch ein paar Wochen später hatte er an den Männern auf dem Schiff schon etwas Gefallen gefunden, sogar an Siakantaris, dem wandelnden Kochbuch, der dem alten Kapitän wie eine fromme und treue Ehefrau zur Seite stand und der ihm im ersten Monat verboten hatte, auch nur in die Nähe der Herdplatten zu kommen, nunmehr hingegen sagte: Hör mal, Bürschchen, mir ist grade nicht gut, mach dem Kapitän doch sein weiches Ei, einfach Wasser heiß machen, das Ei reinwerfen, ein Vaterunser beten und die Sache ist geritzt.

Griechen, Rumänen und Russen hielten das Schiff blitzsauber, besser als Hausfrauen, flickten mit geschickter Hand die Wäsche, waren Mägde in eigenen Diensten und zugleich Malocher vor dem Herrn, unter dem Joch seines Vaters, des greisen Freaks, der das Altwerden sabotierte.

Während er sich zur Persenning hinabbeugte, flatterte sein langes, weißes Haar im Wind und glänzte im nachmittäglichen Sonnenlicht. Kazas näherte sich. — Käpt'n, brauchen Sie Hilfe? fragte er.

— Schiff ist klariert, Maritsa und ich haben es gut hingekriegt, die Arbeit mußte erledigt werden, denn morgen schlägt das Wetter um, entgegnete der Alte und erhob sich.

Das grüne Meer und die goldenen Bruchstücke des Himmels, die der Vater nicht erkennen konnte, erblickte der Sohn, der an seiner Seite stand, während er sich in Erinnerung rief, welche Blinden er sonst noch kannte, Ray Charles, Stevie Wonder und ein paar aus der Antike, den Seher Teiresias oder Kalchas, die beiden verwechselte er immer, dann denjenigen, der in einer altgriechischen Tragödie mit seiner Mutter schlief, und seinen Vater natürlich, der war auch urtümlich, die Griechen schossen gern übers Ziel hinaus und produzierten immer weiter Antikes und Ruinen, dachte er und mußte zugeben, manchmal waren sie darin sogar unschlagbar.

— Kazas, wenn du ’nen Film übrig hast, mach ein paar Aufnahmen für deine Freundin, als Erinnerung an die Teufelskerle und an diese Meeresgegend, sagte Avgoustis nachdenklich.
— Ich hol schnell den Fotoapparat und trommle die Leute zusammen, gehorchte der Sohn rasch, und zehn Minuten später verließen alle, die Freiwache hatten, ein paar bereitwillig, die meisten jedoch zähneknirschend, ihre gemütlichen Kojen, verwandelten sich ihrerseits in Maritsas entlang der Reling, wobei das Deck unter den Saltos und Tae-Kwon-Do-Figuren stöhnte, bis die ganze Truppe sich zu einer Aufnahme zusammenfand, wobei sie alle, nach hinten auf die Ellenbogen gestützt, in die Kamera blickten, und über ihnen flatterten die vom Wind gepeitschten Unterhosen.
Sascha erklärte sich bereit, das Fotografieren zu übernehmen, damit auch der Steward auf einem Gruppenbild Platz fand, einmal als Teil eines akrobatischen Quartetts, dann zweimal im Duo, einerseits mit dem Wunderkater, andererseits mit dem Kapitän, der auch eine Soloaufnahme wünschte, um sie dem Hüter des Vaterlandes, wie er Kazas erklärte, zusammen mit seinem Taschengeld zu schicken.
Es war ein schöner Nachmittag, die dunkelgrüne See nahm eine violette Färbung an, die goldenen Himmelsbruchstücke verfärbten sich rosa, und im darauffolgenden Sonnenuntergang brach die Mannschaft auf zum Abendessen, wo sie von Persischem Pilaw und Kartoffelkroketten erwartet wurde.
Zwei Stunden später nahm Siakantaris an, der Kapitän werde wohl die mit der Kapitänswürde verknüpften bürokratischen Pflichten erledigt haben, und bereitete das Speisentablett vor, und, obwohl er es liebend gerne selbst serviert und von Kyriaki im Frühling erzählt hätte, verzichtete er

großmütig zugunsten von Kazas, dem er auftrug und zugleich ans Herz legte: Ist er schlecht drauf, dann stell ihm alles hin und komm wieder her, ist er jedoch gut drauf, dann setz dich zu ihm, das tut ihm gut, dein Anblick hilft ihm, das Unkraut zu vertilgen, das immer wieder aus seiner Vergangenheit hochschießt, seine Familiengeschichte ist für ihn wie ein Dornenwald.

Ein Dornenwald oder ein Trümmerfeld? Ein Trümmerfeld oder ein Zwangslager, wo sein Vater als Folge seiner Verfehlungen der gerechten Strafe durch Blendung unterworfen wurde?

— Kämm dir die Haare und geh.

Auf dem Tablett standen die Speisen für den Kater und den Alten mitsamt zweier grüner Blätter, Limettenblätter, laut Siakantaris: Ich heb im Kühlschrank solche Sachen für ihn auf, ich verwöhne ihn, weil er's verdient hat.

Der Sohn, der die Enthüllung seiner Identität von einem Tag auf den anderen verschob, überlegte, ob er an diesem Abend wohl den Mut fände, dem Alten reinen Wein einzuschenken, sich seiner Wut zu stellen, seiner Überraschung, möglicherweise auch einer plötzlichen Ohnmacht oder einer jähen Herzattacke, so daß ihnen bei aufkommendem Sturm vielleicht der Kapitän abhanden kam, und fast wünschte er, den Alten schlafend vorzufinden, doch er war wach, lauschte Frank Sinatra und strickte an einem gelben Schal.

— Seine Anzüge paßten perfekt zu seinen Augen, und auch seine Lieder waren ihm auf den Leib geschneidert, meinte er und deutete auf den Kassettenrecorder. Das zumindest sagen die Frauen über Sinatra.

— Ihre Gattin etwa?

— Nein, eine andere. Sie heißt Litsa.

— Ach ja, die Kleinasiatische Katastrophe und Litsa Tsichli, die Sie vor ein paar Tagen erwähnt haben, erinnerte sich der Sohn mit leiser Stimme, während er Maritsa servierte.
— Litsa Tsichli. Ehrlichkeit im Blick und Leidenschaft im Leib. Und ihr Herz war so offen und hingebungsvoll, ein Segen für jedes Haus. Eine alte Geschichte, seufzte Avgoustis, ließ Nadel und Strickzeug sinken, lehnte sich im Sessel zurück und schloß die Lider.
Und der Sohn fragte sich, wer diese Frau wohl war, die in Kleinasien oder in Sinatras Amerika lebte, falls sie noch am Leben war, wann sie seinem Vater begegnet war, vor der Heirat oder danach, wie lange es zwischen ihnen ging, welche Rolle das familiäre Elend gespielt hatte, ob seine Mutter die Geschichte kannte – all das ging ihm durch den Kopf, während er aus dem leise gestellten Gerät weitere drei Lieder hörte, *I did it my way*, das konnte man wohl sagen, *New York, New York*, dort wollte er keinen Fuß mehr hinsetzen, und *Strangers in the Night*, das traf genau auf sie beide zu. Tja, du und ich, Papa, so wollte er ansetzen und endlich auch alles andere loswerden, doch der Anblick eines Menschen, der sich dem Trommelfeuer der Musik schutzlos hingibt, bis tief unter die Haut, bis tief in die gelbbraunen Adern seiner Hände, die unter der runzeligen Schale eines alten Granatapfels zu pulsieren scheinen, dessen Brust wie die Große Trommel vibriert und dessen wertlose Augen hinter den geschlossenen Lidern wie besessen hin und her rasen, raubte ihm alle Kraft und versiegelte ihm den Mund. Die manchmal so heftige Wirkung der Musik kannte er gut, auch aus eigener Erfahrung.
Hatte er Mitleid mit ihm? Beneidete er ihn? Wer zum Teufel war diese Litsa, deren Bild aus den Tiefen der Erinnerung

immer wieder auftauchte, hochgespült, wie auch an diesem Abend, von der Druckwelle einer vor langer Zeit versenkten Seemine, so daß ein Mann, der in seinen Augen ein halbverrückter, verhaßter und machtbesessener Diktator gewesen war, in seinem Sessel plötzlich die Gestalt eines Heiligen annahm?

Er erinnerte sich an seine Ex, mit der er zwei Jahre zusammengewesen war und von der er sich vor drei Monaten getrennt hatte, kurz bevor er sich auf die Reise ins Wunderland der Nautik begab. Er konnte nicht länger ertragen, mit welcher Manie sie alles und jedes analysierte, psychologisierte und kritisierte, die Großmutter, die Mutter, die Tante, seine Mutter, seine Drums, die Verse, die er schrieb, Ian Curtis und John Bonham, die Bücher, die er las, wie er Spaghetti kochte, wie er seine Souvlaki aß, wie er sich kleidete, warum er auf den Händen ging, warum sie nicht miteinander geschlafen hatten, was er morgen zu ihr sagen würde und was es zu bedeuten hatte. Sie war ein Quälgeist, zerpflückte jede Kleinigkeit und verkündete ihr Urteil, und sie wartete nicht auf die nächsten Ereignisse ihres Lebens, um sie zu erleben, sondern bloß, um sie zu zerreden.

Litsa Tsichli also. Ehrlichkeit im Blick? Leidenschaft im Leib? Und ihr Herz so offen und hingebungsvoll, ein Segen für jedes Haus? Wo lag dieses Haus? Wo gab es solche Frauen?

Er nahm ein Limettenblättchen vom Tablett und zerrieb es zwischen den Fingern, worauf sich die Kajüte mit seinem Duft füllte. Er steckte es in das kleine Glas zurück. Ihr Essen ist kalt geworden, nur das brachte er heraus, wünschte gute Nacht und ging, und gar nicht mal unverrichteter Dinge. In den vergangenen zwanzig Minuten hatte nicht er seine wahre Identität enthüllt, sondern sein Vater in einer Art Seelen-

striptease. Warum hatte der Alte ihm gegenüber sein geheimstes As aus dem Ärmel geholt?
Er wollte schnurstracks zu seiner Kammer laufen, reglos in seiner Koje liegen und an nichts denken, doch die Gedanken verselbständigten sich. Da waren Stefania, Flora, Litsa. Die Weiber würden auch seinem Alten noch eine Weile nicht aus dem Kopf gehen, und hätte er dem Sohn weitere Einzelheiten offenbart, hätte er ihn noch mehr verblüfft, denn zu Augen, Leib und Herz wären noch mehr Eigenschaften seiner in Schwermut gealterten Sirene hinzugekommen: die Sanftmut der Arme und der Frohsinn der Brüste, die Barmherzigkeit des Hinterns und die Feierlichkeit der Schenkel.

Guten *Morgen. Mein Name ist Dimitrios Avgoustis, Kapitän der Handelsmarine. Ich war lange auf See und habe gestern abgemustert. Sie wundern sich wahrscheinlich, was ich so früh in einem Damenfrisiersalon suche. Gerade habe ich das Grab meiner Mutter besucht, die vor zwei Jahren verstorben ist, und dabei habe ich entdeckt, daß dort weiße Haarlocken hervorsprießen. Ihre Haare wachsen immer noch. Im Ernst, mein Fräulein. Den Pfaffen habe ich nichts davon gesagt, mit denen will ich gar nichts zu tun haben.*
Er fragte mich, ob ich sofort etwas unternehmen könnte, er wohne in einer ganz anderen Gegend und habe natürlich keine Schere dabei. Ich war in doppelter Hinsicht verstört. Er war ein so schöner Mann, daß ich in dem Augenblick sowohl an Gott glaubte als auch an Mitsos. Wir waren beide

genau gleich groß und blickten uns geradewegs in die Augen. Bei der Arbeit war ich 1,68 m groß, zu Hause in flachen Schuhen nur 1,64 m, wenn ich dann noch den zweifach hochtoupierten Haarknoten löste, büßte ich nochmals acht Zentimeter Körpergröße ein, und so kam es, daß er mich um einen Kopf überragte, als wir ein Paar wurden. Und auf diesen Größenunterschied legten wir beide Wert.
Dann habe ich den Gaskocher abgedreht und das Mokkakännchen von der Flamme genommen. Nachdem ich mein Zubehör in die Handtasche gesteckt hatte, fiel mir ein, ich könnte noch eine Handvoll Kalk aus der Toilette mitnehmen, und folgte ihm zum Agios-Lazaros-Friedhof zwei Häuserblocks weiter.

So hat sie begonnen, unsere Liebesgeschichte. Alles fing mit dem Auftrag an, Haarlocken zu schneiden, die aus einem Grabdeckel sprießten. Deine Großmutter war tot, doch ihre Haare lebten weiter. Ich hab's übernommen, ihrer Seele die ewige Ruhe zu schenken.
Der Agios-Konstantinos-Friedhof war aufgelöst worden, und der zum heiligen Lazaros war noch ganz neu, ein baumloser Acker. Eingeweiht wurde er von einem Friseur unserer Stadt, ein Kollege, der es an der Leber hatte, der wurde '57 begraben. Die wenigen Toten setzte man damals noch in Erdgräbern bei. Die einzige Zierde war eine Reihe schräger Ziegel, die man rundherum aufreihte. Deine Großmutter war – als Mutter eines Kapitäns – eine von ganz wenigen, die unter einer dünnen Schicht Marmor lagen.
Ich habe noch keiner Frau das Haar versengt, weder durch falsche Behandlung noch durch Unachtsamkeit habe ich je eine Kundin verprellt, alle zweihundert Häupter, über die

ich geherrscht habe, sind mir treu geblieben. Zunächst mal schnitt ich andächtig ganz knapp an den Fugen der Marmorplatte entlang und versiegelte sie danach mit Kalk. Danach habe ich die Haare in einem Taschentuch eingesammelt und sie neben der Spinnenpflanze eingegraben, die ihr Grabkreuz überwucherte.

Und das war's dann auch, die Verstorbene hat meine Dienste nicht wieder gebraucht. Später habe ich erfahren, daß das Spinnenpflänzchen damals, im Jahr 1922, als Souvenir aus der alten Heimat nach Griechenland gelangt war, damals gerade drei Zentimeter hoch und gut versteckt an ihrem Busen, als sie von den Türken aus Adzanos vertrieben wurden. Es bekommt keine Blüten, nur kleine rote Beeren, die aussehen wie winzige geröstete Kichererbsen. Eine Woche später brachte mir Mitsos eine Handvoll davon mit. In seinen Augen konnte ich sehen, wie wichtig es ihm war, und so verteilte ich das Gewächs aus Kleinasien auf sechs Blumentöpfe, die alle im Frisiersalon Platz fanden, der sich dadurch in einen dichten, doch zarten Dschungel verwandelte.

Auch mein Taufname hatte Bedeutung für ihn. Sein Vater hieß Triantafyllos, und sein Mädchen Triantafyllia, in der Verkleinerungsform Triantafyllitsa, und in der Kurzform Litsa. Das hat was zu sagen, das konnte kein Zufall sein.

Als vor ein paar Jahren auf einmal keine Briefe mehr von ihm kamen, dachte ich, ich bin vergessen, so, als wär ich schon tot. Und mir verging die Lust auf meine Arbeit. Da habe ich mich und meine Haare vernachlässigt. Ich sperrte den Salon erst am späten Vormittag auf. Die neuesten Frisuren führte ich erst mitten in der Saison ein. Heiratsanträge wies ich zurück, genauso wie Geld und Gewinn.

Schließlich habe ich den Frisiersalon einem armen, aber netten Schwulen, wie er im Buche steht, übergeben, der von der ersten Volksschulklasse an eine Schwäche für Spitzendeckchen hatte. Allzu Männliches paßt nicht zu Argyris, er ist ein fabelhafter, zurückhaltender Mensch und ein überzeugter Linker. Ein Jongleur mit der Schere, er achtet unser Handwerk und kümmert sich rührend um alle meine alten Kundinnen und meine alten Pflanzen.
Zuckerrohr paßt nach Kuba. Palmenhaine stehen in Afrika. Griechenland ist voll von Olivenhainen, doch in Elefsina herrscht die gelbe Marguerite. Aber in meinem Land steht die Spinnenpflanze hoch im Kurs. Ihr Hauptsitz ist die Küche, die sie in einen moosgrünen Stollen verwandelt hat, und sie überwuchert alle Wände, ja sogar die Decke. Auch ich, Litsa, bin eine Spinne, obwohl sich in meinen Netzen noch keiner verfangen hat.
Keine seiner Fußspuren ist auf dem Flaum des Teppichs zurückgeblieben, so daß ich mich bücken, sie betrachten und die plattgedrückten roten Knötchen aufsammeln könnte. Ich mochte sie sehr, seine Fußspuren.
Im vorigen Jahr war der August heißer als in Afrika und der Dezember kälter als in Rußland. In diesem Jahr läßt der Juni nichts zu wünschen übrig. Nur auf dem Platz in unserem Viertel, der vor Leuten überquillt, haben die Gärtner der Stadtverwaltung durch den Streik die Zeit vertrödelt, und die Blumenrabatten sind noch immer nicht bepflanzt.
Bei mir ist alles zur rechten Zeit erblüht. Die Stiefmütterchen lieben mich. Obwohl ich dieses Jahr mit meinen geschwollenen Knien weder gut düngen noch die Erde umgraben konnte, sind sie von ganz allein doppelt so groß geworden. Auch das Basilikum duftet noch mal so stark. Sellerie und

Petersilie wachsen unbeeindruckt weiter, obwohl sie in meiner Küche keine köstlichen Speisen mehr würzen.
Alles, was im Garten wächst, liebt mich. Das ganze Haus liebt Litsa. Ein gutes altes Haus, drei Zimmer ohne Meerblick, nicht mal ein Fluß fließt draußen vorbei.
Da ich gerade von Europa rede, erzähle ich Dir von Beethoven. Das ist jetzt zwanzig Jahre her. Es war in der Osterwoche, als ich der kleinen Studentin die Haare geschnitten habe, Du weißt schon, die mit den Romanen. Im Radio spielten sie ein imposantes Musikstück und obwohl es ohne Worte, ohne Handlung war, wurden mir die Knie weich.
Die junge Frau war gebildet und wußte über Hinz und Kunz Bescheid und erklärte mir, was es war: die Siebte Symphonie von Beethoven. Erst erzählte sie mir von ihm, dann schenkte sie mir die Platte, und immer wenn ich von den Schlagerliedchen, die von Liebe und Leid singen, genug habe, dann lege ich sie auf.
Anna. Jurastudentin damals, jetzt in London, verheiratet mit einem Journalisten aus Zypern. Die mochte mich richtig gern. Sie hat mich genau so fotografiert, wie ich es von ihr wollte, damit ich Mitsos das Bild schicken konnte, auf dem seine Litsa mit schneeweißem Gesicht den Geisha-Kimono trägt, den er mitgebracht hatte, oder das Bild, wo seine Litsa genau unter dem nicht vorhandenen Balkon steht, denn er und ich hatten besprochen, daß wir einen brauchten, wenn wir ein Stockwerk draufbauten – für die Familie, die wir gründen wollten.
Eine Aufnahme nach der anderen haben wir gemacht. Mit offenen Augen dann die Widmung: Meine kastanienbraunen Augen und mein nettes Lächeln auf ewig Dein. Und mit geschlossenen Augen die Widmung: Während ich von Dir träume. Am gedeckten Tisch sitzend dann die Widmung:

Während ich ein Spiegelei esse. Vor dem Rosmarinstrauch: Litsa beim Zubereiten von Stifado. Und mit einem Bund Gartenminze in der Schürze: Litsa beim Vorbereiten der Hackfleischklößchen.
Sobald die Kleine merkte, daß der geheimnisumwitterte Liebhaber verheiratet war, begann sie mich zu verspotten: dumme Litsa. Doch nachdem bei ihr selbst ein paar Liebesgeschichten schiefgelaufen waren, begann sie mich zu respektieren und für mich Partei zu ergreifen.
Auch eine andere Studierte, die Poulopoulou, Abteilungsleiterin am Finanzamt, eine Geschiedene mit Männerhaarschnitt, erklärte mich für verrückt.
Du brauchst einen Psychiater, sagte sie zu mir. Ich brauche Mitsos, antwortete ich unhörbar und frisierte sie sorgsam, bis ich erfuhr, daß sie sich von ihrem Macker, einem Parteifunktionär der Konservativen, vermöbeln ließ.
Eine pensionierte Lehrerin, die Kundin, die mir damals den Heiratsantrag überbracht hatte, war zu ihrer Zeit zur Hochschule gegangen. Eine herzensgute Seele, kindlich mit den Kindern, erwachsen mit den Erwachsenen, mit altmodischer Frisur, dreißig Jahre derselbe Haarschnitt. Nur zum Namenstag ihres Mannes wollte sie was Ausgefalleneres haben.
Oft frage ich mich, was die gebildeten Frauen wohl so denken. Und wie sie es denken. Mit welchen Worten.
Ist Dir vielleicht langweilig mit mir geworden? Schau, auch der Langeweile mußt Du einen Platz in Deinem Leben geben. Was soll ich sagen, wo ich ständig mit ihr zu tun habe?
Geh noch nicht, Du bist doch gerade erst gekommen. Und bleib nicht an der Tür stehen, sonst denke ich immer, Du hast es eilig fortzukommen.
Gar nicht angerührt hast du Deinen Kaffee und Dein Obst.

Es stört mich nicht, wenn Du still bist. Du mußt nicht reden. Komm, schäl Du die Orange, und laß mich ihren Duft genießen.

Ich, die dumme Litsa, hab immer von seiner Heimkehr geträumt.
Dann wären wir zusammen, und altersbedingt hätte er bestimmt Probleme mit der Potenz. Dann würde ich sagen, Litsa, du hast ihn in den feurigen Jahren erlebt, wie er dich hingestreckt und mit seinem Maschinengewehr bombardiert hat, jetzt hab ihn doppelt so lieb, wo Schlachten und Gewehrsalven seltener werden. Dein Vater hat meinem Schoß wahre Festtage bereitet. Aber ich werde es nicht erleben dürfen, für ihn mitten in der Nacht einen Arzt zu rufen, um ein EKG *machen zu lassen.*
Die Jugendjahre sind vorbei, überwunden. Nur mit dem Alter hab ich keine Erfahrung. Ich verpasse all das, was diejenigen teilen, die gemeinsam alt werden. Seine Tränensäcke zu lieben, seine Wangen, rauh wie Gerstenzwieback, seine falschen Zähne, wenn er lacht, sein lückenhaftes Gedächtnis, die Pausen in seinen Sätzen, wenn ihm das richtige Wort nicht einfällt, seinen langsamen Schritt, seine Hände, die nicht mehr wie früher über meinen Hintern und meine Schenkel streicheln.
Als ich ihn zum letzten Mal sah, muß er mich gegen halb neun zum Abschied geküßt haben. Kurz vor neun wird er wohl hinter der Straßenbiegung verschwunden sein. Dann habe ich wohl bis halb zwölf reglos wie ein Stück Holz auf der Türschwelle gesessen. Nach Mitternacht war es, als ich ein Stückchen Apfelschale aufhob, das am hinteren Bein seines Stuhles klebte.

Die hielt ich in meiner Hand, bis sie faulig wurde, drei ganze Tage lang.

– Flora, du kannst nicht beides haben. Löffel und Gabel passen nicht zusammen in den Mund. Du mußt dich entscheiden. Sieben Jahre warte ich jetzt schon.

Das war der einzige Satz der Erwachsenen, zwischen der Mutter und dem Nachbarn, der aus dem Wohnzimmer an sein Ohr gedrungen war, damals, als er sechs Jahre alt war, und das Gehörte erschien ihm vollkommen unglaublich. Auf Zehenspitzen schlich er in die Küche, nahm Löffel und Gabel, steckte beides in den Mund, zusammen mit einem halben Keks. Die Metallgegenstände erlaubten ihm weder zu kauen noch zu schlucken noch zu atmen, sie verursachten ihm eine solche Übelkeit, daß er meinte, gleich würde sich sein Magen umdrehen.

Seine Schwestern waren auf einer Geburtstagsparty, und an jenem Nachmittag spielte er schon seit dem Morgen allein im Wohnzimmer. Doch er konnte sich weder auf das Puzzle noch auf sein Feuerwehrauto konzentrieren, da seine Mutter Kartons durchwühlte, Büffets auf- und zumachte, Schranktüren zuschlug, hin und her ging, Kleider an- und wieder auszog, einmal ein auffälliges, sehr langes und glänzendes Tuch mit Silberkügelchen, wobei sie murmelte, damit sehe ich ja aus wie ein Harlekin, dann wieder ein braunes samtiges Kleidungsstück, wobei sie entnervt stöhnte, darin sehe ich ja aus wie ein Bär.

Schließlich empfing sie ihren Besucher in Alltagskleidung.

Den Sohn schickte sie in sein Zimmer, er solle in seinem Schreibheft üben und die Kuh noch mal ausmalen, doch irgendwie spürte er, daß im Wohnzimmer etwas Seltsames vorging. Der Fernseher blieb stumm, dann hörte er, wie etwas zu Boden fiel und zerbrach. Er stieß die Tür halb auf, der Nachbar sprach über Löffel und Gabel, und als er kurz danach ging, kehrte seine Mutter, bevor die Mädchen nach Hause kamen, einige goldfarbene Stückchen auf, die verstreut auf dem Parkett lagen.
Mister Limojannis, die Knalltüte mit den farbbekleckerten Fingern und den riesigen Knopfaugen, war zwei- oder dreimal zu ihnen nach Hause gekommen, so oft hatte es zumindest der Kleine mitbekommen, um nachzusehen, ob die braunen Küchenschränke in einer helleren Farbe gestrichen werden könnten, was jedoch nie geschah, oder um auf dem Balkon eine Pergola auszumessen, die er schließlich aufbaute, doch weder damals noch in den Jahren danach pflanzte seine Mutter je eine Ranke, die ihre Existenz gerechtfertigt hätte.
Als er ein wenig älter wurde, dachte er immer wieder an diese Szenen, hatte den Eindruck, *live* dabeizusein, den ganzen Vorlauf mitzuerleben, wie seine Mutter drei Stunden im Frisiersalon verschwand und mit zwei seitlichen Locken zurückkehrte, die starr wie Ohrringe bis zu ihrer Schulter baumelten, und alles Spätere, die zerbrochene Teekanne, die zur Hälfte geleerte Whiskyflasche, ihre roten Augen, ihre Gereiztheit.
Eine ganze Weile beobachtete er sie, wie sie hektisch durch die Zimmer marschierte, den ganzen Tag lang, wortlos mit einer Tasse Kaffee und einer Zigarette in der Hand, und er, damals sieben, acht oder neun, meinte, daß es wohl Leute

gab, die dazu verurteilt waren, ihr ganzes Leben lang die Augenbrauen zu runzeln und die Lippen aufeinanderzupressen, so wie seine Mutter, die jähe Zornesausbrüche hatte, und zwar nie seinen Schwestern gegenüber, die ohnehin nicht auf sie hörten, sondern nur ihm gegenüber. Warum mußt du, verdammt noch mal, die Makkaroni einzeln essen?

Seine Makkaroni aß er einzeln, seine Erbsen spießte er immer zu zweit auf die Zinken seiner Gabel, Linsen zählte er jeweils zu dritt auf dem Löffel ab, voller Hingabe für die Arithmetik des Essens, klein wie er war und gequält vom Chaos, das sein Kinderhirn heimsuchte.

— Wir fahren ans Meer. Trag den Schirm und die Liegematten zum Wagen.

Am Strand von Voula hantierten seine Schwestern mit Sonnenbrillen und Sonnencremes und verlustierten sich mit ein paar blöden Mackern, und er ging ins Wasser, hielt sich die Nase zu, schloß die Augen, machte einen Hechtsprung ins seichte Wasser und wartete vergeblich auf das Lob seiner Mutter. Es folgte ein zweiter Hechtsprung, ein dritter, ein Purzelbaum rückwärts, er plantschte und plusterte sich auf, doch sie zeigte keinerlei Regung. Sie saß am Strand in ihrem Badeanzug, wieder die Tasse Kaffee und die Zigarette in der Hand. Komm auch schwimmen, Mama, komm auch schwimmen, Mama. Anfänglich rief er sie sehnsüchtig, dann bittend, zehnmal, fünfzehnmal, als könne er keinen anderen Satz mehr sagen, schließlich flüsterte er ihn fast tonlos vor sich hin, und als er schon sein Unterhemd und die Flipflops angezogen hatte und ihr zum Wagen folgte: Komm auch schwimmen, Mama. Selbst als sie zu Hause waren, wo er nicht am Tisch mit den Frauen aß, sondern allein auf dem

kleinen Küchenbalkon vor dem Teller mit seinen Frikadellen saß, nunmehr ohne Klage, ohne Zorn und voller Angst vor der vagen, aber ernsten Sache, die hier vorging.
Also hatte es irgendwann eine Zeit gegeben, da hatte seine Mutter einen anderen Mann begehrt und sein Vater eine andere Frau, doch sie trennten sich nicht, und so mußten alle anderen den Kopf dafür hinhalten.
Der Nachbar wurde bucklig und alterte einsam. Manchmal sah er, wie er seine kleine Veranda schrubbte oder beim Bäkker Zwieback und Fruchtsaft einkaufte; und diese Litsa mußte, wenn sie noch lebte, tja, auch so ein verzweifelter Fall sein, aufgenommen in die lange Liste der Opfer seines Vaters. Ob sein Vater von dem Farbenhändler wußte und seine Mutter von Litsa? Und warum hatte sein Vater gerade ihm von dieser Frau erzählt?
Daß ein Kapitän die Sklaven an Bord von oben herab behandelte, sei ehernes Gesetz, das autoritäre Verhalten eine Art Schutzschild, so hatte es ihm der elende Flertakis während seiner halbstündigen Einführung in das Leben der Seeleute erläutert. Die meisten Kapitäne aßen nur zu Weihnachten oder zu Ostern mit der Mannschaft, und viele ungehobelte Typen, heute achtunddreißig- oder vierzigjährige Schiffsführer, zeigten sich ihren Leuten nicht mal dann mit ein paar Segenswünschen. Das hatte Avgoustis Junior von den leidgeprüften Russen, Rumänen und natürlich auch vom Smutje erfahren, dem treuergebenen Gefolgsmann seines Vaters.
— Kennen Sie eine Litsa Tsichli? hatte er ihn ganz unschuldig und beiläufig gefragt.
— 'ne neue Sängerin? entgegnete der ahnungslose Küchenchef.
— Mhm, 'ne ganz tolle.

Selbst der Smutje, als enger Vertrauter seines Vaters, wußte nichts von ihrer Existenz. War es vielleicht eine uralte Affäre, und sprachen die beiden nur über die späteren Liebschaften miteinander? Oder hatten sie den Überblick über die richtige Reihenfolge verloren?

Warum hatte der Alte einem Neuling an Bord etwas so Intimes erzählt? Hatte er kürzlich eine schlimme Nachricht über die arme Frau erfahren? Fiel es ihm leichter, sich einer Zufallsbekanntschaft gegenüber zu öffnen? Oder war in ihm jäh der väterliche Instinkt erwacht? Wenn sie eine Schlange ist, sieh zu, daß du sie los wirst, so schnell es geht; wenn sie es wert ist, dann sieh zu, daß du sie nicht verlierst, so lauteten die Worte seines Vaters bei ihrer ersten kurzen Unterhaltung, als er dem Alten die Lügengeschichten über die Grafikerin, die es gar nicht gab, auftischte.

Litsa, die es tatsächlich gab, mußte etwas ganz Besonderes sein, da die ungetrübte Erinnerung an sie immer noch in der Mitte des Ozeans trieb.

Distanz entsteht schließlich nur im Kopf. Die See treibt diejenigen auseinander, die sich auch an Land getrennt hätten, und sie vereint diejenigen, die in jedem Fall, aus Haß oder aus Liebe, zusammengeblieben wären.

Um ein Uhr früh ging Antonis Avgoustis, der seine Gedanken die ganze Zeit über mit dem Rhythmus seiner auf den Bauch trommelnden Handflächen untermalt hatte, schließlich zu einem Finale à la Lars Ulrich von *Metallica* über und beschloß, nicht mehr über all die älteren Leute nachzudenken, die ihr Leben kaputtgemacht hatten.

Er dachte an Maritsa. Sein Vater arbeitete, aß, sprach und schlief tatsächlich mit einem Kater, den er nie in seinem Leben gesehen hatte. Und von Maritsa wanderten seine Ge-

danken zu Lora, für die er den Kater so oft fotografiert hatte, die Möwen ebenso und die Kormorane; für seine Nichte, deren Geburt vor fünf Jahren seine Mutter so sanft und zärtlich werden ließ, wie sie es ihm gegenüber nie war. Mittlerweile hatte die Kleine ihm bestimmt die Drums kaputtgemacht, die Hefte der Zeitschrift *Metal Hammer* durcheinandergeworfen, genauso wie die Notizbücher mit seinen verdammten Versen und die Bücher mit den verdammten Dichtern, all seine verdammten Besitztümer.
Draußen schwoll die See an, *Ocean Route* sagte für den nächsten Tag Nordwestwind an, Windstärke sieben und fünf Meter hohe Dünung. Zum Glück schlief er schnell ein.
Der Palmsonntag brachte Regen und Wind.
Und Wellen mit Flügeln.

33% der Unfälle auf See passieren aufgrund der Witterungsverhältnisse, 14% durch Stranden, 12% durch Zusammenstöße, 20% durch Brände, 2% durch Maschinenschaden und 19% aus anderen Gründen.
Kollege Mistwetter tauchte zur angekündigten Zeit auf, und Mitsos Avgoustis eilte ihm entgegen. Es war ihm, als befände er sich auf dem Berg Athos, auf einem Klostergut der heiligen Jungfrau, und betrachte von dort aus den in der Ferne funkelnden, blendendweißen Gipfel des Olymp und sende, inspiriert von der Pracht des Schnees, aus tiefstem Herzen ein Gebet und Trankopfer sowohl an die antiken Götter als auch an die Muttergottes.
Der Frühling in Griechenland veranlaßte ihn, das Gebet mit

den tausend duftenden Blüten der Frühlingswellen zu beginnen, und der Herbst der südlichen Halbkugel veranlaßte ihn, es fortzusetzen mit den verfluchten Regengüssen, die ihre Angriffswelle begannen, und es zu beenden mit dem Gelübde, das bis dahin stets geholfen hatte: ein weiterer goldener Ring für die heiligen Finger seiner Madonna, der Schmucktragenden.

Am Karmontag, den 21. April, erreichten sie Colombo bei Schlechtwetter, nahmen die Ladung an Bord und legten am Karmittwoch bei anhaltendem Schlechtwetter ab, was bedeutete, daß keins der Gebete gefruchtet hatte. Am Kardonnerstag tobten nachmittags immer noch heftige Regenböen bei schlechter Sicht, immer noch waren alle auf den Beinen und der Kapitän ununterbrochen im Kartenraum sowie an der Seite des jeweiligen Rudergängers. Sie fuhren mit 14,5 Knoten Richtung Singapur, und Gesprächsthema war die Nachricht, ein gewisser Professor Valery Bikov habe Lenin geklont, in Rußland, wo die Mumifizierung einer Leiche dreihundertfünfzigtausend Dollar kostete, mit einer Garantie von zweihundert Jahren.

Siakantaris, der Fastenspeisen überdrüssig, bereitete sich darauf vor, sein ganzes virtuoses Können bei Lamminnereien, Osterlamm am Spieß und Galaktoboureko aufblitzen zu lassen, und auch er betete um gutes Wetter, damit sie Ostern auf dem trockenen und sonnenüberfluteten Oberdeck feiern konnten, das war allen ein Bedürfnis.

Wie jedes Jahr um diese Zeit hatte er drei Kartons Eier rot gefärbt, mit einem öligen Stofftuch poliert und die Offiziers- und Mannschaftsmesse damit geschmückt, ein Teller kam in die eine und zwei in die andere, und er hatte an die Ostertage in seinem Dorf gedacht, als ihn seine Mutter dazu anhielt, jedes Ei einzeln vom vertrockneten Hühnerkot zu befreien, und er, damals acht oder zehn, ein kleiner Sturkopf und Faulpelz, hatte sich geekelt und erwidert, Küchenarbeit sei nur was für Frauen, worauf er eine Backpfeife einheimste, die ihn zum Schweigen brachte.

Das erzählte er Kazas, während er die funkelnden und ungeduldig auf ihren Einsatz wartenden Bratenbleche und Spieße begutachtete und auf das Aufkochen des Mokkas wartete, der zum frugalen Abendessen des Kapitäns gehörte wie Oliven, Zwieback, Tee und Apfelkompott. Er wollte es ihm selbst servieren. Er war so vertraut mit ihm, daß er es sogar wagte, ihn an den Tisch zu zwingen, denn in der letzten Zeit vergaß der störrische Alte alles über seinen Sorgen, aß wie ein Spatz, so daß Hosen und Hemden schlotterten, an die fünf Kilo mußte er abgenommen haben. Der Kapitänleutnant war bei ihm, gemeinsam konsultierten sie die elektronischen Karten. Und der Leitende Ingenieur meinte, nachdem er einige Eintragungen in das Maschinenlogbuch vorgenommen und die Bestellung von Turbinen-, Achsen- und Zylinderöl überschlagen hatte, er habe am Morgen einen Buckel im Wasser entdeckt, auch der Bootsmann habe ihn gesehen, ebenso wie die Seeleute an Deck. In Fragen des Wunder- und Aberglaubens, der das Festland betraf, waren sie alle ungläubig und gleichgültig, ungleich empfänglicher hingegen waren sie für den Geisterglauben der See: Der Anblick einer Meeresschildkröte bedeutete Unglück.

— Dachtylas, wir haben schon Hunderte gesehen, ohne in Schlamassel zu geraten, sagte Birbilis nachsichtig.

Dachtylas, besser hättest du deine Zunge verschluckt, dachte der Schiffskoch, der stets mit dem Eintreten eines Verhängnisses rechnete, und siehe da, tatsächlich mußte er von den erträumten Psalmodien, Leuchtgranaten und der Ostersuppe Abstand nehmen.

Am Karfreitag ging der Turbolader kaputt, die Ansaugvorrichtung des Motors, die der Ableitung des Abgasstroms diente, funktionierte nicht mehr.

Nachdem sie die Maschinen gestoppt und einige Fässer Öl ins Meer gekippt hatten, um die Wellen zu beruhigen, begab sich der Leitende Ingenieur, ein tüchtiger Taucher, selbst nach unten und fand heraus, daß zwei Zahnräder der Turbine beschädigt waren. Mit dem Zweiten und Dritten Maschinisten spleißten sie in der Not einige Eisenteile, wodurch der Schaden provisorisch repariert war, und so konnten sie mit geringer Geschwindigkeit, bis zu sieben Knoten, weiterfahren und würden mit zweitägiger Verspätung zum Zielort gelangen.

Am Abend, zur Zeit der Karfreitagsprozession, zündeten sich *alle Völker dieser Erde*, wie es im Hymnus heißt, auf dem Frachter erleichtert ihre Zigarette an.

Am Ostersamstag fielen nacheinander beide Generatoren aus, so daß das Notstromaggregat angeworfen und die Beleuchtung heruntergefahren wurde. Die Stromerzeugung beschränkte sich gerade mal auf die Hauptfunktionen des Schiffes, die Osterstriezel wurden noch rechtzeitig fertiggebacken, doch auf die Ostersuppe mußte verzichtet werden. An Deck wurden Petroleumlampen aufgestellt, und der Leidensweg der Elektrotechniker, die ohne viele Worte versuchten, das Unglück zu beheben, schien endlos.

Avgoustis kam seiner Verpflichtung nach, den Oberkapitän der Reederei in Piräus zu informieren, den er gerade noch im Büro antraf. In Griechenland war es früher Abend, und Sala-

mina, wo Flertakis ein Landhaus besaß, lag nur einen Katzensprung entfernt.
— Ihr habt die Generatoren wohl nicht gut gewartet.
— Paß auf, du Pfeife, mit wem du sprichst. Gib in Singapur wegen ’ner Verspätung aufgrund höherer Gewalt Bescheid und sieh zu, daß ich dort Ersatzteile vorfinde, um die Turbine richtig zu reparieren.
— Der Pfennigfuchser wird aus der Haut fahren. Der gibt mir glatt die Anweisung, dich rauszuwerfen.
— Wo ist er gerade?
— Mykonos. Dort feiert er, daß Olympiakos Europacupsieger im Basketball geworden ist. Ohne seine Frau natürlich. In bester Gesellschaft, lauter junge Leute.
— ’ne schöne Art, um den Vater zu trauern …
Flertakis versuchte, Avgoustis zur Vernunft zu bringen, denn Chatzimanolis war imstande, sie alle beide auf die Straße zu setzen, und er selbst war auf seinen Posten angewiesen, er hatte fünf Mäuler zu stopfen und gerade erst den Grundstein zum Doppelhaus gelegt, das er seinen beiden Töchtern zur Verlobung versprochen hatte. Nachdem er noch mal fünfzehntausend Dollar aus Avgoustis rausgeholt hatte, die Kostenbeteiligung des Kapitäns an den Fenstern und Türen deutscher Herkunft für den zweistöckigen Bau, versprach er ihm die Ersatzteile in die Hand, verlangte jedoch Avgoustis’ Wort, daß nach der Silberladung endgültig Schluß sei, und meinte: Lad meinethalben alle Katzen Asiens aufs Schiff und dann mit voller Kraft voraus nach Haus, in unser schönes Piräus, bevor mich der Schlag trifft.
Avgoustis zeigte kein Mitleid.
— Frohe Ostern, du Kanaille. Die Auferstehung krieg ich alleine hin.

Er hatte es wieder einmal geschafft, und zwei Stunden später war das triumphierende Telex auf dem Weg nach Piräus: *Wir haben empfangen das himmlische Licht.*
Doch kaum hatten sie den einen Schaden behoben, trat der nächste ein, es war wie verhext. Kaum waren die Generatoren wieder in Ordnung gebracht, so daß Siakantaris ein Fast-food-Ostermahl, Spaghetti Bolognese, bereiten konnte, wurde ein riesiges Problem festgestellt: Die Kolben des Vorderantriebs waren gebrochen, auch der Propeller war ausgefallen. Sie warfen beide Anker und blieben die ganze Nacht auf den Beinen, während das Schiff bei Windstärke sieben und sintflutartigem Regen manövrierunfähig hin und her schlingerte, die Notbeleuchtung funktionierte zum Glück, und auf der Notruf-Frequenz 500 kHZ, 2128 kHZ und 156,8 MHZ auf Kanal 10 wurden die vorbeifahrenden Schiffe und die Küstenstationen von der Havarie benachrichtigt.
Vier Tagesreisen waren sie noch von Singapur entfernt, und die Kapitänleutnants und ihre Stellvertreter erwarteten von Avgoustis, daß er einen Notruf an die Reederei sandte und Bergungsschlepper anforderte, doch dem Kapitän lag das Gespräch mit dem Oberkapitän und Stiefellecker des hinterhältigen Chatzimanolis noch im Magen, und als er merkte, daß ihn die beiden Kapitänleutnants unter Druck setzen wollten – den einen hatte er dank der weißen Uniform erkannt, bevor er ihn ansprach –, stellte er ihnen die Sache aus einem anderen Blickwinkel dar: Hat nicht jeder von euch zufällig allein in diesem Jahr zehn Videogeräte und zwanzig Seidenteppiche auf die Seite gebracht?
Mitsos Avgoustis verbrachte Stunden am Konferenztisch, ebenso viele Stunden verbrachte er nachdenklich und allein.

In dieser Gegend waren zwar keine Felsenriffe oder Untiefen verzeichnet, doch der Maschinenschaden war irreparabel. Zum ersten Mal seit achtundfünfzig Jahren auf See befand er sich in solch einer Situation, korrekterweise müßte er klein beigeben, Bergungsschlepper anfordern, sich als Kapitän ablösen lassen und die ganze Sache ohne Risiko für das Leben der Mannschaft und das Schiff über die Bühne bringen. Aber sollte er ein solch ruhmloses Ende akzeptieren und sich wie ein geprügelter Hund davonschleichen? Er rauchte eine Zigarette nach der anderen. Er verfluchte seine nutzlosen Augen. Ruhelos wanderte er durch die Schiffsgänge und über die Decks. Er erinnerte sich an den Tag, als er vor zwölf Jahren mit der Vollmacht des seligen Chatzimanolis in der Tasche bei der Versteigerung der fünf Jahre alten ATHOS III, die damals noch SCANDINAVIAN STAR hieß, in Rotterdam zugeschlagen hatte. Das stolze norwegische Schiff war zwangsgepfändet worden, und er hatte als letzter Bieter einen hervorragenden Preis erzielt und in der Folge für alles Weitere Sorge getragen, für die Generalüberholung auf dem Trokkendock, den neuen Anstrich und die Änderung von Namen, Flagge und Nationalität.
Die ATHOS war sein Zuhause und sein Unterhalt, mit ihr hatte er die Welt umrundet, mit ihr hatte er Dutzende Familien ernährt, sie war sein Leben.

Im Morgengrauen saß die Mannschaft beim morgendlichen Tee oder Kaffee und vor den roten Ostereiern, in Todesangst.
Kurz nach sechs gab der blinde Avgoustis eine Order aus, die sowohl grüne Jungs wie auch alte Hasen unter der Mannschaft verblüffte.

– Wir machen Fahrt übern Achternsteven.
Sie lichteten die Anker, der Alte packte seine Taschenspielertricks aus, stellte sich selbst ans Steuer und begann mit dem Manövrieren. Das Getriebe des Schiffsmotors war noch in Ordnung, ringsum waren keine Schiffe in Sicht, mit denen man hätte kollidieren können, er mußte es einfach probieren.
So etwas hatte noch keiner versucht. Doch eine halbe Stunde später lag die verrückte ATHOS mit dem Achtersteven voran auf Kurs. Zwei vorbeifahrende Schiffe, ein russisches und ein israelisches, funkten eine verwunderte Anfrage, nachdem sie schnell ausgewichen waren. Avgoustis antwortete dem ersten mit *Christus ist erstanden, Glaubensbrüder*, und dem zweiten mit *Halleluja, Halleluja, Halleluja.*
Kurz vor sieben fand ihn sein Sohn, immer noch in der Rolle und in den Kleidern des Bordstewards und mit vor Schlaflosigkeit geröteten Augen, auf dem Achterdeck vor. Der Alte hielt Maritsa auf dem Arm und flüsterte: Nur Mut, mein Freund, und bat: Sprich auch du, der du ohne Sünde bist, ein Gebet, damit die Pechsträhne endlich ein Ende hat.
Für Antonis Avgoustis war es eine entsetzliche Nacht, die extremsten Gefühle lagen im Widerstreit in seiner Brust. Furcht. Verantwortungsgefühl. Zorn. Verblüffung. Bewunderung. Sie lagen von der Küste entfernt, und die Funktelefone waren ohne Empfang, und selbst wenn, für ihn gab es kein Mädchen, das er anrufen könnte, den Freunden hatte er sich entfremdet, weder wollte er seine Schwestern beunruhigen noch seine Mutter in Angst und Schrecken versetzen. Gerade in so einer Stunde hatte er keinerlei Lust, Floras Stimme zu hören. Bei ihrem letzten Telefonat vor ein paar Tagen hatte sie gemeint, er lasse die Angelegenheit schleifen,

benehme sich wie ein Idiot, sie hatte ihm an den Kopf geworfen, auch der andere Idiot, Flertakis, habe ihn aus demselben Grund zum Idioten gestempelt.
Stockdunkle Nacht, Regen, hohe Dünung, Schlingern, Geschrei, schwere Stunden, gräßlicher Kopfschmerz. In einem verlassenen Seitenflur stützte er sich auf seine Hände und lief kopfüber den Gang entlang, Geldmünzen und zwei Bonbons fielen aus seinen Hosentaschen auf den feuchten Fußboden, doch zehn Meter weiter mußte auch er dem Seegang Tribut zollen.
Er wünschte, er wäre auf irgendeinem Bürgersteig, dreckig und hundertmal geflickt, egal wo, Hauptsache auf dem Festland. Wir werden ertrinken, dachte er. Ich werde ertrinken. Die Suche nach meinem Vater hat mich hergeführt, doch zum Columbus bin ich nicht geboren. Wenn er doch jetzt, in diesem Augenblick, fort könnte, wo er dumm genug gewesen war, nicht schon in der ersten Woche abzuhauen. Er begab sich auf die Suche nach Trost und Gesellschaft, doch die Umstände waren für Geplauder ungünstig, die meisten trugen ihr Ölzeug und hatten alle Hände voll zu tun, die übrigen schienen seltsam unbeteiligt, voll mit ihrem eigenen Schicksal beschäftigt. Fünf Minuten lang gesellte er sich zum einen Russen, der wie unter Hypnose immer wieder davon anfing, wie vor sieben Jahren in der Ukraine, im Tierpark von Nikolajew, ein bedauernswertes Tigerweibchen verhungert war. Er machte sich davon, gesellte sich zum anderen Russen, mit dem er auf den Grund der Barentssee tauchte, zu den Apparaturen des Unterseeboots, zu den Leuchtsignalen auf dem Sonarschirm – rosa für Kriegsschiffe, blau für Handelsschiffe, grün für Fischerboote. Wieder machte er sich davon, war für zehn Minuten im Schlepptau des einen Rumä-

nen, ein Musterbeispiel an Fatalismus, der mit siebenunddreißig vor lauter Schulden nicht mehr ein und aus wußte und bereit war zu sterben, nur um ihrer Tilgung zu entgehen. Schließlich, kurz vor Tagesanbruch, ging er in die Kombüse hinunter und hängte sich wie eine Klette an Siakantaris, der scheinbar blindes Vertrauen zu seinem blinden Kapitän hatte und die bösen Geister austrieb, indem er zwei Lämmer mit Wein wusch und dabei dem Neuling erzählte, wie man das Fleisch vom Uringeruch befreit. Dem fiel auch nichts Besseres ein, Himmelherrgottnochmal.
Er half ihm dabei, die Lämmer abzutrocknen, auf die Spieße zu stecken und am Hals und an den Beinen mit Draht festzubinden, der Aufwand schien in der Tat gering angesichts viel schlimmerer Sorgen. Danach wusch er sich, zog ein frisches Jackett an und nahm das kleine Tablett für den Kapitän in Empfang. Unbeirrt und unnachgiebig folgte der Smutje Avgoustis' Beispiel, *Hoch erhob'nen Hauptes reiten wir in den Untergang*, und plante, auf dem Vorschiff, das zum ersten Mal nach Lee zeigte, in zwei halbierten Fässern einen Holzkohlengrill anzufachen und dort unter freiem Himmel auf dem rückwärts fahrenden Schiff ein Festessen zu veranstalten.
– Ich hab Ihnen frischen Kaffee und ein Stück Hefezopf gebracht, sagte der Sohn und blieb neben seinem zerzausten Vater stehen, der sein Äußeres zum ersten Mal vernachlässigte.
Avgoustis beugte sich vor, ließ den Kater sanft hinuntergleiten, erhob sich, klopfte seine Kleidung aus und nahm die Kaffeetasse aus der Hand des Stewards entgegen.
– Vielen Dank, mein Junge, sagte er und trank zwei Schlucke.

Da holte der Sohn tief Luft und beschloß, die Wahrheit sei nicht mehr aufzuschieben. Ich bin dein Sohn – wie lange sollte er noch damit warten? Ihr aller Leben war in Gefahr, die Karwoche der Leiden ging für sie weiter, es war an der Zeit zu offenbaren, wer er war, also sagte er es flüsternd, langsam und deutlich, mit fester Stimme, seiner eigenen Stimme, doch mit ein wenig abgewandelten Worten.

— Ich will dein Augenlicht sein. Bis zu unserer Ankunft werde ich dein Augenlicht sein.

Alarmsignal, siebenmal langgezogenes Tuten, der Kapitän auf der Brücke. Die Männer rannten los, zogen sich Schwimmwesten über, setzten Helme auf und versammelten sich an den beiden Rettungsbooten, die eine Hälfte an der Backbordseite, die andere an der Steuerbordseite, und die Schiffsjungen brachten Decken und Proviant.

Schnell, präzise und aufeinander abgestimmt liefen alle auf ihre Posten und übernahmen ihre Rolle, der eine an der Leine, der andere an den Führungsstiften, der dritte an der Ankerwinde und der Bootsmann an der Bremse, fierten das Rettungsboot, immer tiefer, bis zum Deck hinab.

Die Evakuierungsübung, unerläßliche Trainingseinheit für den Ernstfall, der hoffentlich nie eintrat, dauerte eine Stunde, alles lief wie am Schnürchen.

Na und? Was wär schon dabei, wenn sie wüßten, daß ich blind wie ein Maulwurf bin? dachte Avgoustis, doch die Selbstbeherrschung, die er an den Tag legte, diente nur dazu, die Mannschaft aufzubauen, tief in seinem Inneren begegnete er der Furcht zum ersten Mal in zweierlei Gestalt, in der einen, welche die Gefahren des Berufs kannte und respektierte, und in der anderen, der übleren, welche die Haftung für eine Lüge übernahm, die neunzehn anderen, darunter auch seinen Sohn, das Leben kosten konnte.

Zwei Stunden vor der Übung, während Siakantaris' österlichen Galadiners, wurde die knusprige Lammkruste gierig, aber wortlos hinuntergeschlungen, ohne die ohrenbetäubenden Klänge der Ostermesse aus dem Kassettenrecorder, ohne die Volkstänze vergangener Jahre, ohne die Scherze, Segenswünsche, Sehnsüchte und Schoten über Kyriaki und die Heimatdörfer der anderen, die stets um diese Jahreszeit und besonders an diesem Tag aus dem Winterschlaf erwachten, wie Wildtiere in Erwartung des Sommers und der Touristen.

Mitsos Avgoustis konnte ihre Augen nicht sehen, doch er fühlte ihre Blicke auf sich ruhen, zusammen mit dem unbekannten Blick seines Sohnes, unablässig seit der vorigen Nacht. Neunzehn Blicke, die in seinen beiden eingesunkenen blauen Augenhöhlen, die er selbst seit Jahren nicht mehr im Spiegel erkennen konnte, nach der Aufrichtigkeit seiner kühlen Gelassenheit forschten, um ihr Schicksal darin zu erraten.

Gleich nach Feststellung des Maschinenschadens hatte er daran gedacht, Birbilis zu sich zu rufen, ein alter Seebär und mit allen Wassern gewaschen, und ihm zu sagen, er sei erkrankt und sehe alles doppelt, und dann auch die anderen Offiziere zusammenzurufen und ihnen die Weiterfahrt zu übertragen.

Würden sie es schaffen? Bislang hatte er stets die ganze Verantwortung auf sich genommen. Und wenn sie dachten, ihn

habe Panik erfaßt, und selbst in Panik gerieten? Dann würden es auch die anderen erfahren, und alle würden sich vor Angst in die Hosen machen, und dann wären sie verloren. Überdies war da noch seine Dickköpfigkeit, die beweisen wollte, daß er das Ruder immer noch fest in der Hand hatte.
Er zermarterte sich das Hirn auf der Suche nach einer Lösung, dabei brach er den Rekord im Beten, an die hundertmal bat er die Madonna, die über die Auferstehung ihres einzigen Sohnes gewiß froh war, ihrem Jünger tatkräftig und rechtzeitig Beistand zu leisten, ein wenig Reue zu zeigen, die Rachsüchtige, Grollende, die schuld war an seiner Erblindung, da sie ihre Blitze am hellichten Tag in ihren Garten, den heiligen Berg Athos, herabgeschleudert hatte.
Sieh herab auf mich, deinen sündigen und nichtswürdigen Diener, und weitere antiphonische Gesänge, Refrains von Hymnen, passende und unpassende Verszeilen aus Kirchenliedern der Dreifaltigkeit drängten sich auf seine Lippen, zu Ruhm und Gloria der allheiligen Madonna vom Berg Athos, denn schließlich war sie seine erste und beste Verbündete.
Dann erst kam die Wetterlage. Früher las er sie ab an der Farbe des Himmels, am Dahinziehen der Nebelschwaden, am Richtungswechsel der Windböen, am Steigen oder Fallen des Barometerdrucks, an den Sichtverhältnissen, an der Höhe der Dünung. Nun wurde sie von den Apparaturen erkannt. Verunsichert durch seine Behinderung verlangte er alle halbe Stunde nach dem Wetterbericht, in der Zwischenzeit rief er sich alle Prüfungsfragen über jede Art von Winden und Schneestürmen in Erinnerung, denen er auf allen Längen- und Breitengraden dieser Erde je begegnet war: die Monsunwinde am Persischen Golf, die den Passat des Mit-

telmeers erzeugen, die sommerlichen Taifune, den portugiesischen Nordwind, der zum Orkan wird, wenn sich das Azorenhoch ausweitet, die für die Schiffahrt an der Westküste äußerst gefährlichen Santa-Ana-Winde Südkaliforniens, die tropischen und nichttropischen Wirbelstürme, Tief- und Hochdruckstürme, die beweglichen, die festen, die sich drehenden und die richtungsstabilen Sturmwinde, bis er endlich hörte, wie das Brausen der Wellen, das Rollen und Stampfen des Schiffes abnahm und der Kapitänleutnant ihm die letzten radiometrischen Daten vorlegte und erleichtert meinte: Schluß mit den gefiederten Pfeilen auf den Seewetterkarten, das Wetter hat sich beruhigt.

— Ich seh's, entgegnete Avgoustis.

— Beides spiegelglatt. Die See genauso wie meine Glatze, bekräftigte der Bootsmann drei Stunden später die Kalme.

— Ich seh's, antwortete der Blinde wieder und schlug sein rotes Ei an das des Bootsmanns, dann übermittelten sie den Funkspruch.

Frohe Ostern! Wolkenloser Himmel, Windstille. Propellerhavarie. ATHOS III setzt Fahrt im Rückwärtsgang fort. Ohne unvorhergesehene Verzögerung Ankunft Zielhafen Freitag nachmittag. Unverzüglich Reparatur veranlassen.

Das Erbarmen der heiligen Jungfrau, nicht nur der Allheiligen vom Berg Athos, sondern auch der Panagia Vourliotissa aus Kleinasien mit den weißen Blütenkelchen, Unserer Lieben Frau der Gnadenreichen und Nothelferin des Bootsmanns aus Tinos und der gleichermaßen barmherzigen Madonna von den Hundert Pforten des Maschinisten aus Paros, die alle vier das schwere Geschütz der ägäischen Orthodoxie aufgefahren hatten, äußerte sich anfänglich in der milden Windstärke von vier Beaufort und einer Windgeschwindig-

keit von sechzehn Knoten, einer Wellenhöhe von gerade mal einem Meter, dann in der Eingebung, im Rückwärtsgang zu fahren, und schließlich, als Krönung ihrer zärtlichen Zuneigung, in der Erscheinung seines Sohnes, des Soldaten.
Der Sohn, in der Rolle des verwaisten Stelios Kazas, hatte behauptet, er sei vierundzwanzig Jahre alt, zwei Jahre älter als in Wirklichkeit, hatte Märchengeschichten über die Familie in Makedonien, den Kopierladen, über die angebliche Armut und seine angebliche Anhängerschaft zum AEK Athen erzählt, und offenbar hatte er ihn, als er bereits an Bord war und keiner sein Gesicht kannte, von seinem Handy aus voller Bitterkeit angerufen.
Die Familie hatte sich verschworen, hatte ein Komplott inszeniert und ihn regelrecht auf den Arm genommen, zumindest anfangs. Doch bald schon hatte Avgoustis bemerkt, daß der frisch angeheuerte Kazas, der mit dem Leben an Bord nicht vertraut und zum Saboteur oder Spitzel der Piräus-Clique ungeeignet war, ihm seltsam zufällig und scheinbar gleichgültig Hinweise gab: Sascha habe seinen Schnurrbart abrasiert; Papalexakis trage einen rosa Schlafanzug; es seien drei Treppenstufen, und die Tür stehe offen; Sorin habe eine geschwollene Backe, und Maritsa hinke heute ein wenig. Es hatte ihn befremdet, daß der junge Mann in den Häfen keinen Landurlaub nahm, um für seine Freundin ein paar Fotos zu schießen, daß er die abgelaufenen Teigwaren gefunden hatte, ohne ein Wort darüber zu verlieren, daß er Anrufe nicht beantwortete, wenn in Anwesenheit anderer sein Handy klingelte, daß er sich nicht zurückhalten konnte und einige Male in persönlichen Angelegenheiten des Kapitäns nachfragte oder Bemerkungen machte, daß er um ihn herumstrich wie ein Katzenhai, daß er nach Gelegenheiten

suchte, ihm zu Diensten zu sein: Ein eisgekühltes Soda für Sie. Ein sauberer Aschenbecher, bitteschön.

— Flora, wenn du nach Tripoli fährst, um ihn zu besuchen, ruf mich doch von dort an, damit ich mit ihm reden kann. Flora, gib mir doch die Nummer der Kaserne, damit ich ihn anrufen kann, zum Teufel, die Zahlen kann ich noch wählen.

— Mitsos, hörst du mich? Ich war in Tripoli, aber er hatte ein wenig Fieber und Durchfall, da hatte ich andere Sorgen als dich anzurufen. Er läßt sich für die dreihundert Dollar bedanken. Die Nummer der Einheit habe ich jetzt nicht dabei, Lora hat hier drin alles durcheinandergebracht, ich geb sie dir ein andermal.

Mitsos Avgoustis hatte Verdacht geschöpft, daß irgend etwas nicht mit rechten Dingen zuging, vielleicht hatte ihn sein Instinkt gewarnt. Ein- oder zweimal war er in Versuchung geraten, den Jungen zu demaskieren, doch er fragte sich, ob er sich alles vielleicht nur einbildete, und wenn es reine Einbildung wäre, dann würde er bloß eine unerwartete und uneingestandene Sehnsucht nach seinem Sohn offenbaren, jetzt, da er ein alter Knacker war, jetzt, da es zu spät war. Und was würde dann erst passieren, wenn er ihn in die Enge trieb, ihn am Kragen packte und rief: Du bist Antonis, ich bin dahintergekommen, laß den Blödsinn? Doch wenn er sich getäuscht hätte, und Stelios Kazas wirklich kein anderer wäre als Stelios Kazas? Dann würden Gerüchte laut werden unter den Leuten, jetzt sei es aus mit ihm, jetzt sei der Alte durchgeknallt, jetzt gehe es los mit Alzheimer. So nahm er davon Abstand, doch immer wieder ließ er Bemerkungen fallen über die Verschwendungssucht seiner Familie, immer wieder ließ er sich, mal mit Absicht, mal aus Not, dazu hinreißen, seine Zuneigung zur grundehrlichen Litsa zu offenbaren. Nun wußte der Sohn, daß es nicht seine Mutter war, die im Leben seines Vaters die wichtigste Rolle gespielt hatte.

Wie seine Augen wohl aussahen, jetzt, da er zum Mann herangereift war? Ob sie manchmal feucht wurden? Und hatten sie die Farbe des Mokkaschaums, wie man von den Augen seines Großvaters erzählte? Und sein Blick? War er so sanft wie seine Finger, die er spürte, wenn er ihm die Teetasse und Brot mit Käse reichte?

Sein Sohn sehe ihm ganz ähnlich, sei ein verletzlicher und rebellischer, aber im Grunde gutmütiger Junge, so die Beschreibung der Mutter, als sie in Japan aus heiterem Himmel in sein Leben hereinbrach. Aus freien Stücken hatte er sich zum Dienst auf See gemeldet, hatte für eine Weile auf dem Schiff angeheuert, das es möglicherweise niemals bis ins vermaledeite Singapur schaffte.

Es dunkelte bereits. In der Mitte des Achterdecks signalisierten das weiße Topplicht und die Seitenlichter, das rote Positionslicht an der Backbordseite und das grüne an der Steuerbordseite, daß die ATHOS III im Rückwärtsgang unterwegs war.

Ein seltsames, nie gekanntes Gefühl, mit dem Achtersteven voraus zu fahren, das Ruderhaus am Schwanz des Schiffes zu wissen und zu sehen, wie der Kiel im Heckwasser lag. Die Mannschaft war konsterniert, die Wachen liefen in die falsche Richtung, ein oder zwei wurden seekrank, ein paar

anderen schlug die Anspannung auf den Magen, nur Maritsa, dick und satt gefressen mit Lunge und anderen Innereien, schlief in der Kajüte, die er mit dem Kapitän teilte, den Schlaf des Gerechten. Avgoustis wollte sich nicht hinlegen, wollte an Deck und über die Brücke wandern, wachgehalten von Kaffee und Zigaretten. Er gab die Anweisung, Anker zu werfen, im Morgengrauen sollte man sie lichten, um die Reise *mit größtmöglicher Langsamkeit* fortzusetzen.
Vielleicht gab sich die See lammfromm, doch selbst ein intaktes Schiff hätte mit den dreihundertdreißig Seemeilen der Magellanstraße vollauf zu tun, bei einer Windstärke von elf Beaufort, einer Windgeschwindigkeit von sechzig Knoten und einer Wellenhöhe von sechzehn Metern.
Nun war die Dünung so leise wie ein Flüstern in seinen aufmerksamen Ohren, bis er die über den Boden schleifenden Schuhsohlen seines Sohnes auf fünfzehn Meter vernahm.
— Warum ruhst du dich nicht kurz aus? Wir alle sind auf dich angewiesen. Geh schlafen, in zwei Stunden wecke ich dich.
— Leg du dich hin.
— Auf keinen Fall.
— Gut.
Mitsos Avgoustis lehnte sich an die Reling und fühlte, wie sein Sohn, der neben ihm stand, ihm die Hand auf den Arm legte.
— Wer weiß noch Bescheid?
— Nur Flertakis.
— Der hat mich reingelegt.
— Trotzdem hat er uns geholfen. Er hat mir die Papiere beschafft. Das war ein Risiko für ihn.
— Und die Mädchen?

— Mama hat es ihnen nach meiner Abreise gesagt. Die regen sich sehr auf.

Die Besprechung dauerte gerade mal drei Minuten. Immer schon hatten in der Avgoustis-Sippe die ernsten Diskussionen höchstens drei Minuten gedauert und dennoch alles Wichtige umfaßt. Der Alte wiederholte das altbekannte Alibi, fast so, als wollte er sich rechtfertigen: Die Dünung sucht mich immer wieder heim; die See läßt mich nicht los; ich hab kein Verlangen nach dem Festland. Doch genau diese Aussagen, die ihm seine Mutter als die Schrullen eines wunderlichen alten Mannes darstellte, waren auf fruchtbaren Boden gefallen, hatten den Sohn veranlaßt, sich für die Verrücktheit der Heuer zu entscheiden, und diese Monate, in denen er seinen Vater aus der Nähe erlebte, hatten ihm klargemacht, daß sie durchaus Sinn machten und perfekt zu ihm paßten.

Er blickte auf die beiden Manschetten, die nebeneinander auf der Reling lagen, und lauschte dieser fixen Idee seines Vaters, der Dünung, die Körper und Geist durchdringt.

— Der Koch war hundemüde und ist früh schlafen gegangen, doch er hat dir was vorbereitet, ich bring's dir gleich.

— Bring mir auch 'ne Zigarre mit. Hier sind die Schlüssel zur Schublade.

Birbilis und Dachtylas kamen von weitem auf sie zu, sie waren die einzigen der Mannschaft in weißer Uniform. Birbilis vorneweg und dahinter der Leitende Ingenieur, so instruierte er diskret seinen Vater. Du mußt es schaffen, fügte er hinzu, dann grüßte er gut hörbar, sehr wohl, Käpt'n, wie Sie wünschen, salutierte vor den beiden Offizieren und nahm Kurs auf die Kombüse.

— Kazas, drei Zigarren, rief ihm der Kapitän hinterher.

Ein *Gedicht drückt ganz eigene Gefühle aus, die man nicht mit den alltäglichen, bekannten Worten sagen kann.*
Mitsos. Ich möchte ein einziges Gedicht schreiben, ein ganz kurzes nur.
Ich sage es Dir, damit Du Dir nichts Schlimmes darunter vorstellst.
Ich bin mir sicher, daß es zahllose schöne Gedichte gibt, am Abend manchmal, ganz spät, hört man sie im Radio, über blonde Locken und antike Helden, über die Qualen der Nacht und über die Heimat, bloß das Suvadiva-Atoll ist mir nicht aus dem Kopf gegangen. Weder weiß ich, wo es liegt, noch wie es dort aussieht, nur, daß es existiert. Er hat nämlich davon erzählt.
Wenn sich an den Nachmittagen der Kinderspielplatz bevölkert und die Kleinen auf den Schaukeln und auf den Rutschen herumklettern, dicht an dicht wie Sesamkörner auf der Brotkrume, habe ich die Philippininnen gefragt, die auf zwei reiche Kinder aufpaßten, ob das Suvadiva-Atoll vielleicht in ihrem Land liege. Umsonst. Und im Sommer fuhr ich manchmal kurz entschlossen an den Strand, nach Agii Theodori oder Kineta, einzig und allein, um Touristen danach zu fragen. Sie zuckten nur die Achseln.
Das Suvadiva-Atoll in meinem Gedicht steht für alles, was ich in meinem Leben gerne sehen wollte und nie gesehen habe. Stell Dir vor, bald werde ich sechzig und bin noch nie durch einen Tunnel gefahren. Das ist doch wirklich ungerecht.
Zum Glück ist die Zeit der Tintenfässer vorbei, und auch der Kleckserеien, die das halbe Blatt verunstalteten. Heute bleiben nur die grauen Krümel des Radiergummis und der Staub der Bleistiftmine in der Heftmitte zurück. Und wenn ich dann

die Reinschrift mache, nehme ich einen Kugelschreiber, der so robust und solide ist wie ich.
Der Gedanke an das Gedicht der Friseuse wird Dich vielleicht amüsieren, wie ich bloß darauf verfallen bin, ich bin ja nicht mal Sekretärin. Doch die Einsamkeit hat mich hellhörig gemacht, statt mich einzulullen. Sie hat mir die Augen für die weite Welt geöffnet.
Mitsos, so habe ich ihm geschrieben, hiermit erkläre ich, daß Deine Litsa täglich Zeitung liest. Und sich für Fragen der Bildung interessiert. Das Ministerium quält die Kinder, und die dumpfe Sturheit des Ministers widert mich an. Die Nachbarskinder lernen den ganzen Tag, erst spät abends kommen sie vom Nachhilfeunterricht nach Hause. Aliki, die Tochter von Anastasia und Themistoklis, wird in drei Fächern durchfallen. Wäre sie meine Tochter, würde ich was unternehmen.
Gern hätte ich einen Sohn an der Universität. Dafür habe ich einen goldenen Parker gekauft, hier, in dem beigefarbenen Lederetui, bitteschön. Den schenke ich Dir. Greif ruhig zu, mein Junge. Nimm ihn, damit mich nicht wieder die Quälerei mit den Gedichten überkommt, bloß nicht, die Dichtung stellt das ganze Leben in Frage, von Anfang an. Ich habe versucht, zwei kleine Verse über dieses Suvadiva-Atoll mit dem seltsamen Namen zu schreiben, und statt dessen tauchte, wie ein schwarzer Kreisel, auf dem Papier die Erinnerung an meinen Vater auf, in seinen Drillhosen, die übliche Arbeitskluft damals. Er nahm Arbeit an, wo er welche finden konnte, egal, für wie lange, und egal, für wieviel. Gesegnet die vielen Hände, verflucht die vielen Mäuler, so sagte er immer, doch das ist nicht der Grund, warum ich die einzige Tochter blieb. Meine Mutter hat man in jungen Jahren um-

gebracht, weil sie den Partisanen unsere Henne geschenkt hat.
Hier in unserem Elefsina hat mich ihre Schwester aufgenommen und aufgezogen, und aus Angst vor politischen Kämpfen und Aufständen hat sie mich mit den Lügengeschichten, die das Elend hervorbringt, liebevoll großgezogen, mit den billigen Armreifen vom Kiosk nebenan und mit den Haarbändern der Armut.
Meine kleine Litsa, schneide dir die Fußnägel, damit die Strümpfe länger halten. Mein Schatz, zu den Makkaroni muß man drei Scheiben Brot essen, um satt zu werden.
Hier hab ich es gut gehabt, sagte sie im Tzaneio-Krankenhaus, wo sie gestorben ist, zu den Schwestern. An ihrem Krankenbett hatten sich die Nachbarn versammelt, eingeschüchtert, weinend, mit Geldspenden. Dann war auch der Vater dran, völlig verstört durch das ganze Unheil, das nacheinander auf ihn eingestürzt war. Deswegen sind damals viele draufgegangen. Seit meinem fünfzehnten Lebensjahr war ich allein. Die Volksschule hab ich nach der vierten Klasse verlassen. Hör gut zu, das ist wie die Geschichte Griechenlands. Alle haben wir ähnliches durchgemacht. Jede Familie teilt das Schicksal der Nachbarfamilie.
Fernsehserien schaue ich nur selten, die sprechen mich nicht an. Immer habe ich mir Sendungen ausgesucht, in denen von Flüchtlingstragödien die Rede war, um ihn besser zu verstehen, weil er jedesmal wie ein Vertriebener zu mir zurückgekehrt ist. Ein paarmal habe ich ihm selbstgemachte kleine Schokoladenanker geschickt und Kekse in Schiffchenform, und da die ihm gut gefallen haben, habe ich auch einmal dreißig Lollis in den Farben der griechischen Flagge gemacht und eine Postkarte mit der Pfadfinderparade zum National-

feiertag dazugelegt, damit auch die Mannschaft den 28. Oktober gebührend feiern konnte.
Zu einer leidenschaftlichen Liebe gehören für mich sogar die Paraden an den Nationalfeiertagen, und sei's am anderen Ende der Welt.
Nirgendwo hat er Wurzeln geschlagen. Vielleicht, weil ihm ein kleines Spinnenpflänzchen seine wahre Heimat bedeutet, vielleicht, weil er die Heimat nach so vielen Orten, die er besucht hat, vergessen hat und Griechenland in seiner Erinnerung zu einem Land geworden ist wie jedes andere, wie Paraguay oder Uruguay, die zwar nicht berühmt sind, aber bestimmt auch ganz schön, möchte ich wetten. Vor ein paar Tagen habe ich etwas Rührendes über Albanien gehört. Eine Albanerin aus dem Nachbarviertel, die gerade um ihren Schwiegervater trauert, hat mir erzählt, daß die Frauen vierzig Tage nach dem Tod des Verstorbenen keinen Blätterteig zubereiten dürfen, so ist es dort Brauch.
Mitsos werden all die wunderbaren Länder, die er besucht hat, wohl verwirrt haben.
Seine Entscheidung kam letztlich nicht überraschend. Immer schon war sein Handeln schwer zu verstehen. So hat er akrobatische Katzen ausgebildet, die auf der Reling den Salto rückwärts konnten und auf dem Großmast herumturnten.
Ich hatte in der ersten Zeit eine Tzenaki, die war sogar damenhafter als ihr Frauchen. Wenn er mit seinem Koffer bei der Vordertür reinkam, verließ sie das Haus durch die Hintertür und kehrte erst nach drei oder vier Tagen in ihr Körbchen zurück, sobald wir wieder zu zweit waren.
Nie wollte ich Haustiere, doch zu Mitsos' Zeiten habe ich mich seiner Marotte gebeugt, und so lebten hier Tzenaki, dann eine Martha und eine Catherine. Vicky, die letzte Kat-

ze, eine alte Gartenstreunerin, deren Stimme heiserer war als meine, ist seit letzter Woche verschwunden. Jemand wird sie mitgenommen haben. Ihr schöner hellblauer Schwanz hat Aufsehen erregt. Wenn es jemand mit Garten ist, werden seine Blumen dran glauben müssen. Um meine ist es nicht mehr schade.

Es heißt, daß Katzen, Pferde, Edelsteine und Bäume leicht Opfer des bösen Blicks werden. Zu ihrem Schutz weihen viele Leute der heiligen Jungfrau silberne Votivtäfelchen. Eine Kundin, die eine damals bei uns völlig unbekannte Pflanze aus Melbourne mitgebracht hatte, ließ ein Votivtäfelchen mit deren Abbild prägen und hängte es in der Agia-Paraskevi-Kirche unter die Marienikone. Und so wuchs und gedieh das Pflänzlein, wurde ein richtiger Baum mit scharlachroten, samtigen Blüten, in Australien heißt sie Flaschenbürste. Im Garten und im Frisiersalon stand eine hübsche Pflanze neben der anderen, die allesamt häßliche Namen hatten: Stechapfel, Walzenwolfsmilch, Venezianisches Hundsgift oder gar Stinkender Nieswurz, ganz zu schweigen vom Scharfen Hahnenfuß. Stell dir mal vor, du bittest die heilige Jungfrau, ein Auge auf deinen Scharfen Hahnenfuß zu haben!

Eine alte Kundin hat wiederum ein Votivtäfelchen mit ihrem Badeanzug aufgehängt. Wenn ich schon Witwe geworden bin und meinen liebsten Menschen verloren habe, dann will ich nicht auch noch auf das Baden im Meer verzichten müssen. Alle Nichtstuer von Salamina werden sich über eine sechzigjährige Frau, die allein zum Strand geht, das Maul zerreißen, so befürchtete sie.

Ich schnitt ihr den Spliß weg, machte ihr eine kräftigende Haarwurzelmassage, um dem Haarausfall des Witwenalters vorzubeugen, und konnte fast nicht widerstehen, auch ein

Votivtäfelchen zu weihen, eins mit einer Matrosenmütze. So sehr wünschte ich mir, ihn einmal auf seinem Schiff zu besuchen. Und sei es nur, um den Männern der Besatzung die Haare zu schneiden.
Hast Du vielleicht alles, was ich Dir von den Schokoladenankern aufgetischt habe und von den Briefen, die mit »Mitsos, ich liebe Deinen Arm« beginnen, in meinen Briefen gelesen? Hast Du sie vielleicht in seiner Kajüte gefunden und meine Adresse dort heimlich abgeschrieben?
Wenn es so ist, dann mußt Du es nicht eingestehen. Es schadet nichts, wenn ich weiter daran glaube, daß er Dir ein bißchen von mir erzählt hat, keine Einzelheiten, bloß, daß es mich gibt.
Die letzten, unbeantwortet gebliebenen Briefe hat er wohl aufbewahrt, allesamt jugendfrei zum Glück, voller Besorgnis, weil er so lange schon schwieg.
Schreib mir, daß es Dir gutgeht, auch wenn Du mir dann nie wieder schreibst.

– Als erster Kunde kam der alte Prasianakis, der Funker auf deiner ersten Heuer war. Dem habe ich das Lied *Wilde Blume* von Kazantzidis aufgelegt. Dabei sind uns die Tränen gekommen. Dann hat er das Hähnchen genommen, ich das Geld, drei Fünfhundert-Drachmen-Scheine, Glücksbringer, auf daß der Laden gut läuft.
Stamatis Vekrelis' Anruf bei seinem Onkel, dem Bootsmann, war ein Lebenszeichen mit Neuigkeiten über die Einweihung des Hähnchen-Grills. Alles, was er an Bord gelernt hatte, trug

nun Früchte, alle Handwerksarbeiten hatte er selbst erledigt, war zum Tischler, zum Elektrotechniker und Installateur, zum Anstreicher und Glaser geworden, als wäre er immer noch mitten auf dem Meer. Anderthalb Monate werkte er Tag und Nacht im Laden, bis er das erste Hähnchen verkaufte und sich erleichtert bekreuzigte. Er wünschte alles Gute und ließ alle herzlich grüßen, alle zwanzig Mann seien von ihm und *faithful wife* Zoitsa eingeladen, wenn die ATHOS nach Piräus käme, andernfalls jeder einzeln, bei Landurlaub.

Sie sollten sich freuen, und sie taten es auch, wenngleich sie alle den Erfolg, den das Eigentum versprach, beneideten und Appetit auf die Sicherheit des Festlandlebens bekamen, vor allem der Smutje, der, anstatt in seinem Kyriaki eine Taverne zu führen, zum Shogunkämpfer wurde, seine Messer schärfte und seit drei Uhr früh auf den Beinen war. Traurigkeit übermannte ihn, sowohl über das Heute als auch über das Morgen. Was fehlte dem Schiff, daß dauernd ein Schaden auftrat? Was fehlte dem Kapitän, daß er ihm aus dem Weg ging? Am Ostersonntag, Ostermontag und Osterdienstag sah er Avgoustis auf dem Achterdeck, immer an derselben Stelle, ausgerüstet mit Kissen und Decke für eine Mütze voll Schlaf. Zwischendurch aß der Alte schnell einen Happen, pinkelte ins Meer und murmelte fortwährend etwas zwischen den Zähnen. Selbst Maritsa, sonst stets in seiner Nähe, machte einen Bogen um ihn. Jerasimos Siakantaris hätte viel darum gegeben, anstelle des Katers zu sein und an seinem Finger den kleinen Magnetring zu tragen, den das Tier wie einen Armreif um das linke Vorderbein trug, um den Zorn der Naturgewalten zu besänftigen.

— Den alten Eimer kann ich zwar nicht reparieren, aber ich kann dir eine Schale mit köstlichen Pistazien bringen, so sein Angebot. Schick den Jungen damit hoch, war zunächst die Antwort. Auch für mich bist du wie ein Vater, beharrte der Koch. Tu mir doch den Gefallen, geh zu deinen Pfannen zurück und kümmre dich um die anderen, so die weitere Antwort des Kapitäns. Was hast du denn bloß? So der dritte und ohne Antwort bleibende Anlauf des Smutjes, die Nähe seines liebsten Menschen zu suchen, der für ihn Vater, Vorgesetzter, Herr und Gefährte war, um ihm durch Fürsorge und wohlgesetzte Worte Vertrauen und Beistand zu zeigen, und zu erfahren, was sein Admiral plante, denn es betraf ihn zutiefst, was immer es war.

— Horch ihn unauffällig aus, so lautete der an seine Konkurrenz, den Steward, gerichtete Auftrag des Kochs, während er die Schale mit den nahrhaften Trockenfrüchten vorbereitete, die er aus dem Depot geholt hatte, das den Totenmessen vorbehalten war.

— Worüber soll ich ihn aushorchen? Ob wir heil ankommen? Das weiß nur Gott allein.

— Das kann ich dir jetzt schon sagen. Wir kommen heil an. Avgoustis ist und bleibt Avgoustis. Der beste Kapitän weit und breit. Du sollst was anderes rauskriegen. Du kennst ihn erst seit kurzem, und sein Schicksal geht dir nicht so nah wie mir, ich kenne ihn seit fünfundzwanzig Jahren aus nächster Nähe, und ich lese in seinen Augen wie in einem offenen Buch. Es sind nicht nur die Maschinenschäden, etwas anderes geht in ihm vor. Vielleicht hat er Schmerzen in der Brust, und es kündigt sich ein Herzinfarkt an, der sich gewaschen hat. Kann sein, daß er denkt, so wie die Dinge liegen, sei's nun an der Zeit, die See hinter sich zu lassen. Aber gibt's für ihn ein Leben ohne Schiff? Ohne Dünung? Und wie will er nach Hause zurück? Wie will er mit seinen Kindern zu Ran-

de kommen? Wie will er seinem Sohn gegenübertreten? Der Junge wäre der erste Vatermörder, der von jedem Gericht einstimmig freigesprochen würde. Du hättest seine Frau sehen sollen, 'n Leben lang getrennt, die Herzen kalt. In Japan kam sie an Bord, um ihn hoppzunehmen, jeden einzelnen Mann der Besatzung und jeden einzelnen Nietenkopf des Schiffs hat sie mit Argusaugen betrachtet. Sogar den Regen hat sie mißtrauisch beäugt. Es war wie eine Aufklärungsrazzia der CIA, es war, als hätte der Geheimdienst drei Tage lang meine Kombüse mit Beschlag belegt. Nicht nur ich hab aufgeatmet, als sie wieder weg war, sondern auch meine Petersilie, mein Essig, meine Butter und meine Teller.
Der junge Avgoustis fügte innerlich noch eine weitere Frage hinzu, die der Koch zwar nicht ausgesprochen hatte, die ihm jedoch sicherlich auf der Seele brannte, nämlich was der Smutje selbst, ohne seinen Kapitän, auf See noch zu suchen hatte.
Jerasimos Siakantaris, kleingewachsen und grünäugig, ohne Tom Cruise zu ähneln, leicht ergraut, ohne an Richard Gere zu erinnern, mit den Backen und dem Bauch eines klassischen Tavernenwirts, ohne Angehörige, um die er sich kümmern mußte, brauchte einen festen Ankerpunkt, um sein gutes Herz walten zu lassen, und so war sein Vater in den Genuß dieser Zuneigung gekommen.
Er griff nach der Schale und betrachtete die Rosinen, Erdnüsse und Pistazienkerne darin, sein Vater war in guten Händen.
Auf dem Weg über den Niedergang nach oben fragte er sich, ob alles vielleicht ein Comic-Abenteuer in Fortsetzungen war, vielleicht erlebte er es gar nicht selbst, sondern las es nur, jeden Tag eine Folge. Gleichwohl war er nie ein Typ gewesen, der nach exotischen Orten und Expeditionen gierte, in

den vergangenen zwei Monaten hatte er fünf asiatische Länder passiert, ohne auch nur einen Blick auf sie zu werfen. Seine Aufmerksamkeit war auf das Schiff gerichtet, das ein Stückchen Rußland an Bord mit sich führte, ein Stückchen Rumänien, von dem er während seines dortigen Aufenthalts kaum etwas mitbekommen hatte, und eine doppelte Portion Griechenland, die einem zwar den Gaumen kitzelte, doch dann wie eine Granate im Magen lag, wie der Smutje zu sagen pflegte. Und es war ihm, als habe er im Frühling des Jahres 1997 endlich damit begonnen, seine Kinder- und Jugendjahre von der schmutzigen Schneelast der Erinnerung an seine Sippschaft freizuschaufeln.
Draußen wehte ein frischer Wind, die grünen Wasser kräuselten sich, zwei Mann gaben der Winde einen neuen Anstrich, drei pumpten das Bilgewasser ab und säuberten die Schiffsketten.
Das Telex der Reederei stellte nur trocken fest, in Singapur würden sie Fachpersonal und Ersatzteile vorfinden, kein anerkennendes Wort über die einzigartige Leistung in der Chronik der christlichen Seefahrt, im Rückwärtsgang zu navigieren, auch kein Dankeschön von den Bauernlümmeln, die zudem noch die Bergungskosten gespart hatten.
Mitsos Avgoustis knabberte Erdnüsse und Pistazien, er hatte noch Biß, zu gerne würde er auch die Drohnen der Reederei in Piräus zermalmen, doch nun mußte er vor seinem einzigen Sohn andere, schwierige Erklärungen meistern.
— In Afrika habe ich 'nen Schwarzen umgebracht. An der Elfenbeinküste.
Er kaute zwei Erdnüsse, schöpfte neue Kräfte und fuhr fort:
— Nein kann man nur mit Entschlossenheit sagen, und den Mumm hatte ich nicht, ganze Existenzen hab ich zer-

stört, hab Frauen zur Verzweiflung getrieben, hab aus deiner Mutter eine Giftschlange gemacht. Du fühlst dich wie ein Schweinehund, wenn du eine Frau nicht mehr liebst, der du auch nicht mehr Schuld als dir selbst geben kannst.
Dann eine Rosine, ein Seufzer, noch eine Rosine und der Nachsatz:
— Nur Litsa hat nie auch nur einen Tropfen Gift versprüht, obwohl, leidgeprüft wie sie war, hätte sie's tun können, doch sie war immer heiter und ruhig, wie Sonnenschein bei Windstille.

Ich *hab Dir zugehört. Die Neuigkeiten klingen gar nicht gut. Sie passen nicht zu ihm. Besser, Du gehst noch nicht. Bleib hier, bis ich wieder zu Atem gekommen bin.*
Er hat sie überanstrengt, seine Augen. Ist mit ihnen dahin und dorthin gereist, bis sie sich an der Welt satt gesehen und genug von ihr hatten. Jetzt zahlt Mitsos dafür, daß er in seiner Gier überall alles sehen wollte, die schönen und die schäbigen Seiten des Lebens.
Aber sieht er denn gar nichts? Alles ist dunkel? Wenn jemand neben ihm einen roten Hut trägt, wenn die Seeleute mit Gegenständen in auffallenden Farben hantieren? Verblaßt sogar ein roter Eimer?
Ausgeschlossen, daß dieser Blick vollends erloschen ist, der sich nichts entgehen ließ und dem jede Kleinigkeit Freude und Leid bereitet hat. Irgend etwas, irgendwie muß er doch sehen. Vielleicht nur auf einem Auge.
Das Leben der Seeleute war für ihn das höchste Gebot. Und,

Schiff und Ware in tadellosem Zustand am Zielort abzuliefern. Daß er es ohne Augenlicht geschafft hat, heißt für mich: Er ist ein begnadeter Seemann, hat Übermenschliches geleistet.
So wie er die See respektiert hat, nie hat er irgendwo einen Ölteppich hinterlassen, hat sie auch ihn respektiert. Sie hat seinen Geist beflügelt. Aber er hat's übertrieben. So war er immer, eigenwillig und maßlos.
Mit den Jahren rostet alles ein, nicht nur Eisen, sondern auch die Gedanken, die Arme und die Augen. Warum ist er nicht rechtzeitig in Rente gegangen? Um es den Reedern und dem Minister zu zeigen? Oder etwa, um denen aus dem Weg zu gehen, die auf dem Festland noch auf ihn warten? Genau das ist das Fazit meines Lebenslaufs.
Litsa Tsichli, die glatzköpfige Friseuse der Toten, die sich in einen tauben Musiker und in einen blinden Kapitän verliebte.
Und warum rückst Du, junger Mann, erst bei Deinem siebten Besuch damit heraus? Warum hast Du Dich bisher darauf beschränkt, mir guten Abend, gute Nacht und schönen Dank für den guten Kaffee zu wünschen? Du bist doch nicht wegen Törtchen und Kuchen hergekommen.
Ich war offen zu Dir, weil jemand erfahren soll, was aus Litsa geworden ist, wie ihr Dasein im Alter aussieht. Ich wollte, daß meine Geschichte erhalten bleibt. Wie mühselig es ist, sich hinzugeben, sich auf einen Mann zu fixieren. Wie ich seinen Namen auf meinen Bauch geschrieben habe, um nicht allein zum Finanzamt zu gehen. Wie ich bei allen möglichen Gelegenheiten den Ausdruck »Ich bin außer mir vor Freude« eingestreut habe, um bei ihm keine Gewissensbisse aufkommen zu lassen.

1964 schrieb ich, Mitsos, ich bin außer mir vor Freude, daß sich der Minirock überall durchgesetzt hat.
1966 schrieb ich, Mitsos, ich bin außer mir vor Freude, daß ich Mitglied der Sozialversicherung geworden bin.
1971 schrieb ich, ich bin außer mir vor Freude, daß ich Wechsel unterzeichnet habe, um meinen Frisiersalon zu erwerben.
1974 schrieb ich, ich bin außer mir vor Freude, daß ich, im Gedenken an meine Eltern, die mittlerweile legalisierte Kommunistische Partei Griechenlands gewählt habe. Und dann schrieb ich ihm, zehn goldene Fäuste ballten sich über meinem Kopf, wenn ich an der Ecke des Gartenzauns unter den Sonnenblumen stünde, und die Kakteen, die aussähen wie Hände, hätten an den Fingerspitzen fuchsiafarbene Fingernägel bekommen, und ich sei außer mir vor Freude. Als ich mir einen Farbfernseher zulegte, war ich außer mir vor Freude über den Anblick der indigoblauen Garnelenschwärme, die durch die Seegrasbüschel am Meeresgrund flitzten, und der hübsch gepunkteten Fische, die in der Tiefe grüppchenweise vorbeiparadierten. Und natürlich habe ich stets betont, vor Freude sei ich außer mir, für ihn Überstunden im Bett zu machen. Ich war so dumm, ihm zu erzählen, wie sehr mir seine Streifzüge auf meinem Körper gefielen.
Hast Du mich vielleicht auf Band aufgenommen, um Deiner Mutter Beweise zu liefern? Sie wird die Scheidung wollen, zu seinen Lasten. Ihr wollt ihn erpressen, um ihm das letzte Hemd auszuziehen. Um ihn auf die Straße zu setzen, jetzt, da er blind ist. Deshalb kommt er nicht zurück, um Euch diesen Gefallen nicht zu tun.
Er hat immer gesagt, im Ausland sind die großen Städte so still wie ein Dorf und die Dörfer so still wie ein Grab. Was

soll er denn in Australien? Dort hat er doch keine Verwandten.
Lügst Du mir vielleicht etwas vor, ist er vielleicht hier? Dann gib mir seine Adresse. Wenn Deine Mutter ihn nicht haben will, dann kümmere ich mich um ihn. Im Gegensatz zur Welt, in der wir leben, hab ich mich immer gegen den Eigennutz gewehrt. Ich möchte mir diese menschliche Wärme erhalten. Mitsos soll nicht einsam und allein sein, wenn's zu Ende geht.
Wir sind nicht mehr jung, wir himmeln uns nicht mehr gegenseitig an. Ich will ihm zur Seite stehen, ohne große Erwartungen. Auf tausenderlei Arten will ich ihn zum Lachen bringen, mit Dummheiten, mit Erinnerungen und sogar mit seiner Blindheit.
Mitsos im Haus zu haben ist für mich die schönste Altersversorgung.
Du wirst Dich doch nicht genieren. Komm ruhig, wann immer Du willst. Hock Dich ganz still auf den Stuhl. Und führ mich mit Deinem schönen Lächeln hinters Licht. Ganz der Vater. Alle beide amüsiert Ihr Euch auf meine Kosten.
Sag mal, was hast Du denn da in den Augen? Sind die etwa feucht?
Was wollen mir Deine Tränen sagen? Daß Du mich bedauerst oder daß keine böse Absicht hinter Deinen Besuchen steckt? Ein Avgoustis, der um mich weint. Nun, ich bin es wert. Wein ruhig noch ein bißchen.
So, genug jetzt. Trink einen Schluck Wasser. Und fächle Dir Luft zu mit dem Palmfächer aus Sumatra. Ich benutze ihn immer am späten Abend.
Guck, so ein dummes altes Ding, aber daran siehst Du, wie sehr ich ihn liebe, wie sehr er mein Leben erfüllt hat, und

deshalb konntest Du es mir nicht gleich beim ersten Mal sagen.
Dann war da auch noch meine Liebeserklärung an seine Augen, das hat Dir den Wind aus den Segeln genommen.
Schuld war dieser starke Drang, offen mit Dir zu reden, alles in einem Atemzug zu erzählen. Innerlich schrie es in mir, erzähl ihm alles, erinnere dich an alles, vielleicht kommt er nicht wieder, und wenn doch, dann erzähl ihm alles noch einmal.
Zum ersten Mal kommst Du an einem Sonntag. Die Straßen sind leer, die Kräne stehen still. Heute wird nichts gebaut, kein neues Stockwerk wird errichtet. Auch Litsa kocht nicht. Wenn Du bleibst, mache ich einen Salat. Mit Brot von vorgestern.
Heut hab ich Dich nicht erwartet, mein Vögelchen. Seit drei Tagen hab ich nicht mehr saubergemacht. Früher hab ich die Fußböden mit Pottasche blitzblank gerieben. Es heißt, Spülbecken und Waschtrog sind wie Huren, denn sie arbeiten Tag und Nacht. Doch mein Bordell hab ich schon vor Jahren geschlossen.
Heiß ist es auch noch geworden, und ich habe weder gestern noch vorgestern gegossen. Meine Beine tragen mich nicht mehr, sie sind noch stärker angeschwollen. Krampfadern, die aussehen wie grüne Schlangen, die sich um die Beine winden.
Auch egal. Sieht er vielleicht etwas davon, den Staub, die durstigen Pflanzen oder meine Schenkel?
Aber hören kann er's. Ich war immer schon üppig, hatte immer zehn oder zwölf Kilo zuviel, und wenn ich im Zimmer auf und ab ging, rieben sich meine Schenkel aneinander, und man konnte das Knistern der Nylonstrümpfe hören.

Er mochte das. Wenn ich mich hinsetzte, wollte er, daß ich wieder aufstehe.
Laß doch noch ein bißchen deine Strümpfe knistern, mein Freund.

Traffic. Als am Freitag morgen die Besatzungen der Tanker KOREAN SUN und TOKYO STAR und des Bananenjägers GOLDEN JEWEL, die GREEN ISLAND mit ihrer Zuckerfracht und die Süßholzraspler des Kreuzfahrtschiffs PRETTY LADY beim Anblick des übern Achtersteven fahrenden Frachters per Funk verwundert anfragten, ob Such- und Rettungsdienst verständigt werden sollten, bekamen sie, genauso wie zehn Schiffe vor ihnen, die Antwort: Alles bestens.
Freitag mittag, zwanzig Seemeilen von der Küste entfernt, endlich Aufatmen. Alle Mobiltelefone hatten Empfang, die meisten Seeleute sprachen mit ihren Familien, die ihnen einen herrlichen Frühling und einen Himmel voller Zuversicht schilderten. Alle, die von Touristeninseln stammten, begannen von gedeckten Tischen unter Weinreben zu träumen, von Spazierfahrten mit ihren Kindern, von gebräunten Leibern am Strand, von vollen Kassen in den Geschäften, von Tavlispiel und Ouzogelagen, vom griechischen Sommer, also von der Jahreszeit, welche die Defizite und Dürftigkeit des Alltags verblassen ließ, die über die Misere hinwegtäuschte und Griechenland für drei Monate in ein begehrenswertes und liebenswürdiges Land verwandelte. Rumänen und Russen waren gleichermaßen elektrisiert von der Sehnsucht nach ihrer Heimat und nach der Umarmung ihrer Lieben.

– Also, da ist der Propeller kaputtgegangen, und du hast mit keinem Mucks gesagt, daß er blind ist, stockblind? Wieso hast du nichts gesagt? Gerade du? Er hat mir erzählt, daß du für ihn die Heuerlisten führst, die Überstunden und die Beiträge bei der Seekasse einträgst. Na, Kompliment! Wir haben alle nacheinander mit ihm geredet, erst deine Schwestern, dann ich, dann Lora, die ihm sogar was vorgesungen hat. Jetzt bring ihn endlich dazu mitzukommen, damit die Sache ein Ende hat und wir endlich aufatmen können.

Antonis Avgoustis hatte nicht die Absicht, seinen Vater zu bedrängen, doch das sagte er Flora nicht, er wollte Streit vermeiden, da er die Zwanghaftigkeit der so vertrauten feindseligen Zwiegespräche nicht mehr ertragen konnte.

Ganz am Anfang der Heuer war es ein Kinderspiel für ihn gewesen, seine Aussprache ein wenig zu verändern, indem er das »l« an den Gaumen preßte und das »b« ein wenig härter aussprach, doch der schwierige Teil begann damit, daß er seinem Vater höflich und formell gegenübertreten, sich an das Sie-Wort gewöhnen und alle Kommentare, mit denen er sonst die Erwachsenen ohne Unterschied überschüttete, unterdrücken mußte – er, der bis dahin nur dem sechzigjährigen Souvlakibudenbesitzer um die Ecke und einem schwermütigen Pianisten Respekt gezollt hatte, der zwar als Klavierspieler nicht viel taugte, als kultivierter Redner jedoch ein wahrer Künstler war. Und der vor zwei Jahren weggezogen war, mit über fünfzig war er nach Rethymno zu seinem Olivenhain zurückgekehrt.

Die beiden Monate mit seinem Vater und alles, was das Leben auf See ausmachte, der Alltag unter Männern, das Geschäftemachen, der Seegang, die Schufterei, hatten ihn verändert, hatten ihn reifen lassen. Die Wachen der inneren

Einkehr im Rhythmus der Dünung hatten ihn eingeführt in eine Welt von Pflicht und Verantwortung, wie es einem Erwachsenen gebührte.

Land in Sicht. Zunächst nur eine dunkelblaue und dunkelgrüne Masse. Dann die gleichen Farben wie in jedem Hafen, mehrfarbige Schiffe, Hallen, Kräne und Hunderte weißer Möwen, die Lufteskorte der Fischerboote.
Der Hafen von Singapur war ein riesiger Handelsumschlagplatz, versammelte das Beste aus Asien und Australien, schickte es weiter nach Amerika und Europa und verteilte Kostbarkeiten in die Länder der Region.
Nachdem sie sich mit den Hafenbehörden verständigt hatten, gingen sie im Hafenbecken vor Anker, wobei die ATHOS III von den Mannschaften der anderen Schiffe bestaunt wurde, die vor Anker lagen, ein- oder ausliefen oder an den Piers vertäut waren.
Ein Beiboot brachte drei Hafenagenten an Bord, nur einer von ihnen sprach gebrochen Englisch, doch alle rollten vor Überraschung und Bewunderung die Augen und begannen in ihrer Muttersprache zu zwitschern, als sie den langhaarigen, frisch gebadeten, parfümierten und herausgeputzten Alten sahen, der eine Strecke von zweihundert Seemeilen Fahrt übern Achtersteven gemacht hatte, *Act of God*.
Der Smutje betörte sie mit pikanten Hackfleischröllchen à la Smyrna und klopfte sie auf Avgoustis' Anweisung mit zwei Stangen Marlboro, zwei Flaschen Ouzo und zwei Flaschen Metaxa pro Mann endgültig weich. Avgoustis Junior blieb in seiner Rolle als stellvertretender Butler während des Abendessens und auch in der Folge an der Seite des Kapitäns, wobei er ihm diskret die wichtigsten Dinge zuflüsterte.

Papiere, Dokumente, Unterschriften, alles wurde unter größtmöglicher kollegialer Solidarität abgewickelt, die drei Hafenagenten drückten ein Auge zu, nicht nur weil sie gut verpflegt und reichlich beschenkt worden waren, was in ihrer Armut stets willkommen war, sondern auch aus Respekt vor dem listenreichen Seewolf, ausgewiesener Garant für die Sicherheit von Schiff und Besatzung unter allen denkbaren Bedingungen. Sie ließen sich mit ihm fotografieren, mit seinen Offizieren und seinem Kater, und baten um Abzüge der Aufnahmen, da das Schiff einige Tage im Hafen liegen würde, wünschten dann alles Gute für die Vergabe der Olympischen Spiele 2004 an Athen und um neun Uhr eine gute Nacht.

In den folgenden Tagen löschte die ATHOS III ihre Ladung Kautschukballen und Zimtstangen, wurde in ein kleineres Hafenbecken gelotst und auf die Pallen des Trockendocks gelegt, dann machten sich Maschinisten und Spezialtechniker an die Arbeit, das ganze Dock hallte vom Lärm der Hämmer und Bohrer wider, von Anweisungen und eiligen Schritten.

Aus Piräus kam ein Telex mit Speichelleckereien, als Zeichen eines vorläufigen Waffenstillstands und in Ermangelung eines Nachfolgers, der besser als Kapitän Avgoustis die Reparaturarbeiten eines Schiffes, das er seit viereinhalbtausend Tagen und Nächten kannte, koordinieren und es in der Folge durch die äußerst pingelige Schiffsregisterprüfung bringen konnte. Und tatsächlich, nach vierzehn Tagen war alles in Ordnung, der Turbocharger, der Propellerring und der neue Seetüchtigkeitsnachweis. Die Glückwünsche der Inspekteure an den Kapitän kamen von Herzen, sowohl für seine umfassenden Kenntnisse, seine zielführenden Anregungen als auch, vor allem, für sein wachsames Auge in jedem Stadium der Reparaturarbeiten.

Am 17. Mai wurde die Arbeit im Trockendock beendet, und die ATHOS kam in ein Schwimmdock, der Leitende Ingenieur nahm die Schmieröllieferung entgegen und überwachte das Bunkern des Treibstoffs, die Kühltruhen und Vorratsräume der Kombüse füllten sich mit Proviant. Währenddessen hatten die Seeleute Landgang, schnupperten Frauenduft, kauften allerlei Mitbringsel, fanden ein bißchen Zeit für das geliebte Angeln, nahmen ihre Post in Empfang, Päckchen und zwei oder drei Briefe für jeden, endlich auch einer für den Smutje, der die Einladung zur Hochzeit eines gleichaltrigen entfernten Vetters aus Lamia enthielt, der sich mit einer zwanzigjährigen Bulgarin verheiraten wollte. Siakantaris wurde melancholisch, und die gute Laune verging ihm. Er selbst fühlte sich mehrfach betrogen, und während er sich mit der Einladung Luft zufächelte, betrauerte er die drei Ringe, die er aus romantischen Gefühlen, Galanterie und übergroßer Eile verschenkt hatte, und zwar einen pro Land: Bulgarien, Rumänien und Ukraine.

Am selben Tag kam noch ein vierter Ring zur Sprache, eine Votivgabe, die der Kapitän aus einem gelben Leinensäckchen heraussuchte, nachdem er Schächtelchen voller Schmuck, Nippes und farbiger Fingerhüte betastet hatte, und übergab ihn seinem Sohn, der von Bord gehen und ihn per Post an das Kloster Megisti Lavra auf dem heiligen Berg Athos schicken sollte.

Im Laufschritt durchquerte Antonis Avgoustis die Arena der Containerschiffe, bog nach den blauen nach links, und nach den orangefarbenen nach rechts ab, passierte die roten, und als er am Ende der braunen, gelben, weißen und mehrfarbi-

gen angelangt war, brachte er den Ring zur Post, holte die Fotografien ab und überbrachte sie den Hafenagenten, machte schnell einen Schnappschuß von einem Verkäufer, der Reis in Bananenblättern feilbot, dann von einem Affen in einem geblümten Rock, kaufte einen rosa Seidenelefanten, alles für Lora, und machte sich eilig auf den Weg, um zu seiner freiwilligen Wache an der Seite des Alten zurückzukehren, der im Aufundabgehen diverse Reports entgegennahm.
Am Sonntag, den 18. Mai, lichteten sie die Anker und entfernten sich langsam von der Leuchttonne der Hafenausfahrt.
— Ist dir klar, was mich der Spaß gekostet hat?
Das waren Chatzimanolis' erste Worte am Telefon, nachdem das Schiff in die Dunkelheit eingetaucht war.
— Du bist ungerecht. Weil du nicht weißt, was es heißt, auf See zu sein und ein Schiff zu führen. Und du wirst es auch nie lernen. Wenn du deinen Mund aufmachst und einen Seemann beurteilst, denk mal drüber nach, ob du nicht über Dinge sprichst, von denen du keine Ahnung hast.
Damit endete das Gespräch. Die Ladung Silber wartete auf sie, doch bis dahin waren es noch drei Tagesreisen.
Am Mittwoch morgen, den 21. Mai, dem Namenstag von Konstantinos und Eleni, nach dem Kaffee und den Glückwünschen, die sie einander für ihre jeweiligen Angehörigen dieses Namens ausgesprochen hatten, kam Land in Sicht, das für die drei Verfechter des Weltschmerzes unter der Mannschaft nichts Neues bot, ein monotoner Landstrich, ein Palmenhain nach dem anderen.
Der relativ kleine Hafen von Martaban verkaufte die Schätze der birmanischen Landwirtschaft, Holz, Reis und die wertvollen Erzeugnisse aus kleinen Gold- und Silberschmiedewerkstätten.

Drei Tage lang unterwarfen sich die Athosjünger dem heiligen Gebot der Arbeit und schufteten ununterbrochen. Zum Glück war alles zur festgesetzten Zeit erledigt, und am Samstag abend rissen sie sich los und nahmen Kurs auf Australien.

Für Avgoustis war der tagelange Alarmzustand vorbei, die Reports wurden abgeschickt wie immer, die Mannschaft hatte ihren alten Rhythmus wiedergefunden, und die Schiffsglocke schlug vier Glasen zum Wachwechsel, die einen mußten auf ihre Posten, die anderen konnten in ihre Kojen.

Trotz alledem war keine Rede davon, daß der Kapitän zur Ruhe kommen konnte, mit den Händen auf dem Rücken patrouillierte er allein am Oberdeck, und leise vor sich hinmurmelnd probte er die Worte für die kommende, diesmal höchstens einminütige Unterredung mit seinem Sohn, dessen Schuhe dann und wann ganz in der Nähe über den Boden schleiften und seine Anwesenheit ankündigten, und dessen Stimme, ein weiteres Signal, die abendliche Stille mit an den Kater gerichteten Lockrufen durchbrach. Maritsa schlenderte, nachdem er sich an frischem Fisch satt gefressen hatte, miauend übers Deck, und Antonis Avgoustis schäkerte leise mit ihm, betrachtete die Lichter der weit entfernten Schiffe, den Mond, die Sterne und wartete geduldig darauf, daß sein Vater ihn zu sich rief.

— Kazas, hörte er ihn eine ganze Weile später sagen, es ist gleich elf.

Der Junge näherte sich ihm.

— In zwölf Tagen sind wir in Perth, und dort brauche ich zwei weitere Tage Zeit. Beschaff mir ein Flugticket nach Griechenland.

Unmittelbar danach wandte er sich um und entfernte sich festen Schrittes, und sein silbergraues Haar flatterte im Wind. Die Sache bedurfte keiner weiteren Erläuterung, darüber hinaus verspürte der Alte die Verpflichtung und das Bedürfnis, ein letztes Mal in seiner Erinnerung die Hunderttausende von Tonnen, die verschiedensten Ladungen Revue passieren zu lassen, die er in den vergangenen sechs Jahrzehnten aufgenommen und transportiert hatte: Pelze aus Archangelsk, Holz und Cannabis aus Riga, Fernsehgeräte aus Rotterdam, Steinkohle aus Cardiff, Papier aus Edinburgh, schwarzen Reis aus Halifax, chemische Produkte aus Bilbao, Glas aus Barcelona, Zuckerrüben aus Tel Aviv, Kupfer aus Lima, Kakao aus Abidjan, Eisenbahnschwellen aus Lagos, Getreide aus Vancouver, Baumwolle aus Recife, Soja aus Masan, Kautschuk aus Madras, Seide aus Da Dang, gefälschte Markenjeans aus Bombay, Viehfutter aus Adelaide, Zucker von den Fidschi-Inseln, Industriegüter aus Kawasaki, Kyoto, Osaka, Kuang Tsu und Hongkong, und nun Silber aus Burma, das letzte Ein- und Auslaufen, die letzte Fracht seines Lebens.

Eisenerz, das tägliche Brot der Frachtführer der Meere, und das Rollen und Gieren des Schiffes unter heftiger Dünung wären für Avgoustis' Abschiedsfahrt und als letzte Erinnerung an das Meer passender gewesen.
Doch die gute ATHOS schaukelte nun schon den vierten Tag bei überaus ruhiger See dahin – der Ozean schien dabei vor Langeweile zu gähnen – und transportierte wertvolle Fracht, Silber, das mit australischen Opalen zu Kolliers, Schlüssel-

anhängern und Manschettenknöpfen verarbeitet werden sollte. Wie das Leben so spielt.
Frachtdisposition Perth, erwarte Nachfolger, Kapitän Dimitrios Avgoustis, so lautete das erste Telex nach Piräus, unmittelbar nach der Abfahrt aus Martaban. Am Mittag des folgenden Tages folgte noch eins, weitere Besatzungsmitglieder hatten den Wunsch geäußert abzumustern.
Vor Morgengrauen war Mitsos Avgoustis in die Kombüse hinuntergegangen, wo Siakantaris' Kochmaat gerade Eier kochte, Butter und Marmelade auf die Frühstücksteller der Mannschaft verteilte und der Smutje einen blauen, frisch aufgetauten Schwertfisch entschuppte und dabei einen Vortrag über Sardinen bester Qualität, Anchovis *de luxe* und eine bestimmte Sardellensorte der Ägäis hielt, singende Fische, die vorwiegend im Frühling gefangen wurden.
Nachdem der Löffel Tequila gegen das Rheuma verabreicht war, wurde sogleich ein Mokkakännchen aufgesetzt. Es folgte der Kaffee, ein wenig Zwieback, Schafskäse, und die Zunge des Kapitäns löste sich, um zwei Sätze mit nur wenigen Worten zu äußern: Die Schlangenbrut in Piräus ruft nach mir. Aus und vorbei mit Käpt'n Avgoustis.
Der Kochmaat ließ seine Arbeit kurz im Stich, lange genug, daß die Schalen der zu lange siedenden Eier zersprangen, und der Smutje machte sich nachdenklich daran, den Schwertfisch zu zerkleinern. Als er fertig war, säuberte er seine Hände mit Seife, stellte die leere Tasse des Kapitäns beiseite und erklärte entschieden: Dann ist's auch aus und vorbei mit Siakantaris.
Jede weitere Diskussion erübrigte sich, da der Kapitän zum einen mit der Entscheidung einverstanden war und der Koch zum anderen die abgelaufenen Lebensmittel, zum Glück nur

mehr ein paar Tomatenkonserven, selbständig entsorgen und dann seinen engsten Freund begleiten, sich auf der Rückreise um ihn kümmern würde. Er würde dem Schlag seines Herzens lauschen, das sich nun nach und nach auf einen anderen Rhythmus einstimmen mußte, den der Rückzug aus dem Berufsleben und der Eintritt in das häusliche Leben an Land bestimmte, in ein Haus, das im Epizentrum von Erschütterungen lag, die es in aufeinanderfolgenden Vor-, Haupt- und Nachbeben in Mitleidenschaft gezogen hatten.
Kurze Zeit später kündigte der Steward in der Mannschaftsmesse an, er könne nachts kein Auge zutun, er sei eben nicht zum Seemann geschaffen. Die drei Monate an Bord würden ihm dennoch unvergeßlich bleiben, er habe viele nützliche Dinge gelernt, Offiziersbetten zu machen, Offizierstoiletten zu putzen und Vorgesetzte respektvoll zu bedienen, und auch viele nutzlose, aber schöne Dinge, etwa daß es auf Hawaii Rinder und Pferde gab, die aufgrund eines bestimmten Krauts, das auf den dortigen Weiden wächst, ohne Wasser auskommen, daß die zahlreichen Medizinmänner auf Haiti mit einer Mischung aus Alkali und Kampfer Menschen aus der Hypnose wecken – jede Menge bizarrer Geschichten aus aller Welt, die er während der Wachen gehört hatte und von denen er seinen Freunden ein Leben lang erzählen würde.
Die beiden Russen klopften ihm freundschaftlich auf die Schulter, und ihm zu Ehren rezitierte jeder ein Gedicht, Sascha deklamierte *Sturm*, das von einem weißgekleideten Mädchen auf hoher See handelte, und Andrej die *Wolke*, die vom Sturm zurückgeblieben war und Feuerblitze und Donnergrollen zur Erde schleuderte, alles mit improvisierter Pantomime und englischer Kurzfassung. Einer der Rumänen riet ihm, seine Entscheidung noch mal zu überschlafen:

Das Meer ändert sich natürlich nicht, doch der Seemann paßt sich mit der Zeit an, man gewöhnt sich. Ein zweiter Rumäne meinte, er beneide ihn. Noch ein paar andere, die bei ihrem Kaffee saßen und an die Abmusterung von grünen Jungs gewöhnt waren, gönnten ihm gerade mal einen wortlosen Blick. Nur Michaloutsos, ein As in Gewerkschaftsfragen, wies ihn darauf hin, daß er bei Abmusterung vor Ablauf der Sechsmonatsfrist seines Heuervertrags das Seefahrtsbuch zurückgeben müsse und die Erstattung des Rückflugtickets verliere.
Gegen zehn Uhr brachte der Steward eine Extraportion Kuchen ins Ruderhaus, den der Smutje spendierte, und teilte dem Kapitän in Anwesenheit von Birbilis und Dachtylas mit, er wünsche abzumustern.
— Na so was, hast nicht gerade du Bedenken wegen meines Alters gehabt? Und jetzt, wenn ein junger Kapitän kommt, willst du weg?
Avgoustis' Stimme mimte glaubhaft spöttische Überraschung. Die anderen beiden lächelten, Birbilis riet ihm, noch ein wenig abzuwarten, ob er seine Meinung nicht doch noch ändere.
— Ich habe in diesen Tagen lang darüber nachgedacht, das hat nichts mit Ihnen zu tun, ich kann einfach nicht mehr, diese Art von Extremsport liegt mir nicht.
Und so kam es, daß drei Flugtickets reserviert wurden.
Die folgenden Tage vergingen mit eifrigem Rostklopfen, Anstreicherarbeiten und allerlei Reparaturen, und aus dem Lifting ging ein jugendfrischer und funkelnder Frachter hervor, Vorratskammern, Tiefkühltruhen, Küchengeräte, Toiletten, Bettwäsche und Werkzeug, alles war in tadellosem Zustand für die Inspektion und die Übergabe an den neuen Kapitän.

Die Mannschaft hatte ein seltsames Gefühl, ohne Avgoustis weiterzufahren, und sie wußte, daß er sich noch seltsamer fühlen mußte, sein Leben ohne sie, ohne Schiff und vor allem ohne die See fortzusetzen.
Die Dinge des Alltags gewannen eine zeremonielle Feierlichkeit, jedem Handgriff, jedem Gespräch, jedem Bissen, jedem Schluck, jeder Zigarette wohnte ein Hauch von Abschied inne.
Avgoustis Junior kam es gelegen, daß sein Vater keine langen Diskussionen wünschte, die Entscheidungen waren getroffen, die Taten würden folgen.
Er sah, wie der Alte immer wieder in den Bauch des Schiffes hinabkletterte, Apparate, Kabel, Schalttafeln, Türklinken berührte, die Treppen rauf- und runterging. Geh nicht in den Laderaum, Papa, hatte er ihm bittend zugeflüstert, doch der Kapitän beharrte darauf, mit dem Tastsinn, mit seinem Gehör und Geruchssinn jeden Winkel des Schiffs zu überprüfen. Der Hornochse, der meinen Posten übernimmt, soll über keine Schlamperei stolpern, preßte er zwischen den Zähnen hervor.
Doch dem Sohn war klar, daß dies nur die halbe Wahrheit war, seine letzten Rundgänge waren nostalgische Abschiedsgesten, die fast stets im Rauchsalon endeten, wo er den Leuten Zigaretten anbot mit den Worten: Wir alle sind wie die Wellen der Dünung.
An den Abenden schloß er sich in seine Kajüte ein, hörte Musik, räumte auf, musterte geheimnisvolle kleine Dinge aus, legte seine Hemden zusammen, und als sein Sohn ihn dabei überraschte, wie er gerade seine zwanzig Seidenkrawatten bügeln wollte, schickte er ihn fort: Ich brauch keine Hilfe. Doch gleich darauf bereute er es und ersuchte ihn,

zusammen mit ihm in das abgeschlossene Apartment hinüberzugehen, das den Reedern vorbehalten war.
Die Dinge hatten sich verändert, für seinen Vater, für seine Mutter, für seine Schwestern, und er war maßgeblich daran beteiligt, daß auch für ihn selbst die Dinge nicht mehr so waren wie vorher. Mit zweiundzwanzig hatte er zum ersten Mal die Entschlossenheit verspürt, die den Zorn zügelt und zu Entscheidungen befähigt.
Er hatte genug von den Ehestreitigkeiten, die er als kleiner Junge zwischen seiner Mutter und seinem Vater mitbekommen hatte, später nur mehr durch seine Mutter, die sich mit ihrem abwesenden Gatten bis aufs Messer anlegte, er hörte, wie Flora, ganz allein, plötzlich in Rage geriet und ein Gespräch laut fortsetzte, das sie offenbar innerlich mit sich selbst geführt hatte, und wie eine Hyäne auf seinen Vater losging, der tausende Meilen weit weg war.
Auch er selbst hatte sich immer wieder mit ihm gezankt, bis er die ewig gleichen Streitereien satt hatte und damit Schluß machte, und da entdeckte er, daß derjenige, der Unrecht begangen hat, es von alleine begreift, wenn der Streit zu Ende ist, und nicht auf die Knie fallen und um Verzeihung bitten muß. Bester Beweis war seine arme Mutter, die ihn am Montag beschimpfte, er sei ein fauler Herumtreiber und werfe sein Geld achtlos zum Fenster hinaus, und am Donnerstag, spätestens am Freitag setzte sie sich neben ihn, während er vor dem Fernseher seinen Toast knabberte und streichelte ihm den Haaransatz im Nacken. Er bedauerte sie. Der Groll raubte jede Kraft. Seine Mutter mußte sich einen Ruck geben, die Suche nach Schuldigen aufgeben und ihre geballte Faust lösen.
Wir müssen unsere Hände und Augen schulen, dachte er,

denn Blicke und Berührungen zeigten Gefühle genauer und zuverlässiger als Worte, die schnell außer Kontrolle gerieten, wenn sie im falschen Ton oder zur falschen Zeit ausgesprochen wurden, und den Menschen nur Unglück und Qual bescherten.
Der leere Blick seines Vaters bat ihn wortlos um Verzeihung, und ebenso wortlos erteilte sie der Sohn, nicht durch Blicke, die der Vater nicht sehen konnte, sondern durch die Berührung seiner Hände. Vater und Sohn Avgoustis waren in das Reederapartment getreten, um mit der nötigen Sorgfalt alle persönlichen Gegenstände des Kapitäns aus dem Tresor zu holen, ganze Stapel mit Fotografien und Briefen, aufeinandergeschichtet wie Ziegelsteine. Heimlich überflog der Sohn Absender und Adressen auf ein paar Briefumschlägen – zum Teil stammten sie von seiner Familie, zum Teil auch nicht –, dann nahm er die Hände seines Vaters, hielt sie eine Weile fest und sagte: Wenn du willst, dann besuche ich Litsa.

Es war schon Mitternacht.
Eine niedrige Kajüte, Boden und Wände hellgrün gestrichen, ein Waschbecken mit beleuchtetem Spiegel, ein kleiner, dicht ans Schott geschobener Tisch, und ein von der See umspültes Bullauge, Zimmer mit Meerblick, wie die Werbebroschüren der Touristenhotels schrieben – für eine ganze Saison war es die Kammer von Avgoustis Junior gewesen, darin hatte er über sein bisheriges Leben nachgedacht und ernsthaft begonnen, über das nachzudenken, was noch vor ihm lag.
Manchmal passiert es, daß ein bestimmter Ort auserkoren ist, Vergangenheit und Zukunft in sich zu bergen, so nah und so dicht, daß beide, nur einen Atemzug entfernt, einen berühren und sich in heller Klarheit zeigen.

Er trank ein Glas Wasser, streifte seine Schuhe ab und legte sich in seine Koje. Fünf Stunden schlief er am Stück, eingelullt von der Dünung, nach der er sich in den Zimmern des Festlands später sehnen würde, und frühmorgens, bevor die Mannschaft auf den Beinen war, folgte er Maritsas Rundgang, der Kater auf der Reling, er an seiner Seite, lief auf den Händen über die Seitendecks, und seine Beine tanzten in der Luft. Immer noch wirkte er wie der Geist, der stets verneint, doch seine Widerspenstigkeit war fast gezähmt.

Abschied vom Sonnenbaden in Unterhosen.
Samstag, den 7., Sonntag, den 8. und Montag, den 9. Juni, anhaltender Nieselregen und erste Winterkälte.
Perth war ein großer Hafen, die Formalitäten mußten erledigt werden, die Ladung wurde gelöscht, Hafengebühren und andere Spesen wurden beglichen, die Laderäume gereinigt, das Deck wurde geschrubbt, ein Telex geschickt, die Bordbücher wurden auf den neuesten Stand gebracht und überprüft. Dann folgte eine letzte pedantische Inspektion, so daß die Chromventile der Waschbecken funkelten, die Trinkwasserspender fehlerfrei funktionierten, die Videofilme und die Kassetten mit Kirchenmusik an den Anfang zurückgespult und die Haare der Männer frisch geschnitten und frisiert waren: ein Vorzeigeschiff, bereit für den großen Tag.
Am Montag nachmittag suchte Avgoustis Kapitänleutnant Birbilis in seiner Kajüte auf.
— Ich weiß nicht, wie mir geschieht. Was habe ich mehr

geliebt, das Meer oder das Schiff? Jedenfalls wünsch ich dir alles erdenklich Gute.

Früh am selben Abend versammelte sich die ganze Besatzung zum Abschiedsessen des Kapitäns in der Offiziersmesse.

Einige von Avgoustis' Lieblings-CDs – Moscholiou, Sinatra und Kanellidou – liefen leise im Hintergrund und schufen eine angenehme Atmosphäre, die mit dem Lied *Zerschlag'ne Gläser* ihren Höhepunkt erlebte, das der Kochmaat sehr hübsch vortrug und dem aus Kleinasien stammenden Kapitän und allen Vertriebenen widmete. Der musikalische Teil des Abends wurde durch einen Rocksong, dargeboten von den russischen Zwillingen, diesen Möchtegern-Künstlern und Possenreißern, qualitativ zwar gemindert, doch insgesamt wurde der Abend durch das exquisite Menü gerettet.

Siakantaris hatte beim Kochen überall Taschentücher stekken, in der Hemdtasche, in den Hosentaschen und in der Schürze, denn alle paar Minuten tupfte er sich über die Augen oder putzte sich die Nase, während er sich mit angstvoller Sorge seinen erlesenen Zutaten widmete. Australische Austern und Großgarnelen als Vorspeise, über Dampf gegarter Barramundi mit gebratenen Pilzen als Hauptspeise, eine aristokratische Auswahl, aus der Tasche des Küchenchefs bezahlt und zu Ehren des aristokratischen Alten, der vor Rührung keinen Bissen hinunterbrachte.

Wie hätte er auch die Austern öffnen und die Gräten aus dem Fisch lösen sollen. Ein andermal liefere ich nackte Spaghetti ab, beschwerte sich Siakantaris beim Kapitän, tief getroffen und untröstlich, obwohl die übrige Besatzung in laute Beifallsbezeigungen ausbrach und Birbilis das Festgelage auf Video bannte.

Es floß reichlich Wein, und so manches Lied wurde im Chor mitgesummt, bis sich Mitsos Avgoustis erhob und dadurch dem Klappern der Messer und Gabeln Einhalt gebot.

— Ich möchte euch etwas erzählen, wie es die Wellen der Dünung tun. Eigentlich wollte ich gar kein Seemann werden, doch nun bin ich achtundfünfzig Jahre zur See gefahren. Ich will zwar nicht an Land zurück, doch die Erde fordert mich auf, mich zu stellen. Es ist an der Zeit. Ich und einige aus meiner Generation leben noch, denn wir haben nicht begriffen, daß es das Beste für uns wäre, rechtzeitig abzutreten. Ihr gottverdammten Kerle, ich fühle mich wie ein Schiffstau, zerschlissen und zusammengerollt, ohne euch fällt mir das Weitermachen schwer. Ihr seid gute Seeleute, und das verdankt ihr mir. Seht zu, daß ihr nicht ersauft, damit ihr mich in Erinnerung behalten könnt.

Kazas? suchte er dann nach dem Steward, doch sein Sohn stand schon mit einem Karton bereit. Hier bitte, Käpt'n, meldete er sich und begann, ihm nacheinander verschiedene Dinge zu reichen.

Mitsos Avgoustis rief die Männer nach ihrem Dienstgrad auf, umarmte sie, küßte sie auf beide Wangen und verschenkte als Andenken seine selbstgestrickten Schals, von denen er mehr als genug hatte, seine Krawatten, Toilettenartikel, Zigarren und die Biographien, die alten und tausendmal gelesenen, und die aus dem letzten Jahrzehnt, Geschenksendungen seiner jüngeren Tochter, die unberührt geblieben waren.

— Bitte, keine Tränen, rief Siakantaris mit feuchten Augen, verschwand in der Kombüse, um dort den Schal und die Stalin-Biographie zu hinterlegen, und kehrte eine halbe Minute später mit einer riesigen blauen Torte zurück. Mit Zuckerbäckerfarbe hatte er die Sahnecreme meeresblau gefärbt, dann in Wellenform aufgetragen und obenauf ein rotes Zukkerschiffchen gesetzt, beladen mit dem silberfarbenen Konfekt der Totenspeisen, eine Überraschung, die selbst den Blinden zu Beifall hinriß, der weder die Torte sehen konnte noch durch den Sohn eine diskrete Beschreibung erhalten hatte.

Jerasimos Siakantaris dankte dem Kapitän und der ganzen Besatzung, die Idee mit der wellenförmigen Torte sei ihm gekommen, als er sich an die Schokoladenanker und die griechischen Flaggen in Lolliform erinnerte, die ein ehemaliger Funker an Avgoustis geschickt hatte, eine Tunte zwar, aber ein wahrer Künstler des Süßen und Süßlichen. In dieser Form war ihm die Geschichte bekannt, und so gab er sie wieder, dann wünschte er allen eine friedliche Seereise und rief den Beistand Christi und der Madonna herbei.

Da betrat ein glatzköpfiger Sechzigjähriger die Offiziersmesse, im Frack und mit weißen Handschuhen, wie der Sohn dem Vater eilig zuflüsterte.

— Käpt'n Mitsos, ich bin's, Theodossis, wie sollen Sie mich auch in der Verkleidung erkennen!

Es handelte sich um Theodossis Papadopoulos, einen ehemaligen Seemann, der während des Obristenregimes in Australien geblieben war, als in den Häfen von Sidney und Melbourne die großen Solidaritätsstreiks gegen die Junta stattfanden. So stellte ihn Siakantaris den Teilnehmern am Gelage vor. Sie waren Bekannte und Kollegen, damals junge Kochmaate.

Der Frackträger mußte Avgoustis wohl an die zehnmal umarmt und mindestens genauso oft *Teurer Freund* ausgerufen und noch einmal so oft in seinem unverfälschten Heimatdialekt das dichte silberfarbene Haar des Kapitäns bewundert

haben. Vor dreizehn Jahren hatte er ihn zum letzten Mal gesehen, seit damals hatte der Kapitän Perth nicht mehr angelaufen. Herzlich begrüßte er auch den Smutje mit der Losung *Weinberge und Weinblätter* und kam dann auf sich zu sprechen. Er komme oft am Hafen vorbei, fast jeden Tag, mache Umwege, um die Handelsschiffe zu sehen, und immer wenn er ein griechisches Schiff antreffe, grüße er von der Pier aus, manchmal frage er auch, ob er an Bord kommen könne.
— Bist du als Bräutigam unterwegs, weil du montags im Frack bist? fragte Avgoustis.
— Andere führe ich zum Galgen.
— Also Trauzeuge?
Theodossis Papadopoulos erklärte, daß er immer noch als Privatdetektiv tätig sei, Observationen für griechisch-australische Paare übernehme, alles, was eheliche Untreue und Familiendramen betraf, doch nun habe er noch ein zweites Geschäft gegründet, eine Hochzeitsagentur.
Mit einer Limousine und einer Videokamera begleite er Brautleute in die Kirche oder aufs Standesamt, filme die Trauung und die Hochzeitsfeier, aber nur bei griechischen und zyprischen Paaren, weil sich da das ganze Dorf versammle und zünftig feiere, alle anderen, für die eine Hochzeit bloß aus zwei Unterschriften unter eine Urkunde bestehe, seien nicht so spendabel.
Er verteilte an die Anwesenden seine Visitenkarten, auf der die Fotografie der weißen, zehn Meter langen und yachtähnlichen Limousine prangte sowie das Firmenlogo: *Teo Poulos – Luxurious Weddings.*
— Wer weiß, vielleicht find ich ja noch mein Glück in Perth, meinte Birbilis und schwenkte seine Geschenke, die Biographie von General Karaiskakis und zwei Paar Stricknadeln.

Nachdem man dem Gast ein Glas Wein und ein Stück von der blauen Wellentorte aufgewartet hatte, folgten eine Viertelstunde später wieder eine Reihe von Umarmungen, gekrönt von herzlichen Segenswünschen, und dann machte sich eine Truppe von zehn Seeleuten in gelben und roten Schals im Gefolge des Zeremonienmeisters auf den Weg, da er sie mit der Brautlimousine auf einen oder auch mehrere Drinks ausführen wollte, und wer weiß, was sich sonst noch alles ergab.

Wieder blieb Antonis Avgoustis als Hüter seines Vaters zurück. Du hast nicht nur Angst vor dem Meer, du hast auch Angst vor dem Festland, meinte der Koch zu ihm.

Tatsächlich hielten Männer wie Frauen den jungen Avgoustis lange Zeit für hasenherzig, inkompetent und unbedarft, doch er hatte sie alle Lügen gestraft. Was er gewonnen hatte, war nicht die Genugtuung einer Abrechnung, sondern die keimende Zuneigung zwischen seinem Vater und ihm und die Erfahrung, daß niemand und nichts auf der Welt je vergessen wird, da die Gerechtigkeit in aller Stille wirkt und ihre Aufgabe erst im Lauf der Jahre vollendet.

Sowohl auf dem Schiff als auch im Hafen herrschte Ruhe, Lichter nah und fern erhellten die Nacht. Er ging zur Kajüte seines Vaters, für den Fall, daß der Kapitän seinen Steward oder seinen Sohn brauchte.

Doch der Alte wollte für sich bleiben. Er packte die kleinen Geschenke der Mannschaft in seinen Koffer, eine silberne Perlenschnur, Talismane, einen russischen Jesus, ein gesticktes rumänisches Herz, dann seine Vergrößerungsgläser, Unterwäsche und ein paar Kleidungsstücke. Er konnte nicht einschlafen, vor lauter Ungewißheit, wie seine ersten Schritte außerhalb des Schiffes verlaufen würden, Schritte auf ein

längst vergessenes und verändertes Festland, Schritte in ein Leben, dem er nicht länger ausweichen konnte.
Im Morgengrauen lag das Schiff auf Anregung von Birbilis mit Fähnchengirlanden geschmückt da, wie am Nationalfeiertag, was Avgoustis, hätte er es sehen können, sofort wieder rückgängig gemacht hätte, doch zum Glück hatte auch sein Sohn in der Hektik der letzten Handreichungen vergessen, es ihm zu schildern. Siakantaris erwartete jeden Augenblick den Spruch zu hören: Holt die Dinger wieder runter, ich bin weder Admiral Kountouriotis noch Queen Elisabeth von England – doch zu seinem Erstaunen hörte er nichts dergleichen und wunderte sich über die Nachsicht des Kapitäns, wußte er doch, wie verhaßt diesem offizielle Festivitäten waren. Doch die hatten informell schon längst begonnen, und zwar zu Ehren Maritsas. Fast alle Mann der Besatzung wurden Teil der Ehrengarde des Katers im Zuge seines letzten Rundgangs auf der Reling. Er wurde von Arm zu Arm gereicht und hörte nur Schmeichelworte – hey, Prinz, der Sonnenaufgang ohne dich ist nur halb so schön, schreib uns mal 'ne Postkarte.
Um neun traf das Telex mit dem neuen Frachtvertrag ein, fünfzehntausend Tonnen Fischmehl und noch mal soviel Eisenerz waren unter dem neuen Kapitän ins Hügelland von Mororan zu transportieren.
Egal, wer's ist, an den werden wir uns nur schwer gewöhnen, wiederholte der Leitende Ingenieur ein ums andere Mal.
Der Neue erschien gegen zehn Uhr. Sakis Karagiannopoulos hatte schon auf Tankern, Kreuzfahrtschiffen und Panamax-Containerschiffen gedient, war unter fünf Flaggen gefahren, hatte im Dienste von vier Reedereien gestanden und drei Ehen hinter sich. Mitte vierzig, sportlich, mit schicker Son-

nenbrille, teurer Lederjacke und exklusiver Markenuhr, ein unsympathischer Dandy. Knappe Begrüßung, kühle Blicke, noch kühlerer Händedruck, ein oder zwei *Okay*, gerade mal ein Dankeswort und kein einziges Lächeln.

Sein Amtsantritt auf der ATHOS III führte dazu, daß die Mannschaft den neuen mit dem ehemaligen Kapitän verglich, der Abgang des Alten verursachte ihnen Schüttelfrost und Magendrücken, und ihre Herzen krampften sich zusammen.

Der neue Smutje und der neue Bordsteward schienen von einem anderen Stern zu kommen. Der dreißigjährige Alfonso Budeng von den Philippinen, Siakantaris' Nachfolger, wurde zu den Herdplatten geführt, zu den Öfen, zu den Tiefkühlwaren und den Küchenschränken. Er fragte diskret nach den kulinarischen Vorlieben der Offiziere und wie er die Mannschaft zufriedenstellen könne, lauschte ehrfurchtsvoll dem Epos von den nach Urin riechenden Lämmern und von den mit Reis gefüllten Weinblättern, mit einer leichten Verbeugung dankte er für die handgeschriebenen Rezepte für den Tomatensalat, Imam Bayildi und Schmalzgebäck, die zwei Seiten lang in dem Pidgin-Englisch der Schiffe notiert waren, das ein Mensch, der den ganzen Tag bei vierzig Grad in der Kombüse schmort, eben im Kopf behalten kann, und versprach dem besorgten griechischen Kollegen, seine Ratschläge zu befolgen und ihre Berufsehre hochzuhalten.

Was den anderen, Marvin Malamouan, den schmächtigen zwanzigjährigen Steward betraf, der ebenfalls von den Philippinen stammte, so verbarg er seine Freude nicht, endlich Arbeit gefunden zu haben, denn er hatte Frau und Kind zu ernähren und ein zweites war unterwegs.

Die Ankunft der beiden Philippiner war als Zeichen zu ver-

stehen, daß – vielleicht schrittweise, vielleicht schlagartig – die Ablösung der griechischen Besatzungsmitglieder der ATHOS III durch billige asiatische Seeleute bevorstand, die sich mit dem halben Monatslohn zufriedengaben. Auf dem Schiff machte sich das Gefühl breit, nur mehr provisorisch Dienst zu tun. Die Angst, bald entlassen zu werden, und der Verdacht, der neue Kapitän habe sich mit dem raffgierigen Reeder verschworen, führte bei allen dazu, daß sich ihre Blicke fast gleichzeitig verdunkelten, ihre Zungen lahm und ihre Beine schwer wurden.
Ihre Gedanken kehrten nach Griechenland zurück, zu den nicht gerade günstigen Aussichten, in der Firma irgendeines Verwandten unterzukommen oder irgendeinen Job in den Touristenpalästen ihrer Heimatinseln zu finden, oder zur Möglichkeit, sich für die Gründung einer Werkstatt oder für irgendwelche Luftgeschäfte in Schulden zu stürzen, da es unrealistisch war, daß auch sie als Privatdetektive oder Hochzeitsorganisatoren, die in zehn Meter langen Limousinen Brautleute chauffierten, ihr Glück machen würden.

— Die Gangway hat zweiundzwanzig Stufen.
— Ist klar.
— Maritsas Korb werde ich tragen.
— Sei vorsichtig.
— Ich werde zuerst das ganze Gepäck hinunterbringen und in der Limousine verstauen.
— Ist sie schon da?
— Sie wartet unten.
— Ist er wieder im Frack?
— Nein, normal gekleidet.
Der junge Avgoustis mußte die Gangway dreimal hoch- und

runterlaufen, um alle Koffer in die Hochzeitslimousine zu transportieren, dann folgte ein letztes Händeschütteln, man wünschte einander gute Reise, Abschiedsfotos wurden gemacht, und dann der große Abgang, während der mit Fähnchen geschmückte Frachter mehrmals zum Abschied tutete und die versammelte Mannschaft, genauso wie Besatzungsmitglieder auf den benachbarten Schiffen, an der Reling stand und winkte.
Mitsos Avgoustis ging als erster hinunter, Siakantaris als zweiter und dahinter, mit bangem Herzen, Antonis Avgoustis, der die Gangway hinuntertappte, als wäre er der Blinde, über seine eigenen Füße stolperte und unbeholfen immer drei Treppen auf einmal nahm, während Maritsa erschrokken miaute.
Teo Poulos ließ seinen teuren Freund auf dem Beifahrersitz Platz nehmen. Die anderen beiden und der weiße Kater setzten sich in den mit hellem Leder ausgeschlagenen länglichen Fond der Limousine, zwischen die mit Tüll geschmückten Bonbonschachteln, die den Duft von Hochzeitsmandelkonfekt verbreiteten.
Mit rhythmischem Hupen fuhr die Limousine in Richtung Flughafen los.
Während der ganzen Fahrt erläuterte der Chauffeur seinem blinden Fahrgast die Schönheiten und Errungenschaften des wohlorganisierten Perth. Obwohl er eine Detektei betrieb, schöpfte er weder Verdacht bezüglich der Sehkraft des Kapitäns noch befremdete ihn dessen beharrliches Schweigen, ganz im Gegenteil, es kam ihm zupaß, einen Monolog zu führen, die Erfolge seiner Agentur aufzuzählen, das Leben in Australien zu loben, von den Papageien, den Pinguinen, den Känguruhs und von den unglücklichen Koalabären zu erzäh-

len, deren einzige Nahrungsquelle, die Eukalyptusblätter, dazu führten, daß sie in benebeltem Zustand bei Buschfeuern nicht rechtzeitig wach wurden, um ihre Haut zu retten. Alles in allem gelang es Teo Poulos, das Thema Griechenland zu umschiffen, ohne zugeben zu müssen, daß er seine Mutter im Jahr 1973 zum letzten Mal gesehen hatte.

Anscheinend habe ich immer nur das gesehen, was der Chef mich sehen lassen wollte. Meine Augen waren nicht schlau genug, um Verdacht zu schöpfen und ihm auf die Schliche zu kommen. Ich zeigte ihm augenzwinkernd eine rote Scheibe vom Kardinalsapfel, die aussah wie eine Mondsichel, und er warf keinen einzigen Blick darauf. Dann zeigte ich ihm unter Augenzwinkern die Pakete, die mein tolpatschiger Kochmaat für seine Soledad vollpackte, und wieder keine Reaktion. Ich dachte, er sei in Gedanken, weil ich sicher war, daß er das alles schon längst gesehen hatte. Obwohl sich Siakantaris auf diese Weise vor sich selbst rechtfertigte, war er dennoch traurig, nicht, weil Avgoustis ihn wegen seiner kranken Augen nicht ins Vertrauen gezogen hatte, sondern weil er selbst, ohne es zu merken, zu sehr mit Blindheit geschlagen war, um Komplize der Inszenierung zu werden und Avgoustis über so viele beklemmende Jahre voller Bangigkeit hinweg aus tiefstem Herzen beizustehen. Er rief sich die Windstärken des letzten Jahrzehnts in Erinnerung, drei Teufelsritte über den Nordatlantik, den hinterhältigen Schwarzen Frost, dreimal die tödliche Fahrt an der Küste Patagoniens, die undurchdringlichen Nebelbänke, die zwei Durchquerungen des Nordpazifiks, einmal siebzehn, einmal neunzehn Tage und Nächte lang mit null Sichtweite, totem Radarschirm und dem ununterbrochenen Läuten der Schiffsglocke.

Nun, im nachhinein, wuchs seine Bewunderung für den Kapitän, der die Wetterlage erspürte, sogar im Rückwärtsgang fuhr, ohne daß das Schiff oder einer seiner Männer auch nur einen Kratzer abbekommen hatte, und das alles ohne Augenlicht.

Und nun amüsierte sich der Smutje auch über Birbilis' Augenwasser oder über den mehrmaligen Auftrag, koch ein wenig Kamillentee für die Augenkompressen des Kapitäns, nachdem dieser einmal fünf, dann sieben und sogar siebzehn Tage ununterbrochen auf den Beinen gewesen war.

Nein, es machte ihm nichts aus, daß Avgoustis kein Wort gesagt hatte und sich so viele Jahre lang an keinem einzigen elenden Abend dazu hinreißen ließ, klein beizugeben und sein Herz zu öffnen, selbst dafür gebührte ihm Bewunderung. Auch machte es ihm nichts aus, daß der Kapitän ihm gegenüber nichts erwähnt hatte, als er erfuhr, daß der neu an Bord gekommene Steward sein Sohn war, ein ganz schön schlaues Bürschchen. Wie hätte er ihm auch so etwas sagen können wie: Ich habe mein eigenes Kind nicht erkannt, weil ich seine Fotografie in meiner Schublade weggesperrt habe. Er konnte doch nicht auf einen Schlag eingestehen, was er mit solch einem selbstbezogenen Eifer, mit solch einer sorgsam gehegten Angst über all die Jahre verborgen gehalten hatte.

Am Flughafen von Perth war alles ans Tageslicht gekommen. Dort fiel Siakantaris auf, daß der Kapitän keinen Schritt ohne seinen Steward tat, sich an den Arm des jungen

Mannes klammerte und den starren Blick gesenkt hielt. Als sie zum Einstieg aufgerufen wurden, sagte er ohne weitere Umschweife: Jerasimos, ich bin blind, und der Junge hier ist Antonis, mein Sohn – dann sagte er nichts mehr, es gab auch keine Fragen zu beantworten, denn die hatten sich erübrigt. Der Smutje, starr vor Staunen, wechselte mit Antonis ein paar stumme Blicke und erst später, während des Flugs von Perth nach Sidney, zwischen halbstündigem Schweigen und wirklichen oder vorgetäuschten Nickerchen der drei in derselben Reihe sitzenden Passagiere, wurden ein paar Dinge kurz angesprochen, ohne überraschte oder beleidigte Worte, vorwiegend praktischer Natur, ob die Krankheit heilbar sei, was die Reederei davon wisse, ob die Familie im Bilde sei, welcher Tätigkeit Antonis in Wirklichkeit nachgehe, zusammen mit ein paar Sätzen, die gewisse Übertreibungen geraderücken sollten: Wie ist mir nur eingefallen, Frau Flora mit der CIA zu vergleichen; welcher Teufel hat mich da geritten, als ich dir erzählt habe, daß dein Vater angeblich drei Negerinnen auf einen Sitz vernascht hat.

Auf dem Flughafen von Sidney ging der Sohn, der nicht bloß ein hübscher Junge war, sondern auch einen Charakter besaß, in dem sich Frechheit und Opferbereitschaft paarten, ein paar Geschenke einkaufen, Avgoustis und Siakantaris blieben alleine zurück. Der Koch begann über den Hof seines Elternhauses in Kyriaki zu reden und über die Tanne, in deren Schatten zehn Generationen der Familie Siakantaris aufgewachsen waren. Er wollte seinen Freund nicht in die Enge treiben, wollte keine Erklärungen fordern, damit Avgoustis nicht den Eindruck gewann, er stelle unangemessene Ansprüche oder, noch schlimmer, er habe Mitleid mit ihm, was geschmacklos gewesen wäre.

Doch der Alte wollte in jedem Fall eine Sache klarstellen:
— Wegen Antonis kehre ich nach Griechenland zurück. Ich wollte nicht, daß die Meute in Piräus über ihn herfällt. Das bin ich ihm schuldig.
Was hatte all das Vergangene jetzt, nach dem Abflug aus dem imposanten Sidney, noch für eine Bedeutung, als sie mit voller Kraft voraus in die endlosen Weiten des Himmels flogen und sich auf den Sitzplätzen, die genau vor dem Platz des Smutje lagen, das Wunder ereignete und die beiden endlich wie Vater und Sohn nebeneinandersaßen.
Er hörte das Klackern des Eherings auf der metallischen Armlehne am Sitzplatz des Alten, was ihn an Flora Avgousti denken ließ, an ihre Widerborstigkeit, an ihre mißtrauischen Blicke und ihre bohrenden Fragen, an all das, was ihren Mann dazu gebracht hatte, sie nicht mehr zu lieben, und zwar vor genau so vielen Jahren, wie ihre Bestrafung nun schon andauerte. Da konnte jeder Privatdetektiv einpacken – der Ehefrau hatten gerade mal zwei Tage in Japan genügt, um das Geheimnis zu lüften, hinter das andere jahrelang nicht gekommen waren, nicht einmal der Butler aus Böotien, der, wie sich nun herausstellte, gar kein Schlaukopf, sondern leicht hinters Licht zu führen war.
Verstummt ein redseliger Mensch schlagartig, zeigen sich schlimme Auswirkungen. Jerasimos Siakantaris, ein Mann, der aus Freude oder vielleicht auch nur aus Mitteilungsbedürfnis stundenlang die wohltuenden Auswirkungen eines gut zubereiteten und schön servierten Essens preisen konnte, hatte den ganzen Tag schon seinen Rettungsanker aus Gewürznelken und Ei-Zitronen-Soße entbehren müssen, der ihn bei jedem Wetter und in jeder Gefahr wie ein Paravent vor seiner eigenen Einsamkeit bewahrte. Der Kater, der ne-

ben ihm gefangen in seinem Bastkäfig saß, war kein geeigneter Gesprächspartner und nicht einmal als bloßer Zuhörer seines Schmerzes zu gebrauchen, für Sätze wie: Maritsa, du hast es gut, weil du auch in Griechenland bei unserem Kapitän sein wirst, ich aber nicht. Er konnte den dunklen Gedanken nicht entkommen über die Stürme, die den Kapitän in seinem Haus erwarteten, mit einer energischen und unglücklichen Frau, es war eine Situation mit der Sprengkraft einer Atombombe, jetzt, wenn die Ehefrau die Oberhand hatte.

Das Klackern des Eheringes auf dem Sitz vor ihm dröhnte in seinen Ohren wie das Pistolenfeuer der explosiven Worte, die Flora Avgousti über Jahre hinweg in ihrem Patronengürtel gehortet hatte.

Die hübsche dunkelhaarige Flugbegleiterin servierte ihm die faden Eßwaren auf den Plastiktellern, dennoch war es schön, die Speisen von zarten Frauenhänden aufgetragen zu bekommen. Er betrachtete die rosa gefärbten Fingernägel, den Goldring mit den funkelnden Edelsteinen und das Goldkettchen am rechten Handgelenk, an dem kleine Bernsteinanhänger baumelten – sieben Schnecken, eine ganze Mahlzeit.

Ihn würden in Kyriaki keine küssenswerten Frauenhände erwarten, die graziös eine Handvoll Spaghetti aus dem Nudelsieb nahmen, um sie feierlich für das Abendessen zu schwenken, soviel Glück hatte er nicht.

Er trank sein Bier, ohne etwas zu essen, und schloß die Augen.

Doch der Flug über die Gibsonwüste erfüllte seinen Zweck. Auf dem Vordersitz strich der junge Avgoustis Butterbrötchen, und nachdem der Vater ein paar Bissen zu sich genommen und sich dann erschöpft dem Schlaf überlassen hatte, folgte der Sohn, dicht ans Fenster gedrängt, dem Verlauf der unbewohnten roten Wüste. Gebannt von ihrer imposanten Größe, fühlte er sich von ihrer gigantischen Kraft gepackt und bestärkt, denn bis dahin hatte sein Einsatz zwar zum Erfolg geführt, doch nun würde er noch mehr Mut schöpfen müssen, um für das Weitere einen kühlen Kopf zu wahren.

Teo Poulos hatte ihnen in der weißen Limousine erzählt, die Aborigines glaubten, die Welt sei aus der Kraft der Träume entstanden. Träume man von einem Fluß, wache man an seinem Ufer auf. Träume man von gelben Wildtomaten, wache man mitten unter ihnen auf. Träume man von Wolken, drängten sie sich auch schon am Himmel zusammen. Er hatte die Hochzeit eines schrulligen, stets leicht angetrunkenen Forschungsreisenden aus England mit einer Ureinwohnerin auf Video gebannt, und der glückliche Bräutigam hatte vor der Kamera von den Träumen der Wüstenvölker erzählt. Antonis Avgoustis wäre gerne ein australischer Ureinwohner gewesen, um mit der Kraft der Träume die Forschheit zu erwerben, die für die Bewältigung des Tumults, der ihn in Piräus erwartete, nötig war.

Er war entschlossen, die Lage zu Hause sorgsam ins Lot zu bringen, die Einhaltung des Waffenstillstands zu überwachen, die Patronenhülsen nach den Gewehrsalven, die unweigerlich fallen würden, beiseite zu räumen und die Entscheidung über die Zukunft keinem der beiden Elternteile zu überlassen, da keiner von beiden eine weiße Weste hatte.

Bis zu seinem zweiundzwanzigsten Lebensjahr hatte er sich unter der Frauenherrschaft des Hauses wie ein Lückenbüßer gefühlt, mit Flora, den beiden Schwestern und der kleinen

Lora, ohne Vater, ohne Großeltern, Onkel und Vettern, in einer Familie, deren Name nur eine leere Floskel war. Das Bewußtsein von Verwandtschaft erwächst aus einer größeren Menge von Menschen und muß alle Altersstufen umfassen, muß verteilt sein auf eine ausreichende Anzahl von Männern und Frauen, damit Bindungen entstehen und wachsen können, die diesen Namen wirklich verdienen. Sonst flog einem alles um die Ohren, wie nach einem Molotowcocktail.
Es dauerte fünf Stunden, bis die biblischen Ausmaße roter Erde, die ganz Zentralaustralien bedeckten, endeten und unter ihnen wieder das Meer erschien, diesmal hatte er überhaupt keine Flugangst und bedrängte auch das Personal nicht mit seinen Bedürfnissen, sondern begegnete freundlich dem Lächeln einer der Flugbegleiterinnen, die langsam den Gang entlangging und nachdenklich auf den alten Mann blickte, dessen Oberkörper ganz zur Seite gesunken war und dessen Kopf an der Brust des Sohnes ruhte.
Als Antonis Avgoustis in dreißigtausend Fuß Flughöhe die Atemzüge des Vaters an seinem Herzen spürte und auf sein langes Haar blickte, das wie eine weiße Welle über seine linke Schulter fiel, stiegen ihm Tränen in die Augen. Endlich konnte er wieder weinen, ganz leise und ganz selbstverständlich, und während ringsum Schnarchen vorherrschte oder auch Stille, denn die wenigsten schliefen, sondern sahen mit Kopfhörern irgendeine Schmonzette, fühlte er, als kühner Reiter der Lüfte, wie ihm das Herz in angenehmer Erregung bis zum Hals klopfte, anders als bei den zwei Demonstrationszügen, an denen er, einmal mit sechzehn, einmal mit siebzehn teilgenommen hatte, als er sich in den Block der Fanatiker einreihte und seiner Wut Luft machte, Fensterscheiben zertrümmerte und Müllcontainer in Brand steckte.

— In deinen Kopf geht gar nichts mehr rein, nicht mal das Wichtigste schnallst du, hatte er Flora am selben Abend erklärt, nachdem sie beim Anblick seines versengten Jackenärmels das Gesicht verzogen und verkündet hatte, jaja, im Lyzeum den Anarchisten spielen, und die groben Sprüche von Lilis Verlobtem nachplapperte.
Was auch immer er seit seinem dreizehnten oder vierzehnten Lebensjahr als Befreiungsschlag versucht hatte, spätestens nach einer Woche hatte er sich wieder in sein Zimmer und zu seinen Drums zurückgezogen, um innerlich die Liste all der Dinge, die ihm unerträglich waren, weiterzuführen; ganz oben stand der Fürst der Finsternis, der nun an seiner Brust schlummerte, als sauge er den Schlag seines Herzens in sich auf. Sehr lange habe ich ihm nicht widerstanden, dachte er. So viele Jahre lagen sie im Streit miteinander, und dann brauchten sie einander nur nahe zu kommen, erst auf dem Ozean, dann in den Lüften, brauchten sich nur zu berühren, und schon war ein Neuanfang möglich. Die beiden mußten kein Patent auf ihre Versöhnung anmelden, denn das Ende dieses langjährigen Hasses hing von einer einzigen Geste ab, lauerte auf eine einzige kleine Zärtlichkeit.
Die Flüge von Sidney nach Singapur, von Singapur nach Bahrein und von Bahrein nach Athen dauerten zwar lange, verliefen jedoch angenehm, ohne Turbulenzen und mit dem Gefühl, daß eine Ära zu Ende ging.
Für den Kapitän gingen die Jahre auf See und das Leben als Junggeselle zu Ende, für den Sohn das Dasein als Halbwaise und die Zeit der herrenlosen Jugendjahre.

– Im Gebiet von Churchill gibt's eine große Eisbärenbevölkerung. Sie ernähren sich von Fisch und Seegras. Das Männchen wiegt eine halbe Tonne, und das Weibchen wird zwischen zweihundertfünfzig und zweihundertachtzig Kilogramm schwer. Im Dezember kommen bis zu drei Junge zur Welt. Mit Ausnahme der Paarungszeit verhält sich das Männchen der Bärin und den Jungen gegenüber sehr angriffslustig.

Ermis Flertakis knabberte knackige Paprikaringe und erteilte Lora Unterricht, lautstark und mit Nachdruck, um sich als Verfechter der unberührten Natur und des Gleichgewichts der Geschlechter im Tierreich zu profilieren.

Am Donnerstag, den 12. Juni, gab's wieder ein Essen, diesmal zur Begrüßung. Auf dem etwas engen Balkon der Wohnung in Piräus drängelten sich die Festgäste um die Vorspeisenhäppchen und das knusprig gebratene Spanferkel, das der Albaner aus dem nahe gelegenen Grillrestaurant gerade eben, um zwei Uhr mittags, abgeliefert hatte, Floras Backofen war am Vorabend kaputtgegangen.

Aber worüber sollten sie nach so langer, ja nahezu unerklärlich langer Abwesenheit, miteinander plaudern? Wie das Gesicht wahren? Das Fernsehen hätte Avgoustis gefragt: Wie fühlt man sich als Blinder? und seine Frau: Wie fühlt man sich als Penelope nach Odysseus' Rückkehr?

Zum Glück hatten die Teilnehmer des Gelages die Enkelin als Alibi, und so war die Aufgabe hart umkämpft, wer zuerst zur ökologischen, politischen und historischen Weiterbildung der fünfjährigen Lora beitragen durfte. Die arme Kleine war bereits ins Visier ihrer Großmutter Diamanda geraten, die sich erinnerte: In deinem Alter habe ich in den epirotischen Bergen gegen die deutschen und italienischen

Faschisten gekämpft; und danach in das von Ermis Flertakis, der seine Fäuste in die Luft reckte, um den wutschnaubenden Bären darzustellen. Zur Rechten des Oberkapitäns saß wortlos seine Frau Tasoula, mit den Falten der Unterwerfung, der Scham und der Langeweile im Gesicht, zu seiner Linken Kassandra Chatzimanoli, seine alte Affäre, die Gattin des Reeders, der mit seinesgleichen auf einer Minikreuzfahrt nach Hydra und Spetses dem Kartenspiel frönte. Neben ihr saßen die Schwiegereltern der erstgeborenen Tochter der Familie Avgoustis, von ländlicher Herkunft, dann sie selbst, ihre Mutter, ihr Bruder, ihre Schwester, ihr Mann, ihr Töchterchen, ihr Vater und Jerasimos Siakantaris, der nicht aß, nicht trank, nur mit traurigem Gesicht zuhörte, als unglückseliger dreizehnter Teilnehmer des Essens, das keinem Glück bringen konnte.

Nachdem er den Kapitän erst mal kennengelernt hatte, beschwerte sich der Schwiegersohn, ein Pasokfunktionär mit gleich drei Posten, die er der Partei verdankte, daß man vergessen habe, ihm eine Mao-Statue für sein Büro zu besorgen, um im Anschluß daran eine flammende Rede zu halten. Die USA brächten die ehemaligen sozialistischen Länder unter ihre Kontrolle und genössen die vom besiegten und erniedrigten Gegenspieler eingeräumten Vorteile, meinte er, hob Lora von seinem Schenkel herunter, reichte sie an seinen Schwiegervater weiter und seilte sich ab, er sei schon spät dran zu einer Besprechung, mit wem, wo, worüber machte sich nicht mal seine Frau die Mühe zu fragen, Lili rauchte schweigend ihren Zigarillo und zählte die Anhänger an ihrem Handkettchen.

Seit jenem heftigen Telefongespräch mit dem Vater war ihr Verhältnis merklich abgekühlt, die Eheprobleme ihrer Eltern und ihre eigenen Sorgen hingen ihr zum Hals raus, ihr schien alles egal. Und als sie die Hand ihres Vaters drückte, war ihr nicht ganz unfreiwillig der Spruch herausgerutscht: Sei froh, daß du nicht siehst, wie übergewichtig die jüngere Tochter ist und wie überfordert die ältere. Doch als er sie an sich zog und sie kurz drückte, änderte sich ihre Stimmung, und sie flüsterte ihm zu: In dieser ganzen Misere gibt's zwei Dinge, um die du froh sein kannst, nämlich daß du heil zurückgekommen bist und daß du und Antonis euch nähergekommen seid.

Ihr Bruder war seit seiner Rückkehr ein anderer Mensch. Selbst zwanzig Stunden nach seiner Ankunft hatte er noch kein Trommelfeuerwerk veranstaltet, keinen beschimpft und war auch in keine Melancholie verfallen, nur um – so wie früher – auch die anderen in Depressionen zu stürzen. Zu Mittag holte er die Kleine vom Kindergarten ab, spielte bei der Großmutter mit ihr, breitete seine Geschenke vor ihr aus, blätterte mit ihr im australischen Bildband *Wo die grünen Ameisen träumen*, spielte mit Maritsa und auf den Drums, wurde zum Vermittler der ersten Begrüßung zwischen Lora und Mitsos, denn die Kleine zeigte sich von einem Opa wenig begeistert, der anders als alle anderen und selbst am Tag des Festessens unrasiert war, und er wiederum wußte nicht, wo er den Koalabären und den bunten Traumfänger hinlegen sollte und wie er die Hand zärtlich nach ihrem Köpfchen ausstrecken sollte, ohne ihr ein blaues Auge zu schlagen.

Vassia hatte einen ähnlichen Eindruck von Antonis wie ihre Schwester gewonnen. Ihr kleiner Bruder erinnerte kaum mehr an den nervigen, pubertierenden Jüngling, an den Widerspruchsgeist allem und jedem gegenüber, der tagelang in selbstgewählter Einsamkeit in seinem Zimmer saß und sich mit Flora nicht einmal darauf einigen konnte, daß der Tag nach dem Samstag der Sonntag war und der Februar nach dem Januar folgte.

Der alte Mann und das Meer haben ihm gutgetan, räumte sie ein, dann wollen wir mal zum Kaffee *Wem die Stunde schlägt* lesen.

Ihr Herz hatte nicht gebebt, ihre Haut keine Gänsehaut bekommen, und ihre Augen waren nicht feucht geworden, als sie Robinson Crusoe mit seinem Freitag gegenüberstand. Nun gut, ihr Vater war ein blinder, alter Mann, aber ihr wollten weder Tränen des Mitleids noch der Wiedersehensfreude in die Augen steigen. Sie wurde sogar ziemlich ungehalten, als sie ihrer Mutter zuhörte, die sich alleine mit den Pfannen herumschlug, da die Töchter gegen Arbeiten im Haushalt allergisch waren: Ob wir wollen oder nicht, wir müssen die Dinge so nehmen, wie sie kommen, und das Leben ist eben so gelaufen. Doch das war in den Augen der Tochter ein allzu bequemer Weg, seine eigenen Fehler zu verschweigen, sich selbst zu bemitleiden und die Absolution zu erteilen.

Beim Kaffee war die Eintracht der geladenen Gäste nobelpreisverdächtig und die Harmonie ohrenbetäubend. Man sprach, kurz nur und voller Sanftmut, dann trat man einander zivilisiert das Wort ab, doch keiner wandte sich an irgendeinen anderen unter den Anwesenden.

Tasoula Flertaki stotterte etwas von Fingerhüten. Jetzt hab ich vierhundert, sagte sie mit erloschener Stimme. Ermis Flertakis entgegnete ihr, aus Furcht vor den Piraten sei es ratsam, sich in der Nähe russischer Schiffe zu halten, da sie sowohl eine Waffenkammer als auch einen Arzt an Bord hätten. Jerasimos Siakantaris antwortete ihm, daß alle vom

Schicksal Benachteiligten mutterseelenallein ihre Abende verbrachten. Der Schwiegervater übernahm den Staffelstab mit einer Erzählung von einem Dorfnachbarn zur Juntazeit, der Polizeispitzel war und dem keiner ins Gesicht zu sagen wagte, er möge gefälligst darauf achten, daß seine Hennen nicht überall ihren stinkenden Kot fallen ließen. Lilis Schwiegermutter erinnerte sich an die Besatzungszeit und an die Inflation unter Minister Tsolakoglou, als die Erwachsenen ihr und ihren Freundinnen zwei Tüten voll mit Geldscheinen in die Hand gedrückt hatten, damit sie Prinzessinnen spielen konnten.

Avgoustis war klar, daß alle über den Zustand seiner Augen im Bilde waren, daher sagte er mit herber Ironie: Ganz hübsch gewachsen, die Stadt. Einen herrlichen Ausblick habt ihr hier.

Seine Kinder verfolgten die krampfhaften Bemühungen der Älteren, nach dem Spanferkel nicht übereinander herzufallen und sich bei Espresso und Parfaits nicht die Augen auszukratzen, und jedes von ihnen fragte sich, ob all die Zugeständnisse wohl ausreichten, um sich zu arrangieren.

Lora war in Antonis' Armen eingeschlafen, die Füßchen zu Flora hingestreckt. Da ihr in der ungemütlichen Welt der Erwachsenen am Tisch langweilig geworden war, hatte sie sich längere Zeit mit dem Schmuckkästchen ihrer Großmutter beschäftigt und sich mit allen möglichen Stücken behängt, sie gehörten ja ohnehin ihr, so hatte Flora immer wieder versichert. Wortlos streichelte Flora die nackten Sohlen ihrer Enkelin und betrachtete die Perlen und Korallen, den Silber- und Goldschmuck auf dem kleinen Leib des schlafenden Kindes. Als ich jung war, hab ich mir das Leben ganz anders vorgestellt, schmunzelte die gut sechzigjährige Hausherrin in sich hinein und brachte auch beim letzten Getränkegang, italienischer Likör, ein Geschenk der Reedersgattin, keinen Toast aus. Wie schlimm, wenn die Menschen in die Falle der zuversichtlichen Trinksprüche und der vergeblichen Hoffnungen tappten.

Mitsos Avgoustis, für seine Ehefrau immer noch Mimis, war in einer ganz anderen Falle gefangen. Da die Vierzimmerwohnung umgestaltet worden war, traute er sich nicht einmal allein – ohne den Arm des Kochs oder des Sohnes – zum Bad zu gehen, mit den Töchtern fühlte er sich nicht vertraut genug, und Flora, die ihn Chatzimanolis gegenüber gedeckt hatte, was er ihr hoch anrechnete, wollte er nicht zur Altenpflegerin degradieren.

Am Vortag hatte er die erste, unruhige Nacht zu Hause verbracht, nur schwer hielt er die tiefen Seufzer im Zaum, die immer wieder hochstiegen, Ergebnis der Schlaflosigkeit und des langsam aufkeimenden Bewußtseins, daß keine Schandtat zur Bagatelle wird, ganz egal, wie lange sie zurückliegt. Mit dreißig denkt man darüber ganz anders als mit fünfzig, mit siebzig wieder anders und so weiter und so fort. Je älter ein Mensch wird, desto schwerer wiegen seine Taten.

Er verließ das Ehebett und verbrachte die Nacht auf dem Balkon. Früh morgens, bevor Flora und Antonis aufwachten, weckte er Siakantaris, der auf dem Sofa schlief, ohne Frühstück gingen sie außer Haus und hielten ein Taxi an.

— Die Grabplatte ist aus Granit. Oben drauf ein Zinnkreuz. Das Grablämpchen protzig wie 'n Gasofen zwischen den Namen der beiden Verstorbenen.

Siakantaris beschrieb die Welt der Toten auf dem Agios-Tryfonas-Friedhof in Kifissia, die von den Marmorsteinmetzen und den Gärtnern mit den Scherenhänden beherrscht wurde. Teil davon war nun auch der alte Chatzimanolis, der sich für immer ausruhte neben seiner Stasa, die schon seit Jahren in dem graugrünen Grab lag, groß wie ein King-size-Bett.

Evjenios Chatzimanolis, 1909-1997, Anastasia Chatzimanoli 1919-1981. Evjenios erhielt den Veilchenstrauß, Avgoustis' Standardmitbringsel für alle Standesgenossen, seien es Reeder oder Heizer, und Stasa ihre geliebten Landnelken. Evjenios und Mitsos hatten den Skandal am Suvadiva-Atoll vertuscht, indem sie den Kapitänleutnant, der alle Schuld auf sich nahm, entsprechend großzügig entlohnten, damit sich die Mutter wegen der Selbstherrlichkeit des einzigen Sohnes nicht weiter grämte und sich wegen ihrer zu nachsichtigen Erziehung nicht weiter Vorwürfe machte. Der Kapitänleutnant übernahm die Verantwortung dafür, daß der Frachter wie eine Bombe am Kai aufschlug, der Kapitän habe mit vierzig Grad Fieber im Bett gelegen, so erklärte man, während der nichtsnutzige kleine Chatzimanolis in seiner Kajüte Däumchen gedreht hatte.

Mitsos Avgoustis gewährte dem toten Landsmann, Beschützer, Mittäter, Kollegen und Freund die Zeit eines Gebets und einer Zigarettenlänge, und er rauchte bei der Gelegenheit noch eine im Gedenken an Doktor Sifakakis, ebenfalls aus Kleinasien stammend, aufgewachsen in Smyrna, begraben in Buenos Aires, dann noch eine im Gedenken an seine Mutter, die im Kästchen in Elefsina lag, und eine letzte für seinen Vater, in demselben Kästchen, nunmehr lagen sie eng umschlungen, wie im Leben auch, Seite an Seite im Beinhaus des Agios-Lazaros-Friedhofs.

— Seine Schiffskatze hat ihm jeden Morgen 'ne tote Maus auf die Grabplatte gelegt, meinte er zum Smutje.

– Deine auch, du wirst schon sehen.
Sie lachten kurz auf, sammelten Kräfte für den Mittagstisch mit der Familie, bestiegen wieder ein Taxi, kauften Sommertrikots, und der Koch erstand seine Fahrkarte für den Nachmittagsbus nach Kyriaki.
Dann folgte ein Mokka auf den anderen, auf dem Omonia-Platz und in Piräus, sie zogen von einem Kafenion zum nächsten, damit die Zeit verging, ohne viele Worte und ohne den Rhythmus der Dünung lauschten sie dem Krawall der Stadt, den dahineilenden Absätzen, den im Stau steckenden Wagen, den Mopeds, dem ganzen Tohuwabohu eines konfusen und diffusen Festlands.

Der Smutje, der alte Hagestolz, war zum ersten Mal in Floras Wohnung zu Besuch. Sie schien ihm geschmackvoll. Er fand Gefallen an den beiden Bildern mit den dichten Wäldern, Werke von Vassias letztjährigem Liebhaber, an den blauen selbstgefertigten Trinkgläsern, Werke des vorletzten Galans. Die Tochter überließ der Mutter die Überbleibsel ihrer Beziehungen, die sie in ihrer eigenen Wohnung nicht mehr sehen wollte. Flora wußte mittlerweile Bescheid. Sobald die jüngere Tochter vollbeladen in die Wohnung stürmte, hieß es: Schluß mit Achilleas, dann Schluß mit Michalis, mit Vangelis, mit Telis.
Die Männer rauchten auf dem Balkon, lauschten Gesprächen über die Seefahrt, unterbrochen vom schmückenden Beiwerk der kleinen Beschwerden des Alters, Bluthochdruck, Völlegefühl, Schwindelanfälle, darauf beschränkte man sich.

Mimis saß auf der Hollywoodschaukel, neben Loras Spielsachen. Am Vortag, in der ersten Nacht zu Hause nach so vielen Jahren, hatte er fast sofort wieder das Ehebett verlassen. Ich war auf der Fahrt eingenickt und kann jetzt nicht einschlafen, hatte er ihr erklärt. Ich geh auf den Balkon raus, um ein wenig Luft zu schnappen.
Gegen zwei Uhr morgens stand Flora auf, um nach ihm zu sehen, sie sorgte sich, ihm könnte etwas zugestoßen sein, und sie fand ihn. Er war in der Schaukel eingenickt, mit Loras Samtelefant unter dem Kopf und dem Schlüsselbund in der Hand, den er umklammert hielt, als hätten Schlüssel für ihn plötzlich eine ganz andere Bedeutung.
Sie blieb für eine Zigarettenlänge draußen, ihr Blick wanderte zwischen Mimis, dem Mond und allem, was dazwischen lag, hin und her, dabei glitt er auch zu Limojannis hinüber, der an seinem weißen Plastiktischchen saß und unter dem gelblichen Licht seiner Verandaleuchte offenbar Kreuzworträtsel löste. Seit Jahren waren die Begegnungen von Angesicht zu Angesicht mit der Nachbarin seltener geworden, auch sie hatte ihn kaum mehr beachtet, doch an diesem Abend war er auf seinem Posten, vorzeitig und plötzlich gealtert, als hätte er damit auf Mimis' Rückkehr gewartet.
Wahrscheinlich ist es ein Mythos, daß die alten Leute alles vergessen; das Gedächtnis läßt es nicht zu, daß sie sich von den tiefgreifenden Erinnerungen der Vergangenheit befreien.
Weder bedauerte Flora Avgousti, daß sie auf den Farbenhändler verzichtet hatte, noch freute sie sich, daß sie sich für ihre Ehe entschieden hatte. Was für eine Bedeutung hatte es noch, das Hab und Gut ihres Lebens stets aufs neue abzuwägen? Sie war keine Krämerstochter mehr, wollte auch

keine Krämerseele sein, die Waage war bei den Genußmitteln und Kolonialwaren ihrer Jugend stehengeblieben und eingerostet.

Es war Nachmittag, und zu dieser Stunde war für sie das Wichtigste, den Abwasch zu erledigen und die Küche aufzuräumen, um auch die letzten Überbleibsel des Gelages verschwinden zu lassen. Sie stellte Maritsa eine reichliche Portion Fleisch hin, zog die Schürze und die Handschuhe an, damit die Maniküre und die frisch lackierten Nägel vom Vortag nicht umsonst waren, drehte das heiße Wasser an und vertiefte sich in die Beseitigung des Bratenfetts.

Die Frauen, jüngere wie ältere, thronten im Wohnzimmer. Sie sprachen von Schnellfastenkuren und der bevorstehenden Badesaison, obwohl sie sich im Grunde überhaupt nicht für das Thema interessierten, das wie der Bodensatz des Essens, dessen Ende alle längst herbeisehnten, zurückgeblieben war.

Lilis Schwiegermutter hatte ihr vorhin noch gesagt: Du hast ihn gut aufgenommen, meine Liebe, quäl dich nicht länger, in unserem Alter braucht man einen Gefährten, damit alles in ein ruhiges Fahrwasser kommt. Doch nun war ans Tageslicht gekommen, daß Floras Kurztrips im vorletzten und vorvorletzten Jahr, je eine Woche nach China und Indien, gar keine Treffen mit ihrem Ehemann gewesen waren.

— Laß mich erst mal den Abwasch erledigen, dann kann ich durchatmen und einen zweiten Kaffee mit euch trinken, war ihre kurz angebundene und deutliche Antwort. Sie wollte dringend allein sein, sich um die anderen nicht mehr kümmern müssen.

Ist es die See, die Männer mit Geduld ausstattet? Mit Gleichmütigkeit? Mit irgend etwas, das dazwischen liegt, das den Frauen des Festlands jedoch versagt bleibt. Ernüchtert und fast ängstlich fühlte sie, daß ihr Mund gegen ihren Willen zu einem Mörser der Wut werden könnte, um ihr Leben und das der anderen zu zermalmen.

Bis sie die Schürze ablegte, hatte sie zwei edle Weinkelche und einen gläsernen Eisbecher zerschlagen. Nach jedem Verlust folgte eine Schweigeminute auf dem Balkon und im Wohnzimmer, doch keiner wagte sich in die Küche, denn Flora Avgousti, die vor zehn Tagen ihren Töchtern, der Reederei, Nachbarinnen und Bekannten gegenüber triumphiert hatte, ihr Mann sei nun endlich zur Vernunft gekommen, die alle seine alten Kleider aus den Schränken und Schubladen aussortiert und hunderttausend Drachmen hingelegt hatte, um ihn so auszustatten, wie es ihrem Geschmack entsprach, die ihm einen Gehstock gekauft hatte und seinen kleinen Schreibtisch aufgelöst hatte, der in jeder Hinsicht für die Zukunft überflüssig war, zeigte nun durch ihren Gesichtsausdruck und ihr Verhalten, daß sie verunsichert war, als sei ihr jäh bewußt geworden, daß die sorgenschweren Alpträume nicht ein für allemal vorbei, sondern bloß von neuen und anderen abgelöst waren. Die praktischen Dinge des Lebens würden sich finden, doch aus der Erfahrung wußte sie, daß man sich nicht ewig dahinter verstecken konnte, besonders nicht in einem Alter, in dem man nicht mehr außer Haus zur Arbeit ging, sondern einander tagtäglich die Abrechnung für die endgültige beiderseitige Kapitulation präsentierte.

Nun war Mimis zu Hause, mit ihnen, mit ihr, jeden Tag, von morgens bis abends, für immer.

Wie er sich wohl fühlte? Und wie sein Sohn?

Antonis hatten lernen müssen, Offizieren das Essen zu servieren und ihre Klobrillen zu reinigen, um seine Mission à la James Bond zu erfüllen. Doch auch der Vater war auf der dreimonatigen Reise gereift, ganz nah bei den Atemzügen des anderen, ganz nah beim Schweigen des anderen, ganz nah bei den Worten des anderen, und seien sie auch noch so spärlich, ganz nah bei den Gefühlen des anderen.
Antonis war nicht bei den Männern auf dem Balkon, sondern hatte gleich nach dem Essen eine gelbe Leinentasche gepackt und Reißaus genommen, ohne zu sagen wohin.
Flora Avgousti verschnürte den Müllsack und warf einen Blick in die Küchenschränke und in den überquellenden Kühlschrank. Das einzige, worüber sie vorläufig eine Entscheidung treffen konnte, war das Abendessen, etwas leicht Verdauliches, Reis mit Joghurt vielleicht, oder besser etwas Obst und Schafskäse, damit sie nicht wieder kochen und die Rolle der in der Küche gefangenen Ehefrau einnehmen mußte. Es gab die ersten Wassermelonen, sie wuchsen und wuchsen, ungerührt durch dauerhaft zerrüttete Ehen, durch alle Spielarten chronischen Unheils, Tag für Tag tauchten mehr davon auf, setzten sich schließlich als Alleinherrscher durch, und Griechenland konnte sich wieder mit Wassermelonenschalen und Wassermelonenkernen schmücken, Krone und Diadem eines strahlenden Sommers.
Doch jetzt war's Zeit für eine Zigarette.

Mitsos *Avgoustis, ich werde immer Deinen Arm lieben. Das nur, um Dir meine komischen Briefe in Erinnerung zu rufen.*
Ich schreibe Dir mit großen Buchstaben und dickem Filzstift, damit Du es mit der Lupe lesen kannst.
Wenn Du Deine Meinung änderst und zu mir zurückkommst, also, falls Du überhaupt zurückkommst, dann will ich eine leidenschaftliche Begleiterin Deines Lebensabends werden, Chauffeurin und Flaggschiffführerin für einen blinden Admiral.
Wir werden auf den Parnass hochfahren, damit Du die Luft der Berge atmest, und zu den Feldern rund um Megara, damit Du dem Zirpen der Zikaden lauschen kannst, das Du so lange vermißt hast.
Ich werde Deine Postkarten durchblättern, Dir all Deine Reisen beschreiben, alle Orte, die Du je besucht hast, von der riesigen Christusstatue mit den sieben Meter langen Armen in Rio bis zum schönen Parlament von Nairobi in Kenia. Und ich werde Dir jedes Wort glauben, wenn Du mich auf den Arm nimmst und mir erzählst, daß es in Kanada Vögel gibt, die Forellen aus den Flüssen fangen, verspeisen und dann die Gräten in die Baumwipfel fallen lassen, um die Wälder zu düngen.
Aus unseren Späßen werden wir gemeinsam Mut schöpfen.
Und wenn wir nicht reden, legen wir Lieder von Vicky Moscholiou auf.
Du brauchst Dich wegen Deines Verhaltens vor mir nicht zu schämen. Freiwillig habe ich auf dem Grund Deines Lebens Anker geworfen. Ich möchte nicht, daß Du die ganze Verantwortung auf Dich nimmst – es war meine eigene Entscheidung, eine alte Jungfer zu werden.

Und mach Dir keine Sorgen wegen Deiner Augen. In der Vergangenheit hast Du Dich an Litsa voll und ganz satt gesehen, und auch ich habe meine Freude an Dir gehabt. Das reicht uns.

Jetzt will ich Dir mit meinen Worten Deinen Sohn beschreiben, den Du zum letzten Mal mit zehn gesehen hast. Du hast ihn berührt, ihn umarmt, ihn gerochen. Du wirst wissen, daß er groß und schlank geworden ist; auf dem Schiff hast Du seine Stimme gehört, einsilbig und wortkarg. Seine Augen sind etwas ganz Besonderes, mit und ohne Tränen, die Augen eines Avgoustis, und auch sein sanftes Lächeln, das den Jähzorn besänftigt. Er ist ein wunderbarer Junge geworden, und das aus eigener Kraft. Du warst eine Art Fantômas, und seine Mutter eine Gefangene ihrer Verbitterung. Ich habe ihn mir gut angesehen und kann ihn beurteilen. Dein unverdorbener Junge wird rot, wenn er von Orgien hört.

Er hat mich einige Male besucht, es war schön. Er hat für mich herausgefunden, wo das Suvadiva-Atoll liegt, wo Dein letzter Chef in jungen Jahren das Schiff an den Kai gedonnert hat, das schon nach drei Monaten zur Hälfte von Korallen überwuchert war. Es gehört zu den Malediven, hat er mir erzählt, viel weiter weg als ich es mir in meinem Gedicht vorgestellt habe. Er hat versprochen, mir die Verse der Lieder zu zeigen, die er früher selbst geschrieben hat, wenn er sie irgendwann ins Griechische übersetzt. Ich mag es, dann und wann ein halbseitiges Gedicht zu verschlingen, das eine wie ein süßes Bonbon, das andere wie eine bittere Pille.

Er macht einen Ausflug in ein Dorf in den Bergen. Ich weiß nicht, wann er wiederkommt, ich weiß nicht, ob ich ihn wiedersehen werde.

Heute ist er da, um den Brief mitzunehmen. Es liegt ihm wirklich viel an Dir. Vergeben und vergessen ist, daß Du ihn vergessen hattest, verraucht ist seine Wut, auch wenn Du es nicht verdient hast.
Er hat zwei Schlauchwagen mitgebracht, achtzig Perlregner, Hammer und Schraubenzieher, und er hat mir ein automatisches Bewässerungssystem installiert, das war auch bitter nötig.
Während ich den Brief fertig schreibe, geht er auf den Händen, die Beine hoch in der Luft, durch den Garten. Er spaziert die Rabatten entlang, kontrolliert, ob die Perlregner funktionieren und ruft mir verschiedenes zu. Daß die Kakteen hochgebunden werden müssen und daß die Mäuse die Erdbeeren angenagt haben.
»Ich liebe dich« bedeutet: Du kannst auf mich zählen.
Es geht mir gut, ob Du nun kommst oder nicht.
Ich wünsche Dir alles Gute, unabhängig davon, ob Du zu mir zurückkehrst oder nicht.

— Die Veranda vorm Wohnzimmer blickt auf die Tannen. Die kleine Küchenveranda blickt auf die Weinberge. Die Wände sind weiß, die Türen und Türrahmen braun. Drei Zimmer, eine kleine Küche mit prima Ausstattung, und ein Bad, zwar klein, aber mit Heizung. Das Haus ist renoviert, doch noch nicht mit neuem Leben erfüllt. Dieser Sessel da, das große kirschrote Ding rechts von dir, hat vier alte Frauen auf dem Gewissen, und der Diwan vor dem Fenster hat drei Todesseufzer gehört. Aber keine Angst, du schläfst im Doppelbett, nebenan, das habe ich vor fünf Jahren gekauft, und darin ist noch keiner gestorben.

Kyriaki, in Böotien.

Alle Nachbarn hatten eine Braut erwartet, doch Siakantaris hatte seinen Kapitän im Schlepptau gehabt. Er servierte ihm auf den bestickten Tischtüchern, er machte ihm das Bett mit den Laken seiner Aussteuer, die Dorfbewohner sahen die zum Trocknen aufgehängte Wäsche und suchten an den Fingern des Alten schließlich sogar nach dem alten Erbstück, dem Ring der seligen Mutter des Kochs, der endlich frei schien, nachdem er vor sieben Jahren verwaiste.

Anfangs hatte der Mann bei seinen seltenen Besuchen auch mal ein Mädchen mitgebracht: Die Koreanerin kam seiner Mutter vor wie ein kränkliches neugeborenes Kätzchen, das vergebens versucht, seine Augen zu öffnen; die Kreterin hingegen schien ihr zu gewieft, um zu ihrem gutmütigen Sohn zu passen. Gleich nach dem Militärdienst hatte er angeheuert, um seine Dienstzeit fern von zu Hause bis ins Unendliche auszudehnen, so weit weg wie möglich von der schlagkräftigen Despina. Nach seiner Entlassung aus der Artillerie begab er sich auf Arbeitssuche, ging mal hierhin, mal dorthin, als Portier nach Kolonaki, als Gärtner nach Nea Smyrni, als Kellner nach Faliro.

Damals war's … Erschöpft von den langen Fußmärschen und den ständigen Absagen aß er in einem Grillimbiß in Piräus Souvlaki, das tägliche Brot der Jugend, des Junggesellenlebens und des leeren Geldbeutels, und am Nebentisch schwadronierten zwei Großmäuler vom Leben der Matrosen – da war's um ihn geschehen.

Vielleicht war er auf seinen ersten Fahrten unglücklich, doch mit Avgoustis wurde er reichlich entschädigt. Und nun waren sie auch auf dem Festland unzertrennlich. Gleich am Nachmittag nach dem unersprießlichen Spankferkelschmaus hatte Antonis sie im Fiat Punto nach Kyriaki hochgefahren. In Piräus hatte sein Vater nicht einmal seine Kleider aus dem Koffer geholt, fühlte sich fehl am Platz, er war nur der Schatten eines Ehemanns, eines Vaters, eines Großvaters, und als er den zögerlichen Smutje zum Aufbruch drängte, leistete kein weibliches Familienmitglied Widerstand, und nicht einmal deshalb, weil sie ihn loswerden wollten. Sie nahmen an, der Alte ergreife die Flucht, weil ihm die harte Landung in der Wirklichkeit des Festlands einen Schock versetzt hatte, und damit lagen sie auch nicht falsch, denn seine Befugnisse beschränkten sich auf die See und erstreckten sich nicht bis an Land.

Er und sein Kater brauchten nun wohl einige Tage, um sich mit der Situation abzufinden.

Doch aus den Tagen wurden Wochen, und Mitsos Avgoustis war immer noch dort, in Kyriaki, in aller Gemütlichkeit. Nun ja, in aller Gemütlichkeit war übertrieben, das Stampfen der Schiffsmotoren, den Höllenlärm des Erzes, das von den Ladebäumen in den Laderaum stürzte, hörte er dort zwar nicht mehr, doch dafür drang der durchdringende Lärm Dutzender Kettensägen an sein Ohr, welche die alten Mandelbäume und die unter der Schneelast gebeugten Tannen fällten und zu Brennholz verarbeiteten, und, vor allem, das unbekümmerte Gegröle der jugendlichen Mopedfahrer und das Getrippel und Gesäusel der Mädchen in den Cafés, Eva, Lena, Chrysa, Anna.

Jerasimos Siakantaris nahm ihn immer wieder mit in die Cafés, dort erging er sich in blumigen Beschreibungen.

— Tja, auch an Land gibt's was zu erleben, kein Tag vergeht, ohne daß du auf dem Bürgersteig vor dir nicht zwei schöne Beine siehst, denen du nachgehen kannst, und schön gewelltes Haar, das auf den Rücken eines enganliegenden Pullis herabfällt.

Mitsos Avgoustis genoß es, keine Beschreibungen mehr von den Mäuseschwänzen der Roten Bete, von den Glasantennen der Schnecken und von den Dornenkronen der Artischocken hören zu müssen, sondern zu spüren, daß sein fünfundfünfzigjähriger Freund trotz seiner Mißerfolge bei den Frauen wieder zu träumen begann und recht wagemutig die Ernsthaftigkeit zweier Heiratskandidatinnen prüfte, ohne um jeden Preis nach einer Marianthi, der Frau mit dem Namen seiner Träume zu suchen.

— Ich hätte gern eine lustige Witwe mit Empfehlungsschreiben von mindestens zwei Exgatten und ärztlichen Attesten kardiologischer und neurologischer Art über den Zustand ihrer Gesundheit, sagte er zu den Heiratsvermittlern, die seine Gesellschaft genossen, da er schlagfertig war. Sie mochten auch den Kapitän, selbst wenn er nur ganz wenig sprach, nach dem Motto *Wenige Worte sind süßer als Zucker, gar keine Worte Honig*.

Sollte der ansehnliche langhaarige Großvater seine Kapitänsrente nicht anderweitig abliefern, so wollten sie jedenfalls gerne auch für ihn eine ältere oder jüngere Albanerin finden, ihr Heimatland versammle eine ganze Menge bedürftiger Fremder, Träume und grausames Erwachen lägen überall nah beieinander, und die alten Seemänner hätten nach so vielen Fahrten und Fährnissen auf allen Meeren dieser Welt im Buch ihres Lebens gewiß viele Erfahrungen gesammelt.

Mitsos Avgoustis wußte es nur zu gut, es lag nicht am un-

schuldigen Kyriaki in Böotien, sein Tritt fand auf den kleinen Straßen Sicherheit neben Jerasimos' Schritten. Fast schon hatte er sich an das Wandern durch die Natur am Gehstock gewöhnt, und in den Ouzoschenken und bei den abendlichen Zusammenkünften spürte er einen süßen Nachgeschmack auf seinen Lippen von den einfachen Worten der Dorfbewohner, die unbelastet waren vom Zorn der Städte und vom Aufruhr der neuen Zeiten. Doch unweigerlich würde ihn irgendwann wieder Verzweiflung überkommen.
Je matter sich Siakantaris Tag für Tag fühlte, je gehemmter durch die Verantwortung, die er spürte, desto eifriger überbot er sich an Gastfreundschaft, stand den ganzen Tag unter Strom, brachte den Kapitän mit den lokalen Funktionären an einen Tisch, erzählte von seinen Wundertaten auf See, lud jede Menge Lehrer und Gelehrte zu sich nach Hause ein, um ihnen die Koryphäe nautischen Könnens vorzustellen, übernahm despotisch die Vormundschaft über Maritsa, der die Katzen des Viertels flachlegte und jede Menge uriger Nachfahren hinterließ, fuhr mit dem Blinden zu den Hängen, den Gipfeln, den Bächen und den Weinbergen.
Bleibt der Mai ohne Regen, wird die Ernte ein Segen, so lautete die lokale Bauernweisheit, Regen mitten im Juni kümmerte keinen, und sobald nach dem Schauer die Sonne wieder strahlte, hingen schmucke Dampfschleier über den Gärten und Hügeln.
Die Tage waren erfüllt, doch die Nächte leer.
Die beiden Männer zogen sich ins Haus zurück, füllten den Magen mit hart gekochten Eiern und ein paar Stücken Wassermelone, dann folgte ein kurzes Gespräch über ihre Väter, der Vater des Kapitäns war mit seinen siebenundzwanzig Katzen aus Kleinasien halbtrunken zurückgekehrt, da sie

nichts anderes zu essen fanden als die dunkelroten Trauben des herben Landweins; der Vater des Kochs, erschöpft von der Landarbeit, starrte an den kalten Abenden in die Flammen des Kamins und schimpfte über die Scheite des Zitronenbaums oder des Ringlottenbaums, die allzu schnell zu Asche verkohlten.

Danach wurde der Dialog unterbrochen, Zeit für die Nachrichtensendung, drei tote Palästinenser im Gazastreifen, Anstieg des Ölpreises auf den internationalen Märkten. Dann Schweigen. Schließlich liefen sie wieder in den altbekannten Hafen ein, riefen sich den Geruch eines jeden Frachters in Erinnerung und die Schwärme der Schweine-, Esels- und Engelsfische, die ihre Besatzungen bildeten. Für eine halbe Stunde murmelten und schnauften sie vor sich hin, und trotz ihrer eigenbrötlerischen Einsamkeit verknoteten sie schließlich ihre Seufzer zu einem Doppelten Palstek.

Der Smutje hatte Avgoustis einmal vor siebzehn und dann noch einmal vor fünfzehn Jahren eingeladen: Bring auch deine Frau und deine Familie mit, Käpt'n. Er wollte sie beherbergen und ihnen all die herrlichen Schönheiten des Dorfes und der Berge zeigen. Doch nun mußte er sie mit Worten beschreiben und wurde durch keine Ausrufe des Entzückens entlohnt, die der Natur seiner Heimat angemessen wären. Den Besuch seines liebsten Menschen in Kyriaki hatte er sich ganz anders vorgestellt; immer noch war er erschüttert von der Sache mit dem Augenlicht seines Freundes, der so viele Jahre als Gefangener der Finsternis verbracht hatte, und so sprach er das Thema an und wie es nun weitergehen solle.

— Damit ich dir zeigen kann, wie toll das Heldendenkmal ist, wie dicht der Verkehr und wie zahlreich die Geschäfte, wie hübsch die Schwalbennester an den Häuserwänden oder auch die Frauen auf der Straße sind, mußt du dich dazu durchringen, zum Arzt zu gehen, die können zwar auch keine Wunder vollbringen, aber dann kannst du zumindest auf den Fotografien etwas erkennen.

Am Abend zuvor hatten sie auf der Veranda des Hauses einen griechischen Film im Fernsehen angesehen. Mitsos konnte jedoch die Untertitel nicht lesen und Jerasimos sie nicht schnell genug vorlesen. In der Werbepause hatte der Alte dem Koch eine Fotografie in die Hand gedrückt.

Antonis war aus einer rätselhaften Großherzigkeit heraus mehrmals, sieben- oder achtmal innerhalb von drei Wochen, zu Litsa gefahren. Sie war am Leben, es ging ihr gut, doch sie lebte allein, und der Kapitän nahm es sich zu Herzen, daß sie jede Hoffnung aufgegeben hatte, doch noch etwas aus ihrem Leben zu machen; er wünschte, er hätte ihr Schicksal nicht auf dem Gewissen, als könne ihr mit sechzig das noch einmal widerfahren, was er zu verhindern gewußt hatte, damals, als Litsa, Mitte zwanzig, hübsch wie eine Huri aus dem Paradies war, damals, als er, ein toller Hecht, seinem hübschen Zierfisch anstelle von Seidenbändern Seetang schenkte.

Tiefer Kummer hatte ihn erfaßt, und er wollte von ihr erzählen, von ihrer Attraktivität, ihren Rundungen und ihrer Rechtschaffenheit; er wollte seine ewige Liebe verkünden und sich selbst für seine Ehrlosigkeit verurteilen, doch zunächst mußte er dem Smutje die Geschichte darlegen, Erklärungen im nachhinein abgeben, was Flora davon wußte, wer das unvergeßliche Wesen war, wie sie war und wie sie aussah, und ihm eine Aufnahme zeigen.

— Hier ist nur das Standbild eines jungen Mannes drauf, der sich einen Dorn aus dem Fuß zieht, meinte Siakantaris enttäuscht. Die Aufnahmen waren ein wenig durcheinander-

geraten, die Statue im Park von Sidney lag zwischen den anderen, die Litsa in ihrem Garten zeigten, mitten unter den Duftpflanzen, dem Knabenkraut, den kleinen Kakteen oder vor dem blühenden Granatapfelbaum, dessen Früchte ehemals die Totenspeisen der Seeleute bereicherten.
Jerasimos blätterte langsam ein Päckchen mit Fotografien durch, legte sie auf wie Patiencekarten und ließ seinen Kommentar hören: gefärbtes Haar; hier ist es anders gefärbt; gelbe Dahlien, Sonnenblumen; sie versteht was von Gärtnerei; du bist ein Volltrottel. Nach einigem Nachdenken und nachdem er ein paar Widmungen auf der Rückseite der Fotografien gelesen hatte, stürzte er schließlich zornig und zerknirscht sein langjähriges Idol eigenhändig vom Sockel: Was konnte sie denn dafür, du fiese Ratte? So eine Frau fünfunddreißig Jahre auf der Ersatzbank zu lassen!
Und er murmelte halblaut vor sich hin: Das Leben funkt einem immer wieder dazwischen, es experimentiert in unmoralischer Weise, und es erzeugt dort Spannung, wo's überflüssig ist. Kommen schon mal zwei Menschen zusammen, dann treibt es sie wieder auseinander. Manchmal vertauscht sogar eine unsichtbare Hand die Liebesbriefe, bringt aus purer Spiellaune die Beziehungen durcheinander, und so binden sich diejenigen Frauen, die für uns, die Bescheidenen und Verschmähten, gut genug wären, an irgendwelche Schwachköpfe und leiden darunter ihr Leben lang. Die Absenderin der Granatäpfel und der patriotischen Lollis, die treue Litsa mit ihrem gepflegten Hof, ihrem unverstellten Lächeln der Liebe, ihren honigfarbenen Wangen und ihren wunderbaren Kilos, Beweis ihrer Genußfreudigkeit und Kochkunst, wäre für ihn vollkommen in Ordnung gewesen, doch … es war anders gekommen.

— Allein schon der Blick dieser Frau tut einem gut, meinte er, streckte die Hand aus und drückte kräftig den Arm des Kapitäns. Ihre Augen, so apart, frisch und offen, sind Gold wert, sie ist ein Glückstreffer.

Am Mittag des nächsten Tages, als Sprotten und Amaranth auf dem Tisch standen, kam noch ein drittes Besteck hinzu. Antonis war gekommen, ein Bote aus Elefsina, der Litsas Brief überbrachte.

Der Eingriff fand zwölf Tage später im Staatlichen Allgemeinen Krankenhaus statt. Die Operationssäle waren in der Sommerzeit weniger überfüllt, doch auch der Schwiegersohn mit Pasok-Mitgliedschaft hatte seine Beziehungen spielen lassen. Die ganze Avgoustis-Sippe war vor Ort, wechselte sich am Krankenbett ab, ohne große Gefühlsausbrüche, doch auf Antonis' Anweisung hin deutlich auf freundlicherem Kurs; vor allem die Töchter hatten ihre Mildtätigkeit entdeckt, es war eine Familie, die endgültig und unwiderruflich beschlossen hatte, sich selbst und einander von jeder Schuldzuweisung freizusprechen und den im Hintergrund immer wieder aufheulenden Motor der Wut zum Schweigen zu bringen.

Also: *Mitsos, ich liebe Deinen Arm. Ich fange so an wie jedesmal, wenn Du hier bist. Mein Junge, zehn Tage warst Du nicht mehr im altehrwürdigen Elefsina und bei Litsa, die auch eine antike Sehenswürdigkeit ist, auch heute wieder nicht. Es ist schon Abend, und ich rechne nicht mehr mit Dir, doch ich tue so, als würdest Du auf dem Stuhl sitzen.*

Ich mag es, wenn Du bei mir zu Hause bist. Ich mag es, Deine großen, jugendfrischen Augen anzuschauen. Deine hübschen Haarsträhnen. Deine Füße, die im Zimmer so schöne Schritte malen.
Ich hab Marmelade für Dich eingekocht.
Die Pfirsiche fallen schon vom Baum, wenn Sie wollen, dann pflücke ich nachher alle, die ganz oben an den Ästen hängen. Und: Ich hab bloß getrommelt, um Wirbel zu machen, jetzt spiele ich keine Drums mehr, ich hab kein Talent dafür.
Du hast nicht viel gesagt, ich hab Dich auch kaum zu Wort kommen lassen. Zwei oder drei Sätze waren's alles in allem bei jedem Besuch. Das eine Mal: Ich hab Ihnen Tortenstückchen mitgebracht. Stellen Sie die Schachtel aus der Konditorei lieber in den Kühlschrank, damit das Eis nicht schmilzt – das andere Mal.
Ich betrachte Dich auf der Fotografie mit Deinem Vater auf dem Schiff: Du hast Dir, wie Du gesagt hast, den Zopf abgeschnitten, und er ist Dir mit langer Mähne entgegengetreten, und ich frage mich, wie, um alles in der Welt, Ihr Euch verständigt.
Die See ist mein Beistand. Die See ist, wie die Eifersucht, eine Leidenschaft, die mit Eifer sucht, was Leiden schafft. Solche Dinge sagt er. Mitsos hat, glaube ich, keine Ahnung, wie ein Vater mit seinem Sohn redet, und weiß nicht, daß solche altertümlichen Wörter und Redewendungen die Jüngeren überhaupt nicht mehr berühren.

Farbfotografien vergilben nicht. Mitsos und der Atlantik, beide in ihrer blauen Paradeuniform, am Ostersonntag, und hinten die Widmung: Meiner lieben Litsa, wider das Vergessen.

Mitsos und der Koch in einem roten Taxi in Hongkong, und hinten die Widmung: Meiner lieber Litsa, wider das Vergessen.
Mitsos und die Rinder auf den tiefgrünen Weiden Argentiniens, und hinten wieder die Widmung: Meiner lieben Litsa, wider das Vergessen.
Ab und zu habe ich mir in meinem Leben eine rettende Pille gewünscht, um ihn jeden Tag ein Stückchen mehr zu vergessen. Schließlich bin ich froh darüber, daß sich keine solche Pille gefunden hat und sich hoffentlich auch niemals findet, selbst wenn er mir auch auf meinen letzten Brief nicht antwortet.
Zum ersten Mal nach so vielen Jahren habe ich den ganzen Nachmittag damit verbracht, seine Fotografien zu durchstöbern, mehr als hundert sind's, alle liegen durcheinander in der Schublade. Die Bilder des Sünders waren mir wie Ikonen, kleine Stückchen Papier, auf denen immer noch die Treue schimmert und das Vergessen glänzt. Ich hab sie nicht aufs Büfett gestellt, auch nicht an die Wand gehängt, damit mich fremde Besucher nicht fragen: Wer ist der denn? Eingerahmt habe ich nur meine Familie und Aufnahmen aus meiner Kindheit, die hängen im Flur. Und ich mag es, daß alle vergilbt sind, und auch die Schwarzweißaufnahmen sind nicht mehr bloß schwarz und weiß, das Schwarz ist nicht mehr so finster, nicht mehr so erschreckend, über die Jahre sind auch die Holzrahmen verblaßt, und an der Wand fließen alle dunklen und ausgebleichten Farben sanft ineinander.
Ein großer grünbrauner Rahmen und eine graubraune Familie.
Ein grauschwarzer Rahmen und ein graugoldenes Paar, die Eltern.

Ein ovaler zimtbrauner Rahmen und eine dunkelbraune Frau, meine Tante.
Ein kleiner gelbgrauer Rahmen und ein silberschwarzes Kleinkind, ich.
Ein graugrüner Rahmen und ein schwarzgrünes Mädchen, wieder ich.

Eine am Handgelenk abgeschnittene goldene Hand, die fünf Finger halten einen zartgrünen Opal in Form einer Träne, alles nicht größer als eine Okraschote, hier, das Medaillon um meinen Hals. Wenn Du wiederkommst, wirst Du es sehen, Du hast es mir ja gebracht. Es war in der gelben Leinentasche mit den Geschenken aus den letzten Jahren, die er mir noch gekauft, aber nicht mehr geschickt hatte.
Ich trage es und fühle mich ganz ruhig. Und hör mal, was mir jetzt gerade einfällt.
Es war ein Sonntag morgen, im Herbst 1979. Ich nehme eine Plastiktüte und trete aus dem Haus. Die Straßen sind fast leer, ohne Berufsverkehr. Ich gehe auf den Bürgersteigen, an denen Olivenbäume gepflanzt sind. Seit Tagen ist mir schon aufgefallen, daß sie vollbeladen sind mit Früchten, die auf die Steinplatten fallen und verlorengehen.
So pflücke ich sie von den herunterhängenden Zweigen, und nach und nach füllt sich meine Tüte mit kleinen Oliven, die zerstampft, und mit fleischigen, die eingeritzt und dann eingelegt werden. Ich will sie nachher trennen, zum ersten Mal will ich sie selber einlegen, das hab ich noch nie gemacht, man kriegt sie ja auch fertig im Supermarkt. Und als ich unter dem letzten Baum stehe und die letzte Olive abpflükken will, die aussieht wie die Träne zwischen den Fingern des Medaillons, fühle ich mich mit einem Mal wunderbar erfüllt

und zufrieden. Eine Woche zuvor war Dein Vater drei Tage lang in meinem Bett vor Anker gegangen, und ich habe vergessen, daß ich vierzig geworden und noch nie durch eine Allee tropischer Bäume gelaufen bin. Und auch alles andere vergesse ich. Was ich in diesem Augenblick erlebe, ist, ohne Frage, das Glück. Ganz still und geborgen fühle ich mich, und ich wünsche mir, sofort zu sterben, jetzt auf der Stelle, lieber Gott, wenn es Dich gibt, mach, daß ich jetzt sterbe, denn ich will nicht unter Nörgeln und Jammern aus dem Leben gehen, sondern voller Begeisterung und außer mir vor Freude.
Noch ein weiteres Mal hatte ich das Glück, einen solchen Moment zu erleben, gleich zweimal wollte ich zum Tode verurteilt sein. Mit einundfünfzig, am Tag vor dem Namenstag des heiligen Dimitrios, nachmittags. Ich bringe das Haus für seinen Namenstag in Ordnung, obwohl Dein Vater schon aus meinem Leben verschwunden ist. Es ist mein erstes Jahr ohne Frisiersalon. Es gibt keine Dimitras und keine Ehefrauen irgendwelcher Dimitris zu frisieren; ich hab mich satt gegessen an all den Eclairs und Sahnebaisers, die von den Namenstagskindern immer mitgebracht wurden, früher hab ich auch den ewig ersehnten Liebhaber immer hochleben lassen, in aller Heimlichkeit.

Ich war draußen im Hof und kehre die welken Blätter zusammen. Und urplötzlich überkommt mich so ein Gefühl, als würde ich sie bedauern, als würde ich sie betrauern. Litsa, nimm dich zusammen, sage ich mir, was sollte denn dann der Herbst sagen, der jedes Jahr Milliarden von Blättern verliert.
Hoch am Himmel steht eine winzig kleine Sonne an ihrem Platz. Das Haus ist sauber, drinnen wie draußen. Ein paar

Chrysanthemen sind in der Vase, ein paar köstliche Pralinen mit Alkoholfüllung auf dem Tablett. Im Radio singt, wie auf Bestellung, Manolis Mitsias sein Lied, Und ich suchte nach dem Mädchen, das ich einst liebte, in Elefsina. *Ich hab auch die Platte, er hat sie mir geschenkt.*

Mit kleinen Bissen esse ich die Schokoladenhäppchen. Alles Gute, du Verschollener, sage ich bei jeder Praline, die ich in den Mund stecke, sobald die ersten Takte des nächsten Liedes erklingen.

Ich singe mit all den tollen Stars im Radio mit: Charoula, Mitropanos, Galani, alle auf dem Zweiten Kanal.

Der erste kalte Tag, an dem man die Teppiche wieder hervorholt und die Heizung anmacht, ist ein wichtiger Tag. Daraus schöpfe ich Kraft. Ich fühle mich satt, alles hatte ich zur Genüge: Haus, Herbst, Mann und Lieder.

Ich bin glücklich, nichts kann mir etwas anhaben. Und da sage ich es noch mal, das berühmte: Jetzt könnte ich sterben. Bevor der nächste Tag kommt und wieder ein Tumult von Tränen und Traurigkeit losbricht, der mich nicht mehr losläßt.

Es ist wichtig, wann und wie im Leben ein Abschied geschieht, so denke ich mir, wenn ich in den Nachrichten von Kriegen höre, von Autounfällen, von Schiffsunglücken. Ich bin mir sicher, auch wenn jemand tief im Koma liegt, so gibt es doch ein Zahnrädchen, das sich im Augenblick des Todes zu drehen beginnt und in seinem Leib Alarm schlägt, damit der Mensch spürt, daß alles zu Ende geht.

Wir alle haben ein Anrecht darauf, daß unser eigener Tod uns erschüttert. Auf jeden Fall ereignet sich etwas Besonderes, vielleicht nur eine Minute lang, aber was für eine, diese letzte Minute im Leben eines jeden von uns! Irgendwann wird die Wissenschaft dahinterkommen.

Inzwischen gehen die Jahre dahin, ich esse und trinke, schaue nach hierhin und dorthin und lausche nach etwas in der Ferne, und ich lebe.
Und es ist gut so, denke ich.
Wie ist es bloß so schnell halb elf geworden? Ich verrate Dir einen Trick, vielleicht kannst Du den irgendwann gebrauchen. Vor dem Schlafengehen suche ich mir einen schönen Traum aus, und damit lege ich mich dann ins Bett.

Laser, künstliche Pupillen und Netzhauttransplantationen, was es nicht alles so gibt ...
Der graue Star war unter Kontrolle, doch das posttraumatische Glaukom, Andenken an den Blitzschlag bei der letzten Wallfahrt zum Garten der Madonna, hatte ihm in all den Jahren schrittweise den Sehnerv zerstört.
Die Sehkraft auf dem rechten Auge verbesserte sich von zwanzig auf vierzig Prozent und die auf dem linken Auge von dreißig auf fünfzig, so daß er nun Loras Wangen traf, als er sie küssen wollte, und die Hände des Schwiegersohns, des Arztes und des Kochs, als er sie mit jeweils kleiner, großer und unendlicher Dankbarkeit drücken wollte.
Er ließ sie in dem Glauben, daß die wenigen Prozent mehr oder weniger Sehvermögen eine tolle Sache für ihn waren und den Aufwand der Operation rechtfertigten, er sagte ihnen nicht, daß sie die angstvolle Erwartung des Ergebnisses und das Geldbriefchen mit den druckfrischen Fünfhunderttausend für den Arzt nicht wert waren.
Er gab sich zufrieden mit dem etwas helleren Sommerlicht,

mit den leicht intensivierten Farbtönen, mit dem Schatten des Profils und mit dem Schatten der Hände seines Sohnes, die im Fiat Punto das Lenkrad umfaßten, während er Gas gab.

Siakantaris war nach Kyriaki zurückgekehrt. Er hatte mit einer gepflegten Frau in den Vierzigern angebändelt, die es gut mit ihm meinte. Schließlich ließ er sich darauf ein, man mußte das Leben langsam und schlückchenweise genießen. Wenn die Sache auch diesmal schiefging, wollte er sich an der Lese der goldfarbenen Beeren wie an einer Weintraubenkur erfreuen, dem Kapitän einen kleinen Besuch abstatten und mit einer anderen Reederei noch mal für zwei Jahre auf große Fahrt gehen.

Die Nachrichten von der ATHOS III waren wenig überraschend: Mit Ausnahme von Dachtylas und Birbilis waren anstelle der Griechen billige Philippiner eingestellt worden. Die Griechen waren arbeitslos; ein paar hatten bei Vekrelis auf ein Hähnchen in Zitronensoße vorbeigeschaut – er schwelgte im süßen Leben, während sie am Boden zerstört waren, arm im Beutel, krank am Herzen.

Die Vereinigung Griechischer Reeder tauchte erneut mit dem Vorschlag für einen Empfang zu Ehren des Kapitäns auf, im Yachtclub Piräus unter der Schirmherrschaft des Ministeriums für Handelsschiffahrt, umrahmt von einer Ausstellung mit Meeresimpressionen der einen Reedersgattin und von einem Dokumentarfilm der anderen Reedersgattin, und mit einem emeritierten Universitätsprofessor als Laudator, der sich zum Thema *Dimitrios Avgoustis, unermüdlich unterwegs im Dienste der griechischen seemännischen Ideale* verbreiten würde. Die Einladungskarten waren schon gedruckt.

— Die könnt ihr euch in den Arsch stecken, war seine Antwort. Denen wollte er sich nicht zum Fraß vorwerfen lassen. Sein schönster Orden war, tief drin in seiner Brust, die Dünung, seine ständige Begleiterin.
Flora war mit einer Reisegruppe in Ägypten unterwegs. Ruhig und ziemlich erleichtert schmiedete sie Pläne für zwei einwöchige Fernreisen pro Jahr, immer mit derselben Gruppe wißbegieriger und ritterlicher Genießer jenseits der Fünfzig. Mimis hatte ihr zwei Sparbücher mit achtstelligen Einlagen überlassen, in Finanzfragen war er stets ein Gentleman. Die Ehe war mit großer Verzögerung zu Ende gegangen, da sowohl sie als auch ihr Mann das Problem verdrängt und gehofft hatten, daß es sich mit der Zeit von selbst löste.
Lili wenigstens sollte daraus rechtzeitig eine Lehre ziehen.

Der Fiat Punto eilte nach Elefsina. Es war Mittwoch, der 23. Juli 1997, achtunddreißig Jahre, seit Mitsos Avgoustis Litsa Tsichli zum ersten Mal, und zwölf Jahre, seit er sie zum letzten Mal gesehen hatte. In seiner Jugend hatte er sie innig, doch mutlos geliebt, mit den Jahren liebte er sie immer tiefer, jeden Tag seines Lebens, unter unauslöschlichen Erinnerungen und unter heftigen Gewissensbissen.
Und nun fuhr ihn sein eigenes Kind zu ihr, wer hätte das gedacht? Und wer hätte von den beiden Menschen, denen er am meisten Unrecht getan hatte, so viel Entschlußkraft und Verständnis erwartet?
Antonis saß aufgeregt am Steuer. Zehn Minuten lang schwieg er, dann plapperte er drauflos, fast lachend, die stumme Welle des Ozeans, die Dünung, suche auch ihn heim, und er wolle gerne Tontechniker werden, ein Voyeur mit den Ohren, der große und kleine Klänge aufsauge, der durch Lauter- und

Leiserdrehen mit den Tönen jongliere, der am Mischpult Schreie und Flüstern vermengte, den Krach eines Unwetters mit hysterischem Frauenlachen kröne und Maritsas Miauen mit einem Tamburin untermale. Jedenfalls wollte er den Kater in seine Junggesellenwohnung mitnehmen, nach der er gerade suchte.

— Dir kann ich Maritsa nicht abschlagen, hatte ihm der Alte gesagt.

In der Zwischenzeit setzte der mit allen Wassern gewaschene Kater seine Ferien in Kyriaki fort, ein verzogener Liebling der Dorfjugend, der sich problemlos mit dem Festland angefreundet hatte, mit den Häusern, den Autos, den lustvollen Ausflügen auf die Felder. Die nach Myrrhe und Aloe duftenden Ozeane gehörten endgültig der Vergangenheit an.

Litsa Tsichli erwartete sie mitten auf der Straße, nicht zu übersehen in ihrem kanariengelben Pareo und mit den Hahnenkämmen in der Hand, die zwar zum Blumenstrauß ungeeignet, jedoch granatfarben waren, die intensivste Farbe unter all den weißen Gladiolen und den weißen Margeriten, die gerade in ihrem Garten in Blüte standen.

Sie geleitete sie in den Hof mit einem Willkommensgruß, als seien sie höchstens eine Woche fort gewesen. Sie führte sie ins Wohnzimmer, blieb stehen, bis sie saßen, setzte sich dann ebenfalls und begann, mit Nachdruck ihre Möbel zu betrachten, die Kissen und die Handtücher, wie ein aufdringlicher Gast in einem fremden Haus.

Wie sollte sie auch ihre Augen sofort auf Mitsos richten können, um ihn endlich zu sehen, ihn, der so viele Jahre fort gewesen war? Sie konnte kaum glauben, daß er schließlich Platz genommen und seine erste Zigarette angezündet hatte.

Das Schnappen des Feuerzeugs und der Duft des Tabaks waren ein guter Anfang.

Sie brachte ihm den Aschenbecher, kehrte jedoch nicht an ihren Platz zurück, sondern setzte sich neben ihn, einen halben Meter entfernt von dem heißersehnten Arm, den sie sich stets nackt vorgestellt hatte, ohne den Ärmel eines Sakkos, ausgestreckt auf dem Kissen und darauf natürlich ihr Kopf, so wie früher. Ihr Schweigen hielt nicht lange an.

— Was ist denn das für eine Frisur? schimpfte sie und streichelte ihm übers Haar.

Blitzartig kam ihr der zwanzigjährige, törichte kleine Matrose in den Sinn, den er vor vielen Jahren einmal zu ihr geschickt hatte, damit sie ihm das Haar färbte und seine Mutter nicht sah, daß es bereits im ersten Jahr auf See ergraut war.

Das Haar ihres Kapitäns floß in Silberwellen bis zu den Schultern und unterstrich seinen Anspruch auf Altersrente aufgrund von achtundfünfzig Jahren schwerer und gesundheitsschädlicher Arbeit auf See. Am nächsten Tag wollte sie, in aller Ruhe, ihre Scheren holen und sich um sein Haar kümmern, ihm eine Nelke an den Kragen stecken, ihn in die Küche mitten unter die Spinnenpflänzchen aus seiner Heimat setzen. In Trikala habe ich nicht einen Verwandten mehr, und so ist, nachträglich und deinetwegen, auch für mich Kleinasien zur Heimat geworden, wollte sie ihm sagen.

— Mögt ihr Galaktoboureko? fragte Antonis ganz leise, doch sie hörten ihn nicht, antworteten auch nicht, und so ernannte er sich selbst zum Gastgeber und ging Dessertteller und Getränke holen.

Im Wohnzimmer blieben die beiden allein zurück, und jetzt

war Mitsos an der Reihe, seine Blicke im Zimmer umherschweifen zu lassen.

— Na, hör mal, du siehst doch gar nichts, lachte sie und fuhr unerschrocken fort: Heute früh hat Antonis angerufen, daß es nichts wird mit Australien und daß du in den Heimathafen einläufst. Da bin ich hergegangen und hab die Stühle und die kleinen Tische an ihre alten Plätze gerückt, damit du nicht stolperst. Alles ist genau so, wie du es zurückgelassen hast, nur ich nicht, Schwimmreifen um den Bauch und Falten im Gesicht, zum Glück für mich kannst du keine Einzelheiten erkennen.

Avgoustis streckte die Hand nach ihrem Arm aus, sein Ring ist verschwunden, dachte sie und konnte sich nicht satt sehen an diesem wunderschönen Finger, der mit der ganzen Hand auf sie zuglitt, ohne den goldenen Angelhaken der anderen. Sobald er ihre Finger umfaßte, drang ein Stöhnen aus seiner Brust, Vorbote des Schluchzens, das bald seinen ganzen Leib erschüttern sollte, der in solchen Dingen ungeübt und ungeschickt war.

Ob es nun Tränen waren, die um Verzeihung baten oder die Unvermögen ausdrückten, sie gefielen Litsa überhaupt nicht. Sie wollte ihn weder als reuigen Sünder noch als geprügelten Hund sehen. Den Entschluß, ihn aufzunehmen, hatte sie bei klarem Verstand getroffen, nicht aus Mitleid, sondern aus Liebe, sie würde mit Zähnen und Klauen darum kämpfen, und von der Wiedervereinigung versprach sie sich das erhebende Gefühl freudiger Erregung. Auf den ersten Blick erschien er ihr melancholisch und ängstlich, doch sie war sicher, wenn sie es im guten mit ihm versuchte, würde Mitsos heil auf dem Festland ankommen, und bald schon würden die Dinge ihren Gang gehen, in der Welt des

Gartens, der Makkaroni mit Knoblauchsoße und der Lieder.
Sie erhob sich, als hätte sie noch nie Knieschmerzen verspürt, sprang zum Plattenspieler und legte die alten Lieder auf, erprobt bei der Liebe und bei gebrochenen Schwüren.
Die Bouzoukiklänge und das Galaktoboureko machten ihn sprachlos.
Der Sänger Manolis Mitsias machte den Anfang, an erster und prominenter Stelle, danach fragte Litsa ausdrücklich nach den Tschakma-Pavianen, die sich selig auf den Felsen vor Südafrika sonnten und Muscheln fraßen, dann folgte die unerläßliche Erwähnung der Höhe seiner und ihrer Rente, danach wurde ein wenig Alkohollösung für seine Hände geholt, da ihm die Hahnenkämme Juckreiz verursachten, dann ein atemloser Monolog Litsas. Während sie früher geschlafen habe wie ein Stein, ohne an Träume auch nur zu denken, habe sie sich in der letzten Zeit, seit April, die schlechte Angewohnheit zugelegt, alles mögliche zu träumen, einmal, ein Bär zu sein, der auf Eisberge kletterte, dann ein Krebs, der im Wasser der Gezeiten schwamm, dann wiederum eine Korallenpflanze, Teil eines Riffs, die farbig schillernde Küsten in sich aufsog, und schließlich brach eine reizende kleine Panik aus, da Geruch angebrannten Essens aus der Küche drang. Sie zog das vergessene Backblech heraus, die gefüllten Tomaten waren verkohlt: Macht nichts, es gibt Schlimmeres.
Als Antonis gegen neun mit dem Blumengießen fertig war und einen Blick durchs Fenster warf, hatte sein Vater die Schuhe ausgezogen und seine Beine auf einen Schemel gelegt, ein Zeichen, daß alles gut lief. Litsa, die endlich das Rennen gemacht hatte, an seiner Seite, soufflierte ihm für

den Fall, daß ihr Exilant die Verse des Liedes vergessen haben sollte: *Eines Abends lief ich durch die Straßen, suchte nach dem Mädchen, das ich einst liebte, über alle Maßen, in Elefsina …*

Das späte Mädchen strahlte vor Liebe und Geduld, redete und monologisierte in der für die Avgoustis-Sippe fremden Sprache der Milde und Güte und hatte damit auch den Sohn für sich eingenommen, der in angenehmer und freudiger Erregung dem Trommeln seines Herzens lauschte.

Dennoch fiel ein Schatten auf seine Freude. Sein Vater würde zwar der Vergangenheit Gerechtigkeit widerfahren lassen, doch möglicherweise lebte er nicht mehr lange. Das Festland, der Müßiggang und die Ruhe paßten nicht zu ihm.

Er ging zum Kofferraum des Wagens und brachte das Gepäck seines Vaters ins Haus, stellte es in dem kleinen Flur ab und machte einen Anruf. Dann richtete er zwei Teller und Papierservietten auf dem kleinen Verandatisch her. Es war angenehm kühl, sternenklar, Grillenzirpen, alles, was nötig war.

— Ich hab euch Pizza bestellt, sagte er und wünschte eine gute Nacht.

Es mußte zwölf sein. Die Weggefährten hatten schon längst fertig gegessen, hatten ihr Bier getrunken, allerlei Lieder gehört und sich am Duft des Jasmins erfreut. Litsa hatte ihre Bewunderung für das Blau seiner Augen erneuert, das vom Blau des Anzugs unterstrichen wurde; sie hatte die Adern an seinem Hals betrachtet, die wie Seetang hervortraten, und unwiderruflich beschlossen, zu Recht sei sie ihm in ihrer Jugend verfallen, immer noch sei er ein schöner Mann und seine Traurigkeit habe Größe, tausendmal sei sie gepriesen, selbst heute noch bringe sie eine Frau zu Fall.

Sie sah, wie er auf dem Tisch nach seinem Feuerzeug tastete, fast wäre sie ihm zuvorgekommen und hätte ihm die Zigarette angezündet, doch sie tat es nicht. Im selben Augenblick dachte sie, sie wollte ihn weder wie ein unmündiges Kind umsorgen noch ungeduldig darauf warten, daß alles, was er alleine und langsam tat, schneller vonstatten ging. Sie wollte ihn weder beweihräuchern noch bevormunden.
Die letzte Zigarette des Abends führte Mitsos Avgoustis in zehn Atemzügen auf eine Reise, die Millionen Seemeilen lang war und siebenmal die Welt umschiffte, bevor sie in der windstillen Ecke vor dem Haus von Elefsina endete.
— Mein Lieber, denk bloß nicht, du kannst hier die Waffen strecken und einrosten, zum alten Eisen gehören wir noch lange nicht, du bist und bleibst mein Kapitän – so hatte Litsa ihm vorhin lachend gesagt, als habe sie die Seekarten für die kommenden Fahrten bereits studiert und die Heuer ihres neuen Alltags schon angetreten.
Als er die Zigarette ausdrückte, gab er ihr eine Kostprobe der Meldungen, die er ab nun immer wieder und unvermeidlich von sich geben würde.
— Gestern hab ich die ganze Nacht in Dar-es-Salam verbracht.
Und da sie nun endlich den Rhythmus der Dünung mit ihm teilte, verstand sie, pensionierte Friseuse und Funkerin in einer Person, das Signal, und ihre Augen blitzten.
— Und ich, mein Kapitän, auf dem Suvadiva-Atoll.
Sie stand auf und sagte: Ich hab lange gebraucht, um diesen Zungenbrecher richtig auszusprechen. Und während sie abräumte und schon im voraus angesichts des sicheren Fiaskos gluckste, trug sie ihm ihr elend schlechtes kleines Gedicht vor, doch nicht ganz, nur zur Hälfte.

Suvadiva-Atoll, fernes Eiland,
niemals werd ich dich erblicken,
niemals wirst du mich entzücken,
liegst du auch am Ende der Welt,
nie hab ich mir die Frage gestellt,
bist du fern oder bist du nah,
du bist mein Schicksal, o ja.

Endlich stahl sich das erste Lächeln seit seiner Ankunft auf Mitsos' Lippen. Er beugte sich vor, auf der Suche nach ihren Händen, um sie zu beglückwünschen, verfehlte sein Ziel, bekleckerte seine Finger mit den Pizzaresten auf den Tellern.

— Wenn ich sehe, daß du in Gedanken bist, dann halte ich mich zurück, damit du in aller Ruhe deine Reisen machen kannst, so lange du willst, mit wem und wohin du möchtest, auch ganz weit weg, rettete Litsa die Situation und drückte ihm diskret eine Papierserviette in die Hand. Ich bereise nur die Umgebung von Elefsina, fuhr sie fort, das ist mein Fahrwasser.

Das hatte sie erkundet, indem sie an den Schornsteinen der Fabriken anlegte, an den Eukalyptusbäumen der Strandpromenade, an der Bäckerei, an der Apotheke, am Supermarkt, und mit dem Wagen das Umland erkundete, Nea Peramo und Pachi Megaron. Eine Welt, die schließlich gar nicht klein und mehr als ausreichend war, sinnierte Litsa dankbar, und voller Selbstvertrauen ging sie noch einen Schritt weiter.

— Am liebsten, mehr als alles andere auf der Welt, mag ich es, mit einem Blumenkohl unterm Arm auf dem Nachhauseweg zu sein. Ich komme näher und näher, und aus zwanzig

Metern Entfernung erkenne ich die beiden Akazien, die zum Glück immer noch auf ihrem Platz stehen, und gleich am Bürgersteig den Springkürbis – an genau derselben Stelle, wo er immer schon stand.

Die »Augen des Meeres« verdanke ich sowohl ehemaligen als auch noch aktiven Seeleuten aus Andros, Kafalonia, Tinos, Kerkyra und Chania, die mich dazu anregten, zur Feder zu greifen.

Mein besonderer Dank gilt Tzortzis Marinatos, Kapitän und Literat, den Kapitänen Leonidas Kalogridis, Michalis Kyrtatas, Jannis Begleris, Jannis Boulmetis, Antonis Sarris, Jerasimos Stamatelatos, Makis Tambakopoulos, Nikolos Chazapis, den Kapitänleutnants Spyros Vitas und Vangelis Symbouras, dem Bootsmann Jannis Dimitriadis, den Schiffsköchen Antonis Daniolos und Christos Katramados und dem Schmierer Panajotis Kourtesis.

Abschließend möchte ich mit besonderer Anteilnahme des mittlerweile verstorbenen Kapitäns Jannis Kontojorgis und des Schiffstischlers Jorgis Loukissas gedenken.